U0083996

古典詩歌研究彙刊

第十四輯

龔鵬程 主編

第14冊

清代科舉與詩歌（下）

張 麗 麗 著

國家圖書館出版品預行編目資料

清代科舉與詩歌（下）／張麗麗 著 — 初版 — 新北市：花木
蘭文化出版社，2013〔民102〕

目 2+176 面；17×24 公分

（古典詩歌研究彙刊 第十四輯；第 14 冊）

ISBN 978-986-322-457-0（精裝）

1. 清代詩 2. 詩評

820.91　　　　　　　　　　　　　　　　102014998

ISBN-978-986-322-457-0

9 789863 224570

古典詩歌研究彙刊
第十四輯　第十四冊　　　　　ISBN：978-986-322-457-0

清代科舉與詩歌（下）

作　　者　張麗麗
主　　編　龔鵬程
總 編 輯　杜潔祥
出　　版　花木蘭文化出版社
發 行 所　花木蘭文化出版社
發 行 人　高小娟
聯絡地址　235 新北市中和區中安街七二號十三樓
　　　　　電話：02-2923-1455 ／傳真：02-2923-1452
網　　址　http://www.huamulan.tw 信箱 sut81518@gmail.com
印　　刷　普羅文化出版廣告事業
初　　版　2013 年 9 月
定　　價　第十四輯 17 冊（精裝）新台幣 24,000 元　　版權所有·請勿翻印

清代科舉與詩歌（下）

張麗麗 著

目

次

下編　科場風雲與詩歌演進

　　清代自順治立朝，歷康、雍、乾三代帝王勵精圖治，國運日隆。可是繁榮不過一百餘年，乾隆後期已是弊端叢生，政事、吏治、賦稅、軍事無不千瘡百孔，外患如英吉利侵入東南沿海，內憂如天理、白蓮相繼舉火於中原腹地，邊陲更頻有變亂發生。乾隆六十年（1795）的湘黔苗民和川陝白蓮教大起義給乾隆承平六十年的盛世敲響了淒涼的喪鐘。盛世一去不回，大清的國運由盛轉衰。嘉、道以降的衰亂之世後，便是末世的降臨。隨著國事矛盾越來越多地凸顯，有識之士開始反思體制中不合時宜的一切。曾經屢屢暴露但被掩蓋和壓制下去的科舉弊端再次成為焦點之一。科舉制度一方面繼續成就部分士人的功名富貴，一方面不斷受到質疑，屢屢面臨被改革、被廢除的命運，詩人的遭遇與創作也與之緊密聯繫。與之相對應的，便是詩歌中的憂患意識日益突出，詩人不再創作類似神韻詩的鼓吹休明、流連風景，也不再是沈德潛的鯨魚碧海、盛唐氣象，詩歌的調子時而消沉，陷入個人身世與時代命運雙重的哀歎中；時而又奮起，再一次呼喚國家的復興和真正人才的降臨，經世關懷再一次貫穿其中。

第四章　盛衰之際的詩人與科舉

　　康熙朝己未年間的博學鴻儒科，以其聖恩之隆、禮遇士人之厚、得人才之盛屢爲人稱頌，更被作爲清代進入盛世的象徵載入史冊。康熙之後的統治者如雍正、乾隆均有追慕父祖風雅、繼開特科之心。但經過雍正朝十幾年嚴峻刻核的高壓文化政策，乾隆初年的博學鴻詞科與其祖康熙的詞科在個中關節上多有差別。雖然此時剛剛進入乾隆盛世，但盛極而衰是天道不變的循環，剖析乾隆丙辰詞科等科舉事件可以窺見乾隆之世的時代背景，從而有助於我們更好地理解當時的士人。

第一節　失士林之望——乾隆博學鴻詞科

一、丙辰詞科之開

　　雍正十一年（1733），朝廷下詔再開特科，上諭稱：「惟博學鴻詞之科，所以待卓越淹通之士，俾之黼黻皇猷，潤色鴻業，膺著作之盛，備顧問之選。」〔註1〕對於朝廷的旨意，內外臣工報以觀望遷延。逾年，僅河東督臣舉一人，直隸督臣舉二人，他省未有應者。接連三年雍正帝不斷下詔督促。雍正十三年（1735）諭稱：「降旨已及兩年，而外省之奏薦者寥寥無幾」，責備「督、撫、學臣等奉行不力之故」，

〔註1〕《清實錄·世宗憲皇帝實錄》卷一三〇，雍正十一年四月初八日。

令官吏們務必「悉心延訪，速行保薦」〔註2〕。對於大臣們的觀望，有論者認為：「詔下兩年餘，寂寂不聞有應者」的局面，是因為近十餘年來屢興文字之獄，舉世學者，莫不兢兢，捨八股試帖外，一切學術，鮮有研究之者，加之戶部侍郎李紱竟因舉薦士人鑽官，導致無復敢為舉主，故終帝之世，盛典迄未能舉行〔註3〕。比起康熙十七年（1678）的各路臣工踴躍薦人於新朝、而被薦者多有所不願的情形，五十五年中，朝廷對待士人的方式早已時過境遷，士人與大臣對待朝廷的態度也多有不同。

高宗即位後，再詔督促。期以一年齊集闕下，先至者月給廩餼，敦促有司曰：「……朕思天下之大，豈無足膺是舉者？一則各懷慎重觀望之心，一則鑑衡之明，視乎在己之學問，或實空疏，難以物色品流，此所以遲回而不能決也。然際此盛典，安可久稽？朕今再為申諭：凡在內大臣及各省督撫務宜悉心延訪，速行保薦，定於一年之內，齊集京師，候旨延試，倘直省中實無可舉者，亦具本題復。」〔註4〕

經朝廷再三敦促，各省大臣始盡心搜羅，共薦舉 267 人。乾隆元年（1736）丙辰九月召試一百七十六人於保和殿，第一場題「五六天地之中合賦，以敬授民時聖人所先為韻」，詩題為「賦得山雞舞鏡，得山字，七言排律十二韻」，文題為「黃鍾為萬事根本論」；第二場題經、史、制、策各一。最終取一等五人：劉綸、潘安禮、諸錦、於振、杭世駿均授翰林院編修，二等十人，由科甲出身者陳兆崙、劉藻、夏之蓉、周長發、程恂俱授翰林院檢討，其餘楊度汪、沈廷芳、汪士鍠、陳士璠、齊召男舉授翰林院庶吉士。

次年七月補試續到者於體仁閣，首場制策二，第二場賦、詩、論各一。題目為「指佞草賦，以生於堯階有佞必指為韻」，「賦得良玉比

〔註 2〕《清實錄·世宗憲皇帝實錄》雍正十三年二月二十七日、十一月初十日。

〔註 3〕黃鴻壽編：《清史紀事本末》卷二十一，北京圖書館出版社 2003 年版。

〔註 4〕張廷玉等：《詞林典故》卷四，清乾隆十二年本。

君子，得來字，七言排律十二韻」及「復見天心論」。取一等一人萬
松齡授檢討，二等三人張漢授檢討，宋荃、洪世澤授庶吉士。

康熙十八年（1679）博學鴻儒科向來為人所艷稱，該科對於選拔
人才以充史館、并安撫士人穩定時局都起了重要作用。丙辰詞科本意
是倣仿其祖這一煌煌盛典，但最終卻為士人詬病，是科共薦舉二百餘
人，但取中極少〔註5〕，甚至如淹通經史之桑調元、顧棟高、程廷祚、
沈彤、牛運震、沈炳震，文章詩賦如厲鶚、胡天遊、劉大櫆、沈德潛、
李鍇，他如裘日修、錢載等績學能文者均被黜落，遺賢不少，「頗失
士林之望焉」〔註6〕。

二、與己未詞科之比較

丙辰詞科與己未詞科兩科之間對比來看，有許多不同。首先，兩
科對薦舉官員的品秩要求不同。己未時，「自大學士以下，至主事、
內閣中書、庶吉士、兵馬指揮（如劉振基薦張鴻烈）、督捕理事（如
張永祺薦吳元龍）等官，皆得薦舉」；而丙辰詞科，「三品以下官薦舉
者，部駁不准與試」〔註7〕。

其次，被薦的人選大有不同。己未時，「緣事革職之官，皆得與
試」，當時有許多罷奏銷案而革職者皆得廁此選，如秦松齡本為己未
進士，罷奏銷案褫職，詞科中選後授編修，躋身翰林院，為人稱羨；
而丙辰之舉，革職之官不得與試，這時對應舉士人的要求為：「著作
素嫻，學有根淵，居鄉端品，從不預外。」〔註8〕

再次，考試要求難易有別。己未詞科但試一場，賦一詩一而已。

〔註5〕其所取的 15 人中，劉綸、潘安禮、諸錦、於振、杭世駿授為翰林院
　　　編修，陳兆崙、劉玉麟、夏之蓉、周長發、程恂授翰林院檢討，楊
　　　度汪、沈廷芳、汪士鍠、陳士璠、齊召南授翰林院庶吉士。這 15 人
　　　在乾隆年間所作出的貢獻和影響，似乎還及不上被黜落者，因此落
　　　人口實。
〔註6〕商衍鎏：《清代科舉考試述錄及有關著作》，頁 175。
〔註7〕陸以湉：《冷廬雜識》卷一，中華書局 1997 年版。
〔註8〕中國第一歷史檔案館：《乾隆元年薦舉博學鴻詞史料》（上）。

因己未之試，兼取聲名，嚴繩孫僅賦一詩，亦入選，他如朱彝尊等人的出韻失黏問題均未遭黜落；丙辰科試兩場，第一場賦、詩、論各一，第二場經、史、論各一。薦舉之前，就要舉行學院、撫院、督院三場考試，而且「規制較密，凡字句錯漏、書法平庸者，皆遭斥」〔註9〕。考試之中稍有不慎就遭驅逐，據許起《珊瑚舌雕談初筆》記載：「乾隆丙辰詞科，有嘉興張庚，僅剩二句未謄完，日已暮，被逐；吳江迮雲龍，早完卷，因足癢脫靴欲搔，侍臣以爲失儀，亦被逐。」

未完卷被逐、失儀被逐，若是考試中犯下什麼錯誤，與試者和薦舉大臣更是都要被處罰。如與試之舉人王霖，「及至謄完詩賦之後，時已更餘，燭光之下，既苦目力短視，又恐深夜匆忙，實不及檢點。草稿繕寫完卷，既而遺落草稿一紙，亦不及尋覓，匆匆而出」，恰巧同時應試的進士徐庭槐，因素有怔忡之疾，力疾赴試，謄寫時候，賦題多寫了一個「爲」字，於是「倉惶驚悸，刨刮塗改，心神懈懶，痰氣上升，怔忡復發，轉輾不寧」，昏憒之中見到地上有一紙草稿，糊塗謄入完事。事發後處理認爲徐庭槐「混行謄寫，甚屬卑鄙」，將徐庭槐革去進士，王霖以不行詳慎例，於出仕日罰俸一年，同時薦舉大臣更被責以「輕忽濫舉」。該科舉行後，朝廷還集中處理了各路大臣的薦舉不力，禮部尚書任蘭枝、左都御史孫嘉淦、內閣學士吳家騏、江南總督趙弘恩等各被處以降二級、一級以及罰俸等，朝廷對應試者和薦舉者的處理相當嚴格〔註10〕。

最後，康熙己未科與試者一百五十四人，取中五十人；乾隆丙辰科與試一百九十三人，取十五人，次年補試，僅取中四人而已，可見取士之隘。

而中選後所授官職也有很大不同。據陸以湉《冷廬雜識》卷一載，己未取者，進士授編修，餘皆授檢討，其已官卿貳、部曹、參政、參議者，皆授侍講，爲清華之選；丙辰取者，一等授編修，二等進士、

〔註 9〕丁紹儀：《聽秋聲館詞話》卷十五，清同治八年刻本。
〔註10〕中國第一歷史檔案館：《乾隆元年薦舉博學鴻詞史料》（下）。

舉人授檢討，餘授庶吉士，逾年散館，有改主事、知縣者，相比差了一個等級不說，將來還有外放爲知縣的，這就跟考中平常的會試甚至鄉試沒什麼區別了。

關於這種種區別，商衍鎏先生認爲是由於主試的大臣張廷玉「託愼重之名，苟繩隘取」所致。究其實質，是因時勢不同而已，並非僅爲個別大臣的意志所能左右。正如孟森先生分析的：「己未惟恐不得人，丙辰惟恐不限制。己未來者多有欲辭不得，丙辰皆渴望科名之人。己未爲上之所求，丙辰爲下之所急。己未有隨意敷衍，冀避指摘，以不入彀爲幸，而偏不使脫羈絆者，丙辰皆工爲頌禱，鼓吹承平而已。蓋一爲消弭士人鼎革後避世之心，一爲驅使士人爲國家妝點門面，乃士有冀幸於國家，不可以同年語也。」〔註11〕時勢變遷，當初朝廷下詔求賢，惟恐賢才不至，人心不歸附，故而統治者能夠謙恭下士。康熙詞科後，磊落不平的前代遺民亦降心俯首。到了乾隆之世，漢族士人已心甘情願爲統治者所用，特科之開，奔競惟恐不及，朝廷自然無需汲汲求賢，這時的特科起到的不過是裝點休明的作用，因此苟繩隘取也不足爲怪。

清代統治者對士人實行科場、官場加文字獄三手控制，自順治年間就是如此。到乾隆朝，經濟發達，文化昌明，並開始編纂中國文化史上彪炳千秋的著作——《四庫叢書》。當時最出色的學者如紀昀、朱筠、翁方綱、程晉芳、戴震、王念孫、洪亮吉等齊集四庫館，留下了這樣一部煌煌巨著。可是編書過程中，發現與朝廷意志相左的著作，則令刪之改之毀之，甚至掀起了漫天的腥風血雨，四庫館開後的十五年內，有文字獄四十八起，這才是乾隆帝寓禁於徵的眞正目的。

另外，雍正朝文字獄肆虐，如錢名世、查嗣庭、汪景祺和呂留良案，打擊面極廣且手段嚴酷，極大震懾了士人。乾隆繼位之初，定「不得以文字罪人」，但自乾隆三十二年（1767）六月蔡顯以所著《閒漁閒閒錄》犯忌被斬起，文字獄又呈泛濫之勢。此後隨著對錢謙益詩集

〔註11〕孟森：《明清史論著集刊》，頁488。

的查禁和《貳臣傳》、《逆臣傳》的編寫，最後確立了以植綱常、辨名節為目的的褒貶裁量歷史人物的標準，乾隆朝的文化政策愈發加強了對士人思想的禁錮。

科舉方面，轟轟烈烈的丙辰詞科只取中一十五人，被認為是「苛繩隘取」。不斷地有耄耋老人堅韌地趕赴科場，屢敗屢戰，士人被牢牢困於科舉。沈德潛的耄年奇遇給了受挫絕望的士子巨大的幻想，可是他身後的遭遇又使人不寒而栗。一系列的事件使部分有識之士冷靜、客觀地審視起盛世，表現之一為小說中的現實批判精神空前強化。《聊齋誌異》完成於清康熙十九年（1680年），以花妖狐鬼的光怪陸離描寫來折射真實人生，但直到乾隆三十一年（1766年）第一次由趙起杲在浙江嚴州刻印，才得以廣泛傳播。該書對科舉的黑暗已經多有揭露。

乾隆朝另有《儒林外史》問世，作者吳敬梓（1701～1754）描寫了一個被科舉制度扭曲的士人世界。吳敬梓本人生於康熙四十年，卒於乾隆十九年。康熙五十七年（1718）考中生員，時十八歲。此後功業無成，雍正十一年（1733）「床頭金盡」、「田廬賣盡」而移居南京。雍正十三年（1735）膺博學鴻詞科薦，但因病缺試。此後放棄功名之想，轉而創作《儒林外史》。吳敬梓出身科舉家庭，其曾祖輩有四進士，曾祖吳國對更是順治十五年（1658）探花，歷官福建鄉試考官、順天府學政和翰林院侍讀。吳敬梓祖父為增生，考授同知。叔祖中又有兩個進士，其中一人為康熙朝榜眼。父親吳霖起，康熙朝拔貢。到了吳敬梓生活的康熙後期至乾隆前期，恰恰是士子赴舉最艱難的時代，舉子數量劇增而中額反減，降到了清代最低點，「有司操尺度，所持何其堅」（吳敬梓《哭舅氏》），描寫的就是這樣的情形。康熙五十年（1711）江南鄉試中額僅為 99 人，到了乾隆九年（1744），也僅增加到 114 名，這數字遠遠小於其曾祖應試的時期，順治二年（1645）江南鄉試中額尚有 163 名〔註12〕。這時的中額與

〔註12〕數據取自王德昭：《清代科舉制度研究》第三章，中華書局 1984 年版，統計自《皇朝政典類纂》。

生員總數的比例（連同監生等應試人員）約爲 1：1000〔註13〕。科舉錄取比例極低，士人的功名之心卻空前膨脹，鄭燮慨歎士人「一捧書本，便想中舉，中進士，作官，如何攫取金錢，造大房屋，置多田產。起手便錯走了路頭，後來越做越壞，總沒有個好結果。」〔註14〕《儒林外史》正描寫了這樣一群士人。

此外，乾隆朝還誕生了中國小說史、乃至整個古代文學史上最傑出的作品──《紅樓夢》。《紅樓夢》成書於乾隆四十九年（1784），在乾隆帝統治後期烈火烹油、鮮花著錦的盛世外表下，掩蓋的是日益空虛的內質。曹雪芹以對現實的清醒認識和深刻描寫，揭開封建社會那富麗璀璨的外表，看透「內囊盡上來了」的本質，這標誌著士人已經部分地看清了社會的本質。

第二節　自無官後詩才好 ── 辭別宦海之乾隆三大家

乾隆在位六十年，自認爲英明神武，國家高度集權，內外臣工只剩下緘默或諂諛的機會，龔自珍云：「方是時，國家累葉富厚，主上神武，大臣皆自審愚賤，才智不及主上萬一。」〔註15〕因乾隆帝深惡前明之科道言事以及黨派林立，認爲有礙政治清明，因此對官員下了這樣一道「封口令」：「若語涉無稽，捃摭失實，欲以此自命敢言，深所不取，明季科道，往往與部臣牴牾，遇事生風，攻詰不已，久之遂成門戶，朕披閱史冊，每深惡而痛疾之。方今政治肅清，不願言官蹈此惡習，著將此傳諭各科道，如再有似此參動各部事件，查無實據者，即將言事之人，交部議處。」〔註16〕《四庫全書》總

〔註13〕《清代進士群體與學術文化》，頁 296。
〔註14〕鄭燮：《范縣署中寄舍弟墨第四書》，《鄭板橋全集》六編，中國書店據掃葉山房 1924 版影印。
〔註15〕龔自珍著、王佩諍校：《資政大夫禮部侍郎武進莊公神道碑銘》，《龔自珍全集》第二輯，上海古籍出版社 1999 年版，頁 142。
〔註16〕《清實錄·高宗純皇帝實錄》卷九八九，乾隆四十年八月。

纂官紀昀因議論國事，竟被怒斥道：「朕以汝之文學尚優，故使領四庫書館，實不過倡優蓄之，汝何敢妄談國事！」〔註17〕為了更好地使大臣保持沉默，和珅當政時竟發展到「令各部以年老平庸之員保送御史」〔註18〕。

朝廷不需要大臣參與國事，而官員之間也有尊卑之別，漢族官員的地位往往較卑下。趙翼《簷曝雜記》卷二云：「一部有滿漢二尚書、四侍郎，凡所合議之事，宜允當矣，然往往勢力較重者一人主之，其餘則相隨畫諾，不復可否。」

尚能置身這樣的官場中的人，往往被人認為缺乏氣節。乾隆時無錫人黃印說：「今科名日盛，列諫垣者有人，居九列者有人，百餘年來，從無有抗權倖、陳疾苦、諤諤不回如古人者。雖謹慎小心，不敢放縱，要之保位安身之念周其胸中，久不知有『氣節』二字矣。故邑志於本朝先達，政績可以鋪張，即理學亦尚可緣飾，惟氣節不可強為附會。」〔註19〕傳統士人素重氣節，但是氣節與保位安身無法相容，正直的士人往往內心痛苦異常。如大學士王杰，「嘗念大臣所當為者，非盡於所能言，獨居意嘗邑邑，深念而不怡。」〔註20〕不獨王杰如此，其他正直士人常常獨自捫心自問，憤懣而不得言，秦瀛記下了乾隆四十八年他與梁國治的一段對話：「一日，見公於行帳，公留飲酒半，公曰：子以余為何如人？余曰：公正人也。公忽自呼其字而詈曰：梁階平，汝尚得為人乎？汝今為大學士，與和珅同列，進不能救其失，退無以自立，汝尚得為人乎？〔註21〕」

洪亮吉曾批評董誥：「師何為無罪？師秉國鈞，上之宜法皋、夔、伊、傅，次亦當效房、杜、范、韓，若庸庸衹衹，徒效孔光、石慶之

〔註17〕印鸞章編：《清鑒》，北京，中國書店1985年影印版，頁46。
〔註18〕《和珅傳》，見《清史稿》卷三百十九，頁10757。
〔註19〕黃印：《錫金識小錄》卷一，光緒二十二年（1896）王念祖活字本。
〔註20〕姚鼐：《光祿大夫東閣大學士王文端公神道碑》，《惜抱軒文後集》卷六，《續修四庫全書》1453冊，頁163。
〔註21〕秦瀛：《書梁文定公遺言》，《小峴山人續文集補編》，《續修四庫全書》1465冊，頁382。

所為，不能造福，即有餘殃。慎無以無罪自蒙也。」〔註22〕董誥事實上並非庸庸碌碌、無所作為者，其內心充滿苦悶，「常排徊一室，若有所甚憂，或執象笏擊幾，笏為之裂，竊疑公與珅同居樞密，必有甚不得已者。」〔註23〕

　　有人悲慨常州風氣的大轉移，並推及整個士林曰：「乾隆以後吾鄉士風之變，乃屈於帝王之淫威，異族之腥毒。使我直前邁往之士氣，一變而至於聲音文字，埋首故紙，又肆其精力之消磨，名曰漢學、常州學派。此有清一代盛衰所關，又豈吾常一邑之得失已。」〔註24〕士人為文也變得畏首畏尾：「今人之文，一涉筆唯恐觸礙天下國家……人情望風規景，畏避太甚。見鱓而以為蛇，遇鼠而以為虎。消剛正之氣，長柔媚之風，此於世道人心，實有關係。」〔註25〕面對這轉喉先觸諱、出門即有礙的現實，不堪被朝廷「倡優蓄之」的有識之士紛紛後悔出仕，張問陶《送同年張子白若採之皖江》曰：「志違難作吏，年少悔登科。酒冷雄心退，人高熱淚多。」成為為數不少的士人共同的心聲，於是「早退」便成了乾嘉時官場的一大景觀。據趙杏根博士統計，有：姚範、全祖望、朱仕琇、袁枚、盧文弨、邵齊燾、王鳴盛、趙翼、蔣士銓、錢大昕、嚴長明、顧光旭、姚鼐、金榜、段玉裁、章學誠、孔廣森、孔繼涵、梁同書、王文治、吳錫麒、戚學標、凌廷堪、孫星衍、張問陶等等，這些文學、學術方面的大家名家，都是在年富力強之際退出官場的〔註26〕。這些人中絕大多數還沒到五十歲，就決意辭別官場，如袁枚基本從 33 歲就開始了閒居生活，而孔廣森才 26

〔註22〕許仲元：《三異筆談》卷四，民國筆記小說大觀本。
〔註23〕劉逢祿：《董文恭公誥遺事》，《劉禮部集》卷十，《續修四庫全書》1501 冊，頁 185。
〔註24〕臺灣新修方志叢刊影印：《武陽縣志序》，臺灣學生書店印行。轉引自楊念群：《儒學地域化的近代形態：三大知識群體互動的比較研究》，三聯書店 1997 年版，頁 277。
〔註25〕李祖陶：《與楊蓉渚明府書》，《邁堂文略》卷一，敔陽尚友樓同治七年版。
〔註26〕趙杏根：《乾嘉代表詩人研究》，蘇州大學博士學位論文，2005 年。

歲便絕意仕進。如張問陶般身爲名門之後，才華卓越、早達清班、深孚時望的俊杰碩彦時有「紅顏棄冠冕」之舉。至於德清許宗彦、常熟孫原湘、仁和孫均，或已科舉得意，或已銓選入仕，卻紛紛託疾辭官。一時之間，「可憐名士滿江湖」〔註27〕，不能不說是朝廷之失。大量的官員和在野士人，眼見功業無望，就到文化領域去實現自己的價值。段玉裁云：「回首平生，學業何在也，政績何在也。自蜀告歸，將以養親，將以讀書。」〔註28〕如段玉裁者創造了「乾嘉之學」的輝煌成就，亦有如袁枚者在詩歌理論和創作方面作出了巨大的努力，使詩歌領域出現了繁榮景象。與處於鼎革之際的士人相比，民族矛盾業已淡化，乾嘉時期的詩人對國家前途和民族命運少了一些關懷，轉而更關注個人性情的張揚，但是個性的發展卻與定型的國家體製造成的壓抑形成矛盾衝突，於是，在由盛轉衰的時代裏，士人更傾向於獨善其身。與身居官位的大僚詩人相比，他們更關注個人生活方式的自由和眞實性情的抒寫。他們也有關注民生、揭露時弊的作品，但缺少將改變現實作爲己任的決心，更不必承擔寫作褒衣大袑氣象之文章來粉飾盛世的責任，這一點來看，他們比還在其位的詩人又幸運了。因此，個性、自我與眞性情往往成爲他們詩歌的主流。

乾嘉時期的袁枚、趙翼、蔣士銓，當時就三家鼎立，身後也爲人並舉比較，他們的詩學思想和創作有諸多相異處，也有不少相似處，「他們『和光同塵』地相處，和而不同，求同存異」〔註29〕，茲結合他們一生的科舉仕宦經歷來研究。

一、詩人袁枚

（一）袁枚人生觀

王標在《城市知識分子的社會形態──袁枚及其交遊網絡的研

〔註27〕閔華：《題梅泏所輯廣陵唱和錄後》，王豫《江蘇詩徵》卷一○四，道光元年刻本。

〔註28〕段玉裁：《八十自序》，《經韻樓集》卷八，上海鴻寶齋光緒十七年刻本。

〔註29〕嚴迪昌：《清詩史》，頁930。

究》中將中心層級以下的知識分子分爲「科舉志向型」、「文學/學術志向型」和「謀生/娛樂志向型」〔註30〕，這三種類型在乾隆三大家身上得到了極好的體現，比如袁枚就是這個「謀生/娛樂志向型」，與趙翼的埋首學術、著書治史和蔣士銓的心繫事功相比，袁枚將剩下的大半生時間花在了謀生和娛樂兩件事上（這兩件事又都和詩歌脫離不了關係）。袁枚是清詩史上一個太有趣而複雜的現象，歷來關於他的研究和爭論不斷，筆者在此想要討論的，是在乾隆中期的時代背景下，袁枚作爲一個「順勢」而爲的詩人的存在。

首先對於袁枚的「詩人」身份，嚴迪昌先生有謂：「如果說詩史上曾經有過本來意義上的『專業』詩人，即以畢生心力集注於詩的理論和實踐，持之爲唯一從事的文學的文化的事業的話，那麼袁枚就是這樣的專業詩人和詩學理論家；而且，至少在清代他是唯一全身心投入詩的事業者。」〔註31〕

在乾隆朝無比森嚴而爛熟的官僚體制中，士人「治國平天下」的政治理想毫無現實實踐性，飽有人文教養的士人在理想破滅後紛紛告別官場，轉到別的領域尋求寄託，「不得志於事功，及轉而治學，轉而由官爲幕僚」等〔註32〕。袁枚的使命即在於順時而動，不遺餘力地借助一切力量發揚光大性靈詩派〔註33〕。

隨園老人，一生以「隨」自任，隨者，「適我、自在的人生方式的自覺意義上的選擇，追求自由的意志。」〔註34〕袁枚對「隨」的詮

〔註30〕王標：《城市知識分子的社會形態——袁枚及其交遊網絡的研究》，三聯書店 2008 年版，頁 78。
〔註31〕嚴迪昌：《清詩史》，頁 731。
〔註32〕臺灣新修方志叢刊影印：《武陽縣志序》。
〔註33〕村上哲見在《中國文人論》中將中國傳統知識分子類型成立的重要條件歸納爲三條，即：人文教養、治國平天下的使命感和尚雅精神。其中人文教養又分爲古典（經書）的素養和作詩文的能力。這就使得傳統士人在治國理想幻滅後往往利用先前的人文教養進行學術研究或者詩文創作，並標榜一種「雅」的生活。
〔註34〕石玲：《袁枚詩論》，齊魯書社 2003 年版，頁 104。

釋，主觀上表現為隨性隨心，客觀上則表現為敏銳地洞察時勢變化並順勢而動，他曾在《代劉景福上尹制府書》中道：「觀古君子之於人才也，有必用，有必不用。而其界乎或用或不用者，則未嘗不相其時勢之便，與其人之緩急而進退之。」（《小倉山房文集》卷十七）袁枚一生都在實踐著這一相時而動、趨利避害的處世原則。

　　袁枚（1716～1797），幼名瑞官，字子才，號簡齋，晚號隨園老人。浙江錢塘（今杭州）人。乾隆元年（1736）的博學鴻詞科是袁枚一生順勢而為的發端，占籍杭州的袁枚舍近求遠，赴廣西求一薦舉，正是他審時度勢的結果。袁枚曾於雍正五年（1727）考中秀才，此後因為深憎時文，「四戰秋闈，自不愜意」〔註35〕，在鄉試上耽擱了九年時間。乾隆朝再開博學鴻詞科，因康熙朝舊例只試賦一篇、詩一首，這對長於作詩的袁枚來說是極好的契機，「心乃惬惬然喜，以為可以辭時文矣！」〔註36〕但是浙江人文淵藪，待薦者中人才濟濟，比如著名詩人厲鶚已中舉人；符曾，時官戶部郎中；桑調元，進士；著名詩人胡天遊是副榜貢生；杭世駿，進士；全祖望，舉人……跟這些人相比，年僅20歲的青年袁枚無論在科第、家世或才名上都不具備絕對優勢，他可能都無法獲得被薦舉的機會。通過對時勢的揣度，袁枚決定轉戰文風較弱的廣西。後來證明，袁枚這一步走對了。他果然受到了廣西巡撫金鉷的賞識，將之作為廣西唯一的人選舉薦與試。雖然袁枚最終未能入選博學鴻詞，但其青年才俊之名卻從此遠播四方。

　　乾隆元年（1736）至六年（1741），袁枚留京師應會試。雖然深憎時文，但是當博學鴻詞報罷，別無選擇之時，「不得不降心俯首，惟時文之自攻。」袁枚很懂得為功名約束自己，甚至慮其不專，「於是忍心割愛，不作詩，不作古文，不觀古書……於無情處求情，於無味處索味，如交俗客，強顏以求歡。」〔註37〕半年後於時文一道

〔註35〕袁枚：《與備之秀才第二書》，《小倉山房文集》卷三十五。
〔註36〕同上。
〔註37〕袁枚：《與備之秀才第二書》。

終有所得，於是會試大捷，進入詞館，在翰林院過了三年悠遊放縱的時光。

　　「庶吉士」之設，始自明代，取《尚書‧立政篇》「庶常吉士」之義。明、清兩代，庶吉士極為清貴，雍正帝認為，庶吉士乃「清要之選，必須學問優長、人品端方，始為稱職。……必得文行兼優之士，擢為庶吉士，將來始可以收得人之效。」〔註38〕朝廷待庶吉士甚優，「特設教習館，頒內府經、史、詩、文，戶部月給廩餼，工部供張什物，俾庶吉士肄業其中，尤為優異。」〔註39〕庶吉士入館後，分習清書和漢書兩種。習漢文者，仍與鄉會試內容無異，不外乎繼續學習四書五經、詩賦策論之類；而習滿文之規定始自順治六年，其時清兵入關不久，需要漢族士人研習滿文，以彌補滿人文化教育上的不足。規定多選「年輕貌秀、聲音明爽者，每員頒給《遼》、《金》、《元》史，《洪武寶訓》、《大學衍義日講》、《四書解義》等書。」〔註40〕後期隨著滿漢文化的融合、更多的是滿人對漢文化的接受，清書庶吉士越來越失去現實意義，至康熙朝中、後期，已經出現荒疏現象。至乾隆十六年（1751），帝命「雲南、貴州、四川、廣東、廣西等省庶吉士，不必派習清書，他省視人數酌派年力少壯者一二員或二三員，但循舉舊章，備國朝典制而已。」〔註41〕

　　初入翰林院，袁枚因年輕俊秀，被選習清書，但袁枚對這奇怪難懂的「蝌斗」〔註42〕文並不喜愛，要他「強學」〔註43〕，是違背子才天性的。在縱情冶遊、荒疏學業的三年過去後，袁枚清書考最下等。乾隆七年（1742）時的清書考覈，從袁枚「三年春夢玉堂空」的結果

〔註38〕《清實錄‧世宗憲實錄》卷五十七，雍正五年五月辛酉。
〔註39〕《清史稿‧選舉三》。
〔註40〕《清代科舉考試述錄及有關著作》第三章第五節。
〔註41〕《清史稿‧選舉三》。
〔註42〕《送裴叔度同年歸覲》詩云：「笑余聱牙習蝌斗，略解婁羅偏上口。」《小倉山房詩集》卷二。
〔註43〕「強學佉盧字，誤書《靈寶章》」，《子才子歌示莊念農》詩。

來看似乎頗為嚴格，但乾隆十年（1745）狀元錢維城，以翰林院修撰身份學習清書，三年散館也考列末等，按例不得留館，禮部又讓他考漢文方得留館，可見袁枚的外放多少有個人的原因〔註44〕。

庶吉士雖品級不高，但地位清貴，近侍天子，儀制同於大臣，外放之後，提拔也不限常格，與一般士人相比，已是非常優越，但是對於庶吉士們而言，外放產生的落差近似於從天堂跌落凡塵。考差後一般有三種途徑，或以部屬，或以知縣，或歸班使用。「部屬」指六部的屬官，算是內遷，相較而言品秩不低。「歸班使用」乃是散館後未得官的庶吉士，需再次與同科朝考未選取的進士一起，等候吏部選用。而知縣屬於外放，將來遷轉較慢〔註45〕。袁枚遭到外放，是庶吉士出館最下下的選擇，自然有無數的牢騷不平。下層官吏的生活，「書銜筆慣字難小，學跪膝忙時有聲。」（《謁長史畢歸而作詩》）對於連作詞的規律都不能接受、熱愛自由的袁枚來說，無疑是難以忍受的〔註46〕，所以他連「循吏」的理想也破滅了。《小倉山房文集》卷十六《答陶觀察問乞病書》記錄了他失落的心情：「自來會城，俾夜作晝，每起得聞雞鳴以為大祥。竊自念日苦吾身以為吾民，吾心甘焉。邇今之昧宵昏而犯霜露者，不過臺參耳，迎送耳，為大官作奴耳。」

恰在此時，他結識了淮揚一帶的鹽商，他們亦商亦紳的生活為袁枚失落的仕途啟發了新的契機，在此柳暗花明之際，袁枚曾有詩總結自的人生：

> 至人非吾德，豪傑非吾才。見佛吾無佞，談仙吾輒排。

〔註44〕嚴迪昌先生《袁枚論》中根據其《詩話》卷一中的一則記載將之歸結為「從禮部到禮部的大僚們似已對他的言行早有成見」，因為他「與任何帶『制約』的事總格格難入，輕狂、輕佻之名由來已久。」姑存一說。

〔註45〕如康熙間進士朱軾，康熙三十三年（1694）散館後授湖北潛江知縣，至四十四年（1705）方才內遷為刑部主事，比其他散館庶吉士浪費了十年時間。

〔註46〕《隨園詩話》卷十一第二十六則：「余不耐學詞，嫌其必依譜而填故也。然愛人有佳作。」

　　謂隱吾已仕，謂顯吾又乖。解好長卿色，亦營陶朱財。

　　不飲愛人醉，不醉愛花開。先生高自譽，古之達人哉。

　　（《秋夜雜詩》之五）

明確了自「好貨好色」的本性，確定了今後發展的方向，袁枚「收帆好在順風時」（《小倉山房詩集》卷三十六），決意辭別官場。

　　作爲飽受儒家人文教養的士人，在汲汲於科舉的當初，未嘗沒有修齊治平的崇高志向，「記得兒時語最狂，立名最小是文章。」當初對於袁枚，作詩不過是最渺小的一個理想，就他的科舉經歷而言，「十二舉茂才，二十試明光，廿三登鄉薦，廿四貢玉堂。爾時意氣凌八表，海水未許人窺量。」（《小倉山房詩集》卷十五《子才子歌示莊念農》）少年得志，意氣風發，對前途寄予極高的期望。可是袁枚的聰明之處在於，經過了不算曲折的宦海波瀾之後，他便意識到在這個時代要想憑科舉治生恐怕都是可憐的〔註47〕，更何況實現「治國平天下」的政治理想？又三十多年後，袁枚回憶道：

　　「枚生逢盛世，初心頗思有所樹立，不欲以詩文自見。乃辭官養母三十餘年，人子事畢，而身亦皤皤老矣。平晝閒居，小有述作，稱心而言，自知爲拘儒所呵無疑也。」〔註48〕這是寫給當朝大僚的信，袁枚也許比較小心，對自己的選擇有所保留，而在乾隆四十年（1775）爲全集編成作的組詩中，袁枚更直白地透露了棄官作詩的心態，其第一首與第四首爲：

　　不負人間過一回，編成六十卷書開。

　　莫嫌覆瓿些些物，多少功勳換得來！（其一）

〔註47〕袁枚有詩嘲科舉，《偶然作》十三首之九：憶昔垂髫年，讀書葵巷中。先生出見客，弟子偷餘工。聞客有科名，仰之如華嵩。家人多窺探，嘖嘖羨其容。於今二十年，都成可憐蟲。孝廉難糊口，進士愁飄蓬。酒味減京口，米價增江東。貴爵而尚齒，吾將笑周公。《小倉山房詩集》卷十三，見《袁枚全集》第一冊，頁242。

〔註48〕《小倉山房尺牘》卷九《答和希齋尚書》，見《袁枚全集》第五冊，頁187〜188。

七齡上學解吟哦，垂老燈窗墨尚磨。

除卻神仙與富貴，此生原不算蹉跎！（其四《小倉山房詩集》

卷二十四）

對袁枚來說，放棄了政治理想，轉而從事本來就熱愛的詩歌事業，未
嘗不是一樁幸事，他甚至認爲「自無官後詩才好」(《題慶雨林詩冊》)。
因此乾隆十四年（1749）至嘉慶二年（1797）逝世，袁枚一直市隱隨
園，優遊卒歲。

（二）袁枚詩學觀

袁枚詩學觀處處強調一「眞」字：「詩難其眞也，有性情而後眞；
否則敷衍成文矣。」〔註49〕袁枚舉眞性情之大纛，討伐詩壇上他認爲
不眞之人、不眞之詩。袁枚之眞，固然在「好貨好色」，他人之詩，
也未必不出於他人眞心。即以自身經歷而言，沈德潛暮年得主隆遇，
他寫的褒衣大袑未必不是眞誠頌揚；而翁方綱作爲一代學者，在詩作
中引入考據原屬本色。但袁枚卻一直強調他自己的本眞，並以此來進
攻其他詩人，蓋如齊治平先生所言，乃「爭勝之一術也」。具體而言，
當袁枚活躍於詩壇時，詩壇「在朝則有沈德潛之提倡唐音，在野則有
厲鶚等之挖揚宋調，故己乃倡爲不分朝代畛域之說，以示門庭之廣，
而遇宗唐者則申宋以難之，遇尊宋者則稱唐以折之，左右開弓，亦爭
勝之一術也。」〔註50〕

陳伯海先生《近四百年中國文學思潮史》第三章論及性靈思潮時
有一段眞知灼見：

「異端」與正統，這正是明末性靈派與乾隆性靈思潮的根
本區別。……崛起於乾隆盛世的性靈派所面對的卻是統治
者以猛爲主的文化統治政策，屢屢興起的文字獄所造成的
恐怖氣氛，程朱理學之官方哲學的地位重被恢復而且強化
爲道統思想。在這種時代土壤生成的性靈思潮不可避免的

〔註49〕《隨園詩話》卷七。

〔註50〕齊治平：《唐宋詩之爭概述》，嶽麓書社 1983 年版，頁 116。

存在著種種先天弱症。……總之，乾隆時期性靈派雖時有
突破正統的種種表現，但終未蟬蛻正統而呈現新質。

最後一句中「有突破正統的種種表現，但終未蟬蛻正統而呈現新質」
包含兩個「正統」，分別爲兩個不同的含義。第一個「正統」即對權
力的社會認可和擁戴，對此袁枚一生與之對抗不已，比如正統的詩
學，如當時掌握詩壇大纛的沈德潛之格調派，或道學家的一些清規
戒律例如「隔絕群花，單身獨宿」的生活習慣〔註51〕；而第二個「正
統」卻意味著秩序的正統性，主要是指「能夠使統治者與被統治者
之間的關係得以正當化的價值觀念及其社會效果。」〔註52〕對於這
一點，以鬥士面貌出現的袁枚其實從未根本觸及，這才是他能夠自
始至終存身遠禍、左右逢源、長袖善舞的根本。袁枚之狂，說到底
是一種避世之狂，而非晚明性靈思潮的忤世之狂，因此被視爲儒教
叛徒和名教罪人的李贄橫死，而袁枚不過招致一些極端儒者的言語
攻擊。袁枚的狂幾乎成了他熱鬧的文化表演的一部分，他熱衷於向
人宣戰，並與人機鋒十足地辯駁，這些和他在隨園這個盛大的社交
場所迎來送往、不斷製造話題索人和詩一樣，是出於一種下層知識
分子的「才名焦慮」〔註53〕。相應的，位高名重的沈德潛就自矜身
份，對青年袁枚的挑戰始終不予理睬（沈德潛文集中不見任何與袁
枚的辯論）。

　　王標的論著《城市知識分子的社會形態 —— 袁枚及其交遊網絡
的研究》中，將袁枚一生熱衷的幾次轟轟烈烈的文化雅集活動與王
士禛的「紅橋唱和」相提並論，這是很有見地的。紅橋修褉所承擔
的美學與權威的特別結合的使命，同樣也爲袁枚的各類雅集活動所

〔註51〕袁枚：《答相國勸獨宿》，《小倉山房尺牘》，《袁枚全集》第五冊，
　　　　頁3。
〔註52〕王標：《城市知識分子的社會形態 —— 袁枚及其交遊網絡的研究》，
　　　　頁11。
〔註53〕王標：《城市知識分子的社會形態 —— 袁枚及其交遊網絡的研究》，
　　　　頁261。

期待。雖然他們二人一人在朝一人在野,但是彼此處境卻有某種內在的相似。王士禛所處的清初揚州,遺民情結占據輿論主流,王士禛這樣的官方知識分子賦予紅橋以文化象徵意味,以尋求與遺民集團的契合從而獲得文化威信,這種文化威信也正是袁枚想要的。袁枚身處的乾隆中期,代表朝廷意志的格調詩學儼然詩壇正宗,若想與之一較長短,袁枚必須借助一系列聲勢浩大的文化表演來推波助瀾,這是袁枚不甘寂寞的天性所致。正如嚴迪昌先生所說,袁枚是一個「本來意義上的專業詩人和詩學理論家」、「清代唯一全身心投入詩的事業者」〔註54〕,以他對詩歌的熱愛和執著、「立功」不成的失落轉化成的巨大動力以及不甘寂寞的天性,他勢要與格調派一較高低,在詩壇謀一方成就。

政治地位對詩派的壯大具有重大的意義,即如當時已儼然官方文化正統的權威沈德潛而言,在中進士前他早已是一個成熟的詩人,有大量詩歌作品,並且曾先後結「城南詩社」和「北郭詩社」於蘇州,但這些成員均爲布衣的詩社不僅維持時間很短,而且在文學史上籍籍無名;而晚年掛名受業的由王鳴盛、王昶、錢大昕等組成的「吳中七子」聲名赫赫,這跟成員的科名無疑有很大關係。袁枚深諳此中奧妙,雖然早已致仕在野,但是性靈派壯大的過程中無處不見政治勢力的輔佐和文化類表演的推波助瀾。如將袁枚 1748～1797 年居南京期間交遊者繪製成圖表,可以清晰見出這一特徵:

〔註54〕嚴迪昌:《清詩史》,頁 731。

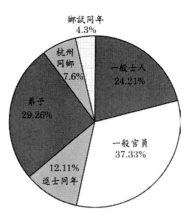

注：（1）該圖數據係王標統計自《小倉山房詩集》詩題中出現之詩友，見
　　　　氏著 106 頁。
　　（2）圖中數據格式爲人數、百分比，如，一般士人與袁枚交者 24 人，
　　　　占總數 21%。
　　（3）一般士人指弟子以外的南京出身交遊者。
　　（4）一般官員指進士、鄉試同年和杭州同鄉諸關係以外之官員。

　　從該圖表可以發現，袁枚居南京期間所交遊者最大比重爲官
員，「寧爲權門之草木，勿爲權門之鷹犬」，「草木不過供其賞玩，可
以免禍，恰無害於人；爲其鷹犬，則有害於人，而己亦終難免禍。」
〔註 55〕這種明哲保身的處世態度，與乾隆朝文字獄盛行不無關係，
也與其祖父、父輩兩代做師爺的家庭背景有關係〔註 56〕。袁枚一生，
深諳趨避韜晦之理，「僕不敢自知天性所長，而頗自知天性所短。若
箋注，若曆律，若星經地志，若詞曲家言，非吾能者，決意絕之。」
（《小倉山房文集》卷十九《答友人某論文書》）袁枚對自己不擅長
的、或者不喜歡的東西，向來都避而遠之，這是他好自由的天性所
致，也是他的聰明所在。在認清天性與仕途的衝突後，他毅然辭別
官場，並乾脆對一切正統思想宣戰。《遣興》詩二十四首之二十二中
寫到：「鄭孔門前不掉頭，程朱席上懶勾留。一帆直渡東沂水，文學

〔註 55〕《隨園詩話補遺》卷一。
〔註 56〕石玲：《袁枚詩論》，頁 71。

班中訪子遊。」（《小倉山房詩集》卷三十三）袁枚既不認同漢學，也不追隨宋明理學，他對思想、對國家、對一切的淡漠甚至鄙夷，包藏著個性的極度張揚。袁枚是乾隆三大家中對政治和道統背叛得最徹底的，他與仕途是彼此離棄，卻因此成就了他「思想家」的地位。楊鴻烈的《袁枚評傳》將袁枚作為偉大的思想家來評論，對他的哲學和倫理學思想大加褒揚，當代的研究者蔡尚思也稱袁枚為「一位被冷落的大思想家」。他說，「袁枚只列入文學史中，稱為詩人、文人，這未免太小看他了。他首先是思想家，而且是一位偉大的思想家，秦漢以後，實不多見。」〔註57〕

　　袁枚是否真能躋身偉大思想家之列尚無確論，袁枚的謀生、娛樂、事業，都在告別官場後繫於詩歌一途，毫無疑問他是一位真正的詩人，深諳生存之道的詩人。其詩以「最少的束縛」（不必載道、非關學理、無分唐宋）、「最大的包容」（風格各異、不分男女、語無俗雅）及「最生動的審美旨趣」受到了詩壇的熱烈追捧〔註58〕。乾隆盛世，異質文化的融合問題已不復存在，像以往所有朝代統治者一樣，滿清朝廷加強了政治控制手段，給予士人更多的束縛。袁枚及其「性靈說」能夠生逢其時，正是由於滿清統治者提供了一個文化認同高度統一、幾乎使人窒息的背景，森嚴而爛熟的官場，士人被壓抑的性情和才華急需一個不同於廟堂文學的出口，袁枚的「真」因此為人追捧。當時呈現這種風貌的詩人詩作數量巨大，趙翼、宋湘、張問陶、黃仲則均以大膽和疏狂聞名，而他們，也都屬於遠離仕途的江湖詩人。但同時，「避席畏聞文字獄」的文化屠戮又使這種「真」與「狂」必定仍是帶有束縛的。袁枚的成功之處，在於退在該退的時候，他退在朝廷不希望士人有過多的政治理想和道德抱負

〔註57〕蔡尚思：《一位被冷落的大思想家——袁枚》，《文史哲》1988 年第 5 期。

〔註58〕孔燕妮：《袁枚詩歌理論與實踐研究》，復旦大學 2011 屆博士學位論文。

之際，也適時地退在士人對國家與社會建設事業淡去了參與熱情的時候，失落的雄心與高揚的才情化爲「好貨好色」式的個性，而這些在不觸及統治者的利益之前，都是被默許的，甚至是統治者所贊許的。與王士禛時期詩壇創作重心在廟堂之高不同，乾隆時詩壇的創作以民間爲成功，這種創作重心的下移恰恰反映了統治者對文藝界控制力的減弱，這標誌著滿清統治者一旦失去強勢的控制力度，曾經被壓抑的文化和民族認同問題會再一度爆發，這一切正如晚清發生的那樣。

二、史家趙翼

乾隆三大家基本生活在同一時代，他們的人生經歷也不可避免地有相似之處，或者說，乾隆時代文壇上的一大批作家都有共通之處：「少時幾乎都有『用世』、『經世』之志，長成後或不爲所用、或被排擠受迫害，最後都以『避世』、『遊世』終其一生。」〔註59〕應舉、入仕、再逃仕幾乎是這三家共同的人生軌迹。同樣位列「三大家」，趙翼與袁枚對詩有著某些一致的認識，即性情（性靈）至上、強調眞情、反對純粹功利的說教等，趙翼云：「詩本性情，當以性情爲主。」〔註60〕但趙翼的詩學觀及詩歌創作還是帶有其個人風格。

趙翼以詩人和歷史學家名於史，他的史家立場決定了他的詩學觀點必然和袁枚有豐富的差異性。與袁枚相似，趙翼對理學或者考據之學都不屑一顧，不同的是他不曾言辭激烈地批駁，而是勤苦治史，來證實通經致用遠勝於空疏理學或瑣屑考據。《廿二史札記‧小引》曰：「自惟中歲歸田，遭時承平，得優遊林下，寢饋於文史以送老，書生之辛多矣。或以比顧亭林《日知錄》，謂身雖不仕，而其言有可用者，則吾豈敢。」雖口稱不敢，其實對於仕途不順致埋首治史而有此書頗

〔註59〕陳伯海：《近四百年中國文學思潮史》，東方出版中心 1997 年版，頁276。
〔註60〕趙翼：《甌北詩話》卷四，上海古籍出版社 1995 年版。

爲自得。他深厚的史學素養也一以貫之地體現在他的詩學觀點和詩歌創作中。

趙翼（1727～1814），字耘松，或雲崧，號甌北。江蘇陽湖（今武進）人。出身清寒，十五歲早孤，便接替父親爲塾師養家。趙翼的科舉經歷頗有幾分離奇之處，早年經歷過鄉試的失意沉浮，乾隆十五年（1750）順天鄉試中舉，乾隆二十六年（1761）會試中式，讀卷大臣擬爲該科第一，但是當高宗得知本朝陝西未曾出過狀元，爲祝賀西北用兵大捷，表示對西北地區的重視，將原爲第三名的陝西人王杰賜爲狀元，趙翼轉而變成了三名探花〔註 61〕。後授翰林院編修，任撰文，修《通鑒輯覽》。乾隆三十年（1765）陛見時皇帝不滿意他的面相，說是「文自佳而殊無福相」，於是外放廣西鎮安任知府。對於這樣荒唐的經歷，趙翼悲憤無奈，只能說自己也不明白，在「便道歸省，途次紀恩感遇」組詩小注中，趙翼寫道：「余爲教習三年，可得邑令，而考授中書；爲中書六年，可遷部曹，而成進士；官編修今六年，可得坊局，而又出守。每垂成輒易地，殊不解也。」〔註 62〕

乾隆三十八年（1773）趙翼辭官歸里，後四十年家居著作，中間偶有出遊，亦曾入幕一年，主講揚州安定書院三年，但主要的精力用來著史。《二十二史札記》、《陔餘叢考》奠定了他的史學大家地位，並另有《甌北詩集》五十三卷，存詩五千餘首，後刪成二十卷《甌北詩鈔》，可謂著述等身。

趙翼由一介寒士奮鬥成功，早先對功業期許甚高，暮年的《八十自壽》尚念念：「可憐八十年心力，不在淩烟圖畫中。」這樣的感歎不僅是書生自命而已，趙翼一生可稱能吏。在廣西鎮安府任上，趙翼頗有政聲，期間朝廷對緬甸用兵，趙翼奉命入滇贊畫，樹立軍功。後

〔註 61〕趙翼：《簷曝雜記》卷二《辛巳殿試》，上海古籍出版社 1995 年版。
〔註 62〕趙翼：《奉命出守鎮安歲杪出都便道省親，途次紀恩感遇之作》其六，《趙翼詩編年全集》卷十三，天津古籍出版社 1996 年版，頁 324。

調任廣州府，又調廣西兵備道等。乾隆五十二年（1787），臺灣林爽文起事，李侍堯奉命赴閩治軍事，道出常州，邀趙翼入幕府，即使當時正在隱居，趙翼也是當仁不讓，爲之策劃軍事，事成後再力辭回鄉。

跟袁枚相比，趙翼身上有強烈的士大夫的自尊、自強、以天下爲己任的意識。出則經濟國事，鞠躬盡瘁，退也不甘放任自流，轉而秉筆治史，留下可觀的著作。或許正因身爲史學家，通過治史過程中對人事變遷的梳理，趙翼對歷史發展的自然規律的認識也更清晰深刻，其詩學觀點也相對通融暢達，即以「李杜詩篇萬古傳，至今已覺不新鮮。江山代有才人出，各領風騷數百年」而言，能不拘於門戶、流派、朝代之囿，指出詩歌是一直發展的，後人不斷創新，各時期詩歌都有自己的魅力，這樣通達的詩史觀、詩歌發展觀，要高出紛紜不斷的唐宋之爭不知幾何。

在洞悉歷史發展的本質後，趙翼似乎特別地感到作爲詩人的無奈：「姓名爭期著述留，百年難駐況千秋」（《有以明人詩文……感成四律》，《甌北集》卷三五）；「搖筆爲詩便傳世，傳人將塞遍天地。何以迢迢千百年，代只數人屈指計」（《浙二子歌贈張仲雅程春廬兩孝廉》，《甌北集》卷三五）；「手握雞毛筆一枝，妄思不朽計原痴」（《有以明人詩文……感成四律》，《甌北集》卷三五）等詩作均表達了這種對歷史長河中詩歌存在價值的審視，尤爲難能可貴的是審視的結果並不是就此消沉，相反，趙翼在詩歌創作上一直孜孜不倦地追求創新，做出許多探索和努力。其中最突出的一個現象就是他對歷史事件的評價上，這恐怕也跟他身爲一個史學家有密不可分的關係。

比如對「安史之亂」中楊玉環的看法上，後人多持「紅顏禍水」之說，洪昇就曾謂：「天寶皇帝，只爲寵愛了貴妃娘娘，朝歡暮樂，弄壞朝綱。致使干戈四起，生民塗炭。」（《長生殿‧看襪》），白居易亦稱「貴妃胡旋惑君心」（《胡旋女》），而趙翼則直接指出：「寵極強藩已不臣，枉教紅粉委荒塵。憐香不盡千詞客，召亂何關一美人？」（《莪洲以陝中游草見示和其五首》之五《馬嵬坡》，《甌北集》卷三

一）認為「安史之亂」根本在於唐明皇無法制御已經割據的強藩所致，跟楊貴妃沒有根本關係，應該說是有真知灼見的。而他在同組詩之四《乾陵》中對武則天稱帝的肯定則更有離經叛道意味：「一番時局牝朝新，安坐妝臺換紫宸。臣僕不妨居妄位，英雄何必在男身？」（《甌北集》卷三一）以「英雄」二字稱武則天，有石破天驚的膽魄和識力。趙翼的論詩著作《甌北詩話》還以清代詩人吳偉業、查慎行配前代李白、杜甫、韓愈等大家，即使這一排列未得到公認，但這體現了他一個傑出詩歌理論家強調爭新與獨創，反對一味榮古虐今的發展性眼光，以及同時身為詩人和史學家的深厚學養。

三、儒生蔣士銓

　　蔣士銓（1725～1785），字定甫，又字心餘、苕生，號清容、藏園，又署離垢居士。江西鉛山人。乾隆十九年（1754），由舉人官內閣中書，二十二年（1757）成進士，歷官翰林院編修、國史館撰修官、記名候補御史。二十九年（1764）以養母為由請辭官，歸鄉後曾主講紹興蕺山書院和揚州安定書院。後乾隆四十二年（1777）再補纂修官未果，患風疾卒。

　　蔣士銓的辭官，似乎是因為招人嫉妒訕謗所致。趙翼《甌北集》卷十《送蔣心餘先生南歸》云：「竟拋官去談何易，為養親歸意自高」，「敏捷詩如馬脫銜，才高翻致謗難緘（有間之於掌院者，故云）。」在乾隆時期寄身官場的艱難前面已有所論述，蔣士銓和很多無法容忍官場種種陋習的官員一樣，選擇壯年致仕。

　　蔣士銓的思想與袁、趙兩家相比有較大出入。袁枚與趙翼在仕途挫折之後都找到了另一方領域實現自的價值，而蔣士銓卻是一直無法割捨汲汲入仕、兼濟天下的理想。早年一心要修齊治平、施展抱負而屢次北上應試，但科舉之途並不順利：乾隆十七年（1752），「房師張樹桐先生呈薦甚力，主司以江西春秋已中六卷，不再閱」（《清容居士行年錄》）。十九年（1754），因「表文將及二千字，膽

錄以二場卷短不敷謄寫，察請加頁，知貢舉者不許」（《清容居士行年錄》），卒被放。乾隆二十二年（1757），他又一次赴京趕考，終於考中十三名進士，「天街一騎滾香塵，蕊榜朝開姓字新。報說和凝衣鉢好，舍人名列十三人。」十年科場蹉跎，一時壯志得償，不禁悲欣交集，賦詩云：「三十三齡老孝廉，紫薇花畔許淹留。公車十載三磨折，才作青青竹上鮎。」（《登第日口號》）之後殿試二甲第一名，朝考欽取第一名，入庶常館。三年散館，授翰林院編修，任武英殿纂修官，分校順天鄉試，充《續文獻通考》纂修官，成爲一名「雕蟲篆刻人」（《疊韻再題四首》之四）。

「京朝官以清靜無事爲稱職。」〔註63〕經過八年清苦而無爲的京官生活，仕途淹蹇，閒置不遷，對一心渴望經世報國的蔣士銓是一種莫大的痛苦。「俯首雙轅沒巷泥，疲驘瘦蹇仰天嘶。何人解惜弛駈苦，別寫偷閒八馬蹄。」這首《柳陰雙馬圖》作於乾隆二十九年（1764），詩中疲憊淹蹇而陷於泥濘中的瘦馬就是蔣士銓的寫照，該年蔣士銓終於決心辭別仕途。乾隆三十一年（1766）到乾隆四十年（1775），蔣士銓閒居、遊歷和創作，除了大量的詩詞，還有戲曲作品。功業不成，儒者對道統理想的堅持還在。「道也者，德業文章、功名氣節之所由出也。」〔註64〕本著忠孝節義之旨趣，發爲坎壈不平之文章。在他的創作中，他屢屢表達了這種內心的痛苦不甘。如劇作《臨川夢》第四出「想夢」中俞二姑之評湯顯祖，顯然也寄託了蔣士銓的夫子自道：

> 湯君哪湯君，你有這等性情了悟，豈是雕蟲纂刻之輩。世上那些蠢才看了此曲……說你不過是一個詞章之士，何異痴人說夢。那裏曉得你的文章，都是《國風》、《小雅》之變相來喲！〔註65〕

〔註63〕孫原湘：《覺宦晨鐘書序》，《天眞閣集》卷四十，上海掃葉山房民國2年刻本。

〔註64〕《倪文貞公全集序》，《忠雅堂文集》卷一，上海古籍出版社1995年版。

〔註65〕蔣士銓：《臨川夢》卷上，清乾隆蔣氏刻紅雪樓九種曲本。

這些作品奠定了他戲曲家的地位，但這恰恰是違背他的本心的，「丈夫生當飛食肉，小技文章何足道！」乾隆四十三年（1778）春，高宗南巡途中所作御詩稱彭元瑞與蔣士銓爲「名士」，這激發了蔣士銓的入仕熱情，詩人天眞地以爲機會來了。念念不忘經世報國的蔣士銓再度入京謀事，時年已五十四歲。「欲爲聖明除弊事，肯將衰朽惜殘年！」這次入京爲官，耿耿之心猶在，而挫折感卻更甚往日。入京後，蔣士銓依舊充任國史館纂修官，專修開國方略十四卷。這種雕琢文章之事讓蔣士銓覺得瑣細、毫無作爲，詩人又一次感到了進退失據：「空許平生稷契身，何須斑管別金銀。誰憐開卻經綸手，喚作雕蟲篆刻人？」（《自題觀河面皺圖》）心靈的困頓加上身體的病症，兩年後蔣士銓返鄉，廢居至乾隆五十年（1785）病逝。

自幼研讀儒家經典的士人，經世報國是靈魂深處的使命，但一旦科舉成功進入官場，書生意氣往往使他們動輒得咎。蔣士銓，「身長八尺口懸河，枉腹便便濟時策。幾多寒士待手援，亦有達官遭面斥」，「難免謠琢加蛾眉」〔註66〕。洪亮吉也自稱「中年入官，而心性迂拙，言語戇直，又加以不識趨避，動乖事機，思之慨然，時有退志。」〔註67〕無奈之下，他們不得不選擇放棄政治地位上的追求，姚鼐就是如此：「官至部郎，歷資以進，當得御史。而道且大行，會有權要欲薦公，令出我門下，公以故毅然棄官以去。而四十餘年依山澤以徜徉，蓋寧使吾才韜晦不見，而不使吾身被污玷以毫芒。」〔註68〕對氣節的堅持使得一批有識之士紛紛告別官場，選擇其他領域去實現自我價值。

〔註66〕王文治：《蔣心餘前輩請假出都，將卜居江南之金陵，觀其意氣蕭疏，似有終焉之志。惜賢哲之難留，羨高潔之莫逮，賦詩述別情見乎辭》，《夢樓詩集》卷六，清乾隆六十年食舊堂刻本。

〔註67〕洪亮吉：《平生遊歷圖序》，《更生齋文乙集》卷二，《洪亮吉集》第三冊，頁 1073。

〔註68〕管同：《公祭姚姬傳先生文》，《因寄軒文集》初集卷十，清道光十三年管氏刻本。

　　趙翼對辭官之後寫詩和修史以遣志的生活是比較滿意的，他說：
「文章與政事，並營必魯莽……吾友三四人，俱早辭塵網。積學推王
（鳴盛）錢（大昕），工詞數袁（枚）蔣（士銓）。去官事著述，冥心
縱孤往。」〔註69〕王、錢埋首學問，袁、蔣寄情詞章，趙翼雖初爲吏
治，卻也一直對「爲文」念念不忘，「半世爲文憐未就，一行作吏更
何操。」〔註70〕辭官時尚云：「舊學還期傳黨塾，新詩閒與詠羲皇。
生平報國堪憑處，終覺文章技稍長。」他認爲文章也可報國，因此半
生治史，其樂無窮：「插架圖書手一編，蕭齋晏坐意超然。自尋呼吸
驚人句，不羨腥膻使鬼錢。務觀醉醒文字裏，堯夫生死太平年。似聞
天上多官府，又怕飛升去作仙。」〔註71〕致仕雖屬無奈，但文字仍是
趙翼最好的歸宿之一。

　　而袁枚本最不耐種種繁文縟節的束縛。吏治生活的繁忙艱苦，「官
苦原同受戒僧」的單調刻板，都是酷愛自由的袁枚不能忍受的。壯年
辭官，他欣然選擇了文學之路：「年甫四十，遂絕意仕宦，儘其才以爲
文辭歌詩。」〔註72〕雖然後來也曾自嘲「自笑匡時好才調，被天強派
作詩人」，但袁枚其實很得意自己的急流勇退，獲得了滋潤逍遙的生
活。更何況除了作詩之外還另有生財之道，他退官後甚至比做官時更
富有。在罷歸之初，「囊橐蕭然，只三千六百金」〔註73〕，及至其臨死
前，「總算田產及生息銀，幾及三萬」。其所居之隨園，「奇峰怪石，重
價購來；綠竹萬竿，親手栽植。又頗能識古，器用則檀梨文梓，雕漆
鵒金；玩物則晉帖唐碑，商彝夏鼎；圖書則青田黃凍，名手雕鐫；端
硯則蕉葉青花，兼多古款，爲大江南北富貴人家所未有也。」〔註74〕

〔註69〕趙翼：《雜書所見》六首之二，《甌北集》卷三十，上海古籍出版社
　　　　1995年版。
〔註70〕趙翼：《奉命出守鎮安歲抄出都便道歸省途次紀恩感遇之作》之六，
　　　　《甌北集》卷十三。
〔註71〕趙翼：《插架》，《甌北集》卷三十七。
〔註72〕姚鼐：《袁隨園君墓誌銘幷序》，《惜抱軒文集》卷十三。
〔註73〕蔣敦復：《隨園軼事》，《袁枚全集》第八冊附錄四，頁72。
〔註74〕袁枚：《隨園老人遺囑》，《袁枚全集》卷首。

應該說趙翼和袁枚辭官後生活還是成功的，趙翼著史講學，也曾出而匡扶軍務，袁枚營生之餘詩歌成就突出，他們對自己的人生也相對比較滿意。

蔣士銓卻顯得失意得多。蔣士銓一生，幾乎沒有什麼經世濟民的事功，他有限出仕的幾年，不過從事著文學侍從之職，而其孜孜一生的目標卻在「立德」、「立言」，素有兼濟的宏願：「惟智可治愚，生人各有宜。讀書明世務，得時豈無為。弱齡入城邑，傾耳聞怨咨。跋涉十九年，所歷皆可思。攬結半天下，悉民寒與饑。每觀鄉鄰鬥，激發為歌詩。幸有山與川，時復蕩滌之。高言似無當，恐為俗吏嗤。抱此區區心，濟物當有時。」〔註75〕落到實處，蔣士銓甚至一心想做一名循吏以造福百姓，他說過：「我生不願作公卿，但為循吏死亦足。」對於庶常官這樣的清貴之職，卻只感到「尚習雕蟲事，何由報主恩」的痛苦。蔣士銓心繫民生並確有心得，存世不多的詩作中，《官戒二十四首贈陶韋庵同年宰廣靈》諄諄告誡好友要做到親百姓、抑華靡、正風俗等，努力當好地方官為人造福。文集中還有大量與經國濟民有關的書信，如《移某中丞書》、《移紹興太守張椿山書》、《札衢州金華兩太守》、《上漕督楊公書》等，甚至在任職翰林院期間，致書大學士陳宏謀，要離開翰林清華之地，到外任地方官。可見蔣士銓一生其實是心繫治平之業、并頗有心得的，其終於在盛年棄官場而去，且滿腹牢騷：「袞袞諸公登臺省，看明時、無闕須人補。不才者，義當去。」（《銅弦詞‧賀新涼‧留別紀心齋戴匏齋》）可見對朝政和官場的失望。

和袁枚、趙翼一樣，蔣士銓最終選擇了告別仕途，寫詩作曲抒其性情。「乾嘉三大家」之間的同聲相應、同氣相求，是建立在彼此對「真性情」的一致認定的基礎上的。蔣士銓云：「文字何以壽，身後無虛名；元氣結紙上，留此真性情。……」（《擬秋懷詩》）但是，他的「性情」和袁枚、趙翼的又是不完全相同的，在題為《忠雅堂集》

〔註75〕蔣士銓：《雜詠三十首》之二十九，《忠雅堂詩集》卷三，清嘉慶二十二年藏園刻本。

的作品集裏，蔣士銓處處體現了他的儒者本色，在他看來，性情就應該是邦國濟民、存忠存雅的，就如杜甫：

> 先生不僅是詩人，薄宦沉淪社稷身。
> 獨向亂離憂社稷，老將歌哭厭風塵。
> 諸侯賓客時相忌，信史文章自有眞。
> 一飯何曾忘君父，荒祠鳥雀況荊榛。（《南池杜少陵祠堂》）

《鍾叔梧秀才詩序》中更云：「所謂忠孝節烈之心，溫柔敦厚之旨，則一焉。」這一觀點，恐怕是袁枚絕對不能贊同而沈德潛深以爲然的。就詠史詩而言，蔣氏有《響屧廊》謂：「憐伊幾兩平生屐，踏碎山河是此聲」，將女人視爲禍國殃民的罪魁。對趙翼而言，「論古勿泥古」正是他這位歷史學家的獨具隻眼，因此詠楊妃云「憐香不盡千詞客，召亂何關一美人！」至於「紅粉青山伴白頭」的袁枚，其女性觀更毋庸贅言。「乾隆三大家」之間豐富的差異性，使得人們對三位並提，頗有不以爲意者，如崔旭《念堂詩話》曾發出疑問：「乾隆中，袁、蔣、趙成爲鼎足，此說不知起於何人？」各家對三家的評價、好惡也有時相去甚遠，如朱庭珍的《筱園詩話》對袁枚破口大罵，謂之「以淫女狡童之性靈爲宗，專法香山、誠齋之病，誤以鄙俚淺滑爲自然，尖酸佻巧爲聰明，諧謔遊戲爲風趣，粗惡頹放爲雄豪……」；對趙翼也殊無好感，說其「詼諧戲謔，俚俗鄙惡，尤無所不至。……實風雅之蠹賊，六義之罪魁也。」但是對蔣士銓，卻推許有加：「江西詩家，以蔣心餘爲第一。其詩才力沉雄生辣，意境亦厚，是學昌黎、山谷而上摩工部之壘，故能自開生面，卓然成家。」或許朱庭珍這部詩話恰恰代表了以正統自居、時有近迂腐之論的時人和後人對三家分別的看法，這側面證明了蔣士銓詩歌的雅正。但蔣士銓一生不居高位，因此詩中雖有說教語，仍不失眞誠正直，未可與詩壇居高位者之褒衣大裪相提並論。「乾隆三大家」有相似處亦有不同處，方見出詩壇的繽紛多彩，和每個人作爲「這一個」而存在的意義。

第三節　不諧於俗──漸離仕途之浙江士人

　　兩浙之地是清初遺民情結深重、抗清復明活動特別頻繁的地區之一。順治二年（1645）清兵破南京，後潞王朱常淓轉至杭州「監國」，浙東錢肅樂又迎魯王朱以海監國，抗清名將張煌言、孫嘉績奮勇作戰，文士如「六狂生」董志寧、王家勤和黃宗羲等也紛紛起義。古老的越地，「乃報仇雪恥之國，非藏垢納污之區。」〔註76〕曾經句踐在此十年生聚而復國仇，在清代士人更樹立起錚錚傲骨。全祖望即云：「丙戌（1646）以後，甬東之人遠在天末，尚煩多士多方之訓，成化最晚。其在世祿家子弟，尤為甚焉。而吾全氏一日棄諸生籍者，二十四人。」〔註77〕所謂「成化最晚」乃是受清朝政治教化成為順民最晚，這就為浙江士人招致了統治者的憎惡，如雍正（詳後）。清政府感到「江海重地，不可無重兵駐防，以資彈壓」〔註78〕，浙江一向防守嚴密。1645年清軍甫入杭州，就有4000多八旗兵駐守，並建立起旗營，浙省其它各地另有綠營兵，相互配合鎮壓浙江人民。抗清鬥爭被鎮壓下去後，清統治階級仍未放棄對浙江加強控制。清代前期兩浙士人在朝廷種種強壓政策下，輾轉科場與仕途，委屈不平之意，幽栖獨抱之情往往一發之於詩歌，形成獨特的風格面貌。

一、清前期浙江士人遭遇

　　康熙、雍正兩朝，發生的文字大獄如康熙二年（1663）的莊氏《明史》案，五十年（1711）的戴名世《南山集》案，雍正三年（1725）的汪景棋《西征隨筆》案，四年（1726）的查嗣庭試題案，六年（1728）的呂留良文選案等。其中除戴名世為安徽桐城人外，其餘大案的主犯均為浙省文人，這是兩浙文人集體的大不幸。再加上雍正帝本人對浙江人有種種強烈偏見，使他對浙人評價的標準竟然是以其有無所謂的「浙江習氣」。例如，對會稽人魯國華的評價是「好的，一點無浙江

〔註76〕徐鼒：《小腆紀傳》卷四十二列傳第三十五，清光緒金陵刻本。
〔註77〕全祖望：《鮚埼亭集外編》卷八碑銘。
〔註78〕張大昌：《杭州八旗駐防營志略》卷十五，光緒十九年刻本。

習氣」〔註79〕；寧波人毛德琦是「看人去得，卓用的。人老成，不似浙江人習氣，似好」〔註80〕；而德清人許鎮則是「人蒼著明白，只恐有浙江習氣」等等不勝枚舉〔註81〕。對他省官員卻無這種標準，甚至曾特別告誡過當時的浙江巡撫李馥，要他對浙江「民情多詐」小心提防，不要被當地士紳與屬員欺瞞〔註82〕。

雍正三年（1725）汪景祺文字獄爆發。汪原名日祺，浙江錢塘人。戶部侍郎汪霖次子。康熙五十二年舉人。雍正二年（1724），赴陝西謁年羹堯時所作《上撫遠大將軍、一等公、川陝總督年公書》中有諛辭，著作《西征隨筆》有譏議朝政語，朝廷認為「甚屬悖逆」。後旨下，將汪景祺立斬梟示。妻子發遣黑龍江，給與窮披甲人為奴。其期服之親兄弟、親侄，俱著革職，發遣寧古塔。其五服以內族人，現任及候選、候補各官，俱查出革職，令其本籍地方官約束，不許出境。為打擊年羹堯，對區區一個文人，處以如此極刑，雍正朝文字之禍可稱慘酷。

雍正四年（1726）九月二十六日又興查嗣庭文字獄。查嗣庭案發，下旨務必嚴查嚴懲。搜查之時，便連牆壁窟穴也著意搜檢，所有書冊紙張，逐一細加查看，但有可查者，隻言片語盡數密加封固，送部檢驗。最後終於發現「科場懷挾細字、密寫文章數百篇」，藉此由頭曰：「似此無恥不法之事，不但藐視國憲，亦且玷辱科名，浙江士子未必不因此效成尤，應將浙江人鄉、會試停止。」〔註83〕

清人蕭奭指出：「科場懷挾細字，不獨浙省有之。」〔註84〕夾帶是科場積習，而雍正帝將之與汪景祺案聯繫起來，認為查嗣庭與汪景祺

〔註79〕《清代官員履歷檔案全編》，中國第一歷史檔案館編，華東師範大學出版社 1997 年版，第 1 冊，第 2 頁。
〔註80〕同上，頁 22。
〔註81〕同上，頁 34。
〔註82〕《世宗憲皇帝朱批諭旨》，臺北商務印書館 1986 年影印文淵閣《四庫全書》本第 418 冊，卷三八，頁 90。
〔註83〕《清實錄・世宗憲皇帝實錄》卷五十，雍正四年十一月。
〔註84〕蕭奭《永憲錄》，卷四，中華書局 1959 年版，頁 322。

同係浙人，或屬一黨，於是以浙江爲目標展開打擊朋黨的整飭運動。雍正四年（1726）的上諭云：「讀書所以明理，講求天經地義，知有君父之尊，然後見諸行事，足以厚俗維風，以備國家之用，非僅欲求其工於文字也。」〔註85〕九月二十八日以「士習不端」，命學官努力教化。十月初六日又設浙江觀風整俗史，「省問風俗，稽察奸僞，應勸導者勸導之，應懲治者懲治之，務使紳衿士庶有所儆戒，盡除浮薄囂淩之習，歸於謹厚，以昭一道同風之治。」十一月二十七日更以浙江風俗澆漓敗壞，命停該省士子鄉、會試。上諭道：「……浙江風俗惡薄如此，挾其筆墨之微長，遂忘綱常之大義，則開科取士又復何用？……應將浙江鄉、會試停止。至生員歲考仍舊舉行。鄉、會試既停，且使浙江人中師生同年請託營求爲之肅清。將來人心共知改悔，風俗趨於淳樸，朕確有見聞，再降諭旨。朕爲風俗人心，不得不嚴加整理，以爲久安長治之計也。」〔註86〕並稱：「鄉、會試既停，且使浙人中師生、同年彼此請託營求、紛紜膠擾之習，爲之肅清。」〔註87〕這對於科舉時代的士人來說，是從未有過的嚴懲，兩浙之地人人震恐，士民無不感到淒惶不安。

　　浙籍官員忙不迭地紛紛表明立場，因爲在朝官員不曾忘記，雍正三年（1725）戴名世《南山集》案，當雍正帝責成在京科舉出身官員「各爲詩文，記其劣迹，以儆頑邪」時，作詩不到位的官員所受的懲處。於是，浙籍吏部侍郎沈近思上了《整齊浙俗十事》，建言不遺餘力整飭浙江民俗，甚至稱查嗣庭使「越水增羞，吳山蒙恥」。雍正對此折表示讚賞，稱沈近思不曾沾染浙江不良習氣。這更激發了官員及普通士人間彼此攻訐陷告的不良之風，使士林風氣一再惡化。

　　直至雍正六年（1728）八月二十九日，在對查嗣庭黨不遺餘力的打擊、和對浙江士人「習氣」的整頓已兩年後，浙江巡撫李衛頻頻向

〔註85〕《科場條例》卷一，清咸豐刻本。
〔註86〕引自《永憲錄》卷四。
〔註87〕同上。

朝廷上奏諸多「祥瑞之兆」，聖心終於回轉，雍正帝下詔云：

> 向來浙江士習澆薄，中外所知。朕爲世道人心計，不得不
> 嚴加整理。今二年以來，李衛、王國棟、王蘭生先後奏稱
> 兩浙士子感朕訓誨之恩，省想悔過，將舊日囂凌奔競之習，
> 痛自改除，可稱士風丕變。前年，朕原降旨：浙人秉性聰
> 慧，既知讀書，必明大義，非如強悍、執滯之難於感化者，
> 一經指示，則醒悟，亦必最捷，不出二三載，可以望其自
> 新。今果然矣。明年即屆鄉試之期，浙省士子准其照舊鄉
> 會考試，以示朕訓俗，庸民樂聞遷善之至意。〔註88〕

不久後浙江又爆發了呂留良文字獄。呂留良（1629～1683），字莊生，
又名光綸，字用晦，號晚村，別號恥翁、南陽布衣，浙江崇德（今浙
江省桐鄉市崇福鎮）人，著名學者和思想家，嚴於夷夏之防，矢志復
明。他散萬金之家以結客，往來湖山之間，跋風涉雨，各嘗艱苦。《厲
耦耕詩》記載有「箭瘢入骨陰輒痛，舌血濺衣洗更新」的詩句。清康
熙五年（1666）拒不應試，被革除諸生。康熙十七年、十九年，兩次
不應徵辟、避迹僧庵著述講學，所著詩詞文章多有非議清廷和康熙帝
的言論，被定爲「思想罪」。

雍正十年（1732），呂留良被定爲「大逆」罪名，開棺戮屍梟示，
其子孫、親戚、弟子廣受株連，60餘口長途跋涉，遣戍至寧古塔爲奴，
鑄成清代震驚全國的文字獄。雍正爲與呂留良辯駁，特作《大義覺迷
錄》，頒行全國各府州縣，俾讀書士子及鄉曲小民共知之。令各貯一冊
於學宮，使後學新進之人觀覽知悉。倘有未見此書、未聞此諭旨者，
一經查出，將該學政及該縣教官從重治罪。卷四云：「朕向來謂浙省風
俗澆漓，人懷不逞，如汪景祺、查嗣庭之流，皆以謗訕悖逆，自伏其
辜，皆呂留良之害也。」又「數年以來，朕因浙省人心風俗之害可憂
者甚大，早夜籌畫，仁育義正，備極化導整頓之宏心，近始漸爲轉移，
且歸於正。若使少爲悠忽，不亟加整頓，則呂留良之邪說誣民者，必
致充塞膠固於人心而不可解，而於天經地義之大閒，泯沒淪棄，幾使

人人為無父無君之人矣。」〔註89〕朝廷對浙江地區士民的仇恨憎惡達到了無以復加的地步，兩浙又一度籠罩在愁雲慘霧和血雨腥風中。

後雍正帝竟赦免呂留良案中涉案之曾靜，命刑部侍郎杭奕祿帶曾靜由京城往江寧、蘇州、杭州各地，宣揚「本朝得統之正」，贊頌當今皇帝「聖德同天之大」，「現身說法，化導愚頑」〔註90〕。清初屢興文字獄，本來都是大肆武力鎮壓，至雍正起轉向思想統治，以愚民政策為主。這一思想統治的結果，是終於轉移了有清一代的士風、大大加強了讀書人的奴性。

經過康熙末年、尤其是雍正朝對浙江士人的「整頓」，清初浙江士人似乎終於「成化」，不再有公然對朝廷的反抗和非議，該地陷入了一種前所未有的消沉寂靜中，但骨子裏的反抗精神和錚錚傲骨卻掩飾不住地表現出來，使他們在科舉經歷和詩歌創作均有不一樣的風貌。清代浙江詩人的詩歌創作跟該地士人這些科場和文字方面的遭遇有密不可分的關係。他們強傲不屈的性格，注定了自身遭遇的坎坷，注定了浙江士人跟朝廷間始終存在一種離心之勢。查慎行入仕之途多波折凶險，使他身在金臺也無時不刻不思索著退路；屬鶯名滿天下、才高八斗，卻絕意仕進，而他們並不是浙籍士人中所僅見的兩位。浙籍士人的性格氣質，和他們在清代的遭遇，造成了浙江詩人對宋詩的偏愛，並形成了「浙派詩」獨特的創作風貌。

二、沉浮宦海查慎行

查慎行是清代前期一位學富而數奇的代表詩人，他的命運也是浙江士人這一群體遭遇的縮影。

查慎行（1650～1727），原名嗣璉，字夏重，後改名慎行，字悔餘，號他山，又號橘洲、查田、石棱居士，晚號初白翁，浙江海寧人。康熙三十二年（1693）舉人，四十二年（1703）進士，官翰林院編修，

〔註89〕《大義覺迷錄》卷四，轉自上海書店出版社編《大義覺迷談》1999
　　　　年版，頁260～261。
〔註90〕同上，頁270。

康熙五十二年（1713）告假歸田。

查慎行出生於家學淵源深厚的海寧查氏。錢穆先生在論及魏晉南北朝學術文化與當時門第的關係時曾說：「……門第中人……一則希望其能具孝友之內行，一則希望其能有經籍文史學業之修養，此兩種希望，並合成爲當時共同之家教。其前一項之表現則成爲家風，後一項之表現，則成爲家學。」〔註91〕海寧查氏自始遷祖查瑜耕讀起家，一直非常重視讀書，長輩常告誡子孫要「勵學型家」〔註92〕，「凡爲童稚，讀書爲本」〔註93〕，「不可不學，以延讀書種子」〔註94〕。良好的家風使得明中葉後「令子文孫，咸能讀書，……於是循聲政績，儒林藝苑，磊落相望。」〔註95〕

在良好的家學氛圍下，海寧查氏人文鼎盛，據民國《海寧州志稿・選舉表》統計，明清兩朝查家共有進士 20 人，舉人 76 人。尤其是慎行這一代科第顯赫，清康熙朝更以「一門七進士，叔侄五翰林」傳爲美談。其中查嗣瑮爲康熙三十九年（1700）進士，官至侍讀；查嗣庭康熙四十五年（1706）進士，官至內閣學士兼禮部侍郎。其餘還有：查嗣珣康熙四十二年（1703）進士，查嗣韓、及族侄查升均中康熙二十七年（1688）進士，一時海內共推望族。

或許跟桐城方氏一樣，清廷對這種與前明淵源深厚的世家大族總是有排除不掉的戒備，每每深文周納，欲除之鋒芒，所以查氏入清以來厄運不斷。康熙二年（1663）的南潯莊氏明史案，東南名士查繼佐及同邑范驤、杭州陸忻與莊氏素昧平生，被列爲「參訂」只是充門面，

〔註91〕錢穆：《略論魏晉南北朝學術文化與當時門第之關係》，《新亞學報》，第 5 卷第 2 期，轉引自楊東林：《略論南朝的家族與文學》，《文學評論》1994 年第 3 期。

〔註92〕《家訓》，見查元偁：《查氏族譜增輯》，清道光八年刻本，卷十三。

〔註93〕《貧樂公家訓》，同上。

〔註94〕《大和公家訓》，查元偁：《查氏族譜增輯》，清道光八年刻本，卷十三。

〔註95〕沈廷芳：《海寧查氏族譜序》，見查克敏：《海寧查氏族譜》，清乾隆四十四年刻本。

案發後卻遭闔家株連，三人無端被捕，三家老少一百七十餘口同時下獄。後查繼佐僥幸得吳六奇的大力搭救而免於難，然同案七十餘人的慘狀給查氏族人的心理留下了揮之不去的陰影；第二次是雍正四年（1726）的查嗣庭試題案，此案甚至牽連全省士人，兩次重創，使查家和兩浙士人都感到了盛世下的高壓恐怖，不寒而慄。

查慎行本才學俱佳，科舉之途卻多坎壈。應南北鄉試多年未中，不得已入同鄉楊雍建之幕而至貴州，並隨軍征討三藩餘孽，西南之地的奇異風光和金戈鐵馬的生涯使得他這一時期的詩歌踔厲奮發、有鏗鏘金石之氣，趙翼評曰：「官軍恢復滇、黔，兵戈殺戮之慘，民苗流離之狀，皆所目擊，故出手即帶慷慨沉雄之氣。」〔註96〕歸鄉後曾師事遺民領袖黃宗羲，接下來又進京謀生，為明珠子揆敘業師。多年顛僕流離而功名無望，「萬里走從軍，還家仍布衣。十年就場屋，逐眾趨京師。人皆取巍科，三黜名獨遺。」（查慎行《大風至劉婆磯》，卷十四）只得於康熙二十三年（1684）捐了個國子監生。可是康熙二十八年（1689）又被牽連進洪昇《長生殿》演出案，被革去國子監生學籍。風波過後，改名「慎行」，並字「悔餘」，似乎是想表達悔過自新之意，並提醒自己從此謹言慎行。《敬業堂詩集》卷十一《竿木集》便作於這一時期，「竿木」者，語出禪宗語錄，謂「竿木隨身，逢場作戲」，查慎行是這樣解釋的：「飲酒得罪，古亦有之。好事生風，旁加指斥，其擊而去之者，意雖不在蘇子美，而子美亦不免焉。禪家有云，竿木隨身，逢場作戲，聊用自解云爾，非以解客嘲也。」其詩《宋趙秋谷宮坊罷官歸益都四首時秋谷與余同被吏議》描寫了這種無端罹禍的心有餘悸：

竿木逢場一笑成，酒徒作計太憨生。

前高市上重相見，搖手休呼舊姓名。（之一）

君別蓬山作謫星，我從霧谷擬潛形。

風波人海知多少，聚散何關兩葉萍。（之三）

〔註96〕趙翼：《甌北詩話》卷十。

南北分飛悵各天，輸他先我著歸鞭。

欲逃世網無多語，莫遣詩名萬口傳。(之四)

雖云「欲逃世網」，但生於科第傳家的大族，士人恐怕很難決然棄科舉而去。科舉不僅是個人的選擇，更是家族的需要，並因此成為士人的使命。在心有餘悸之下，詩人洗心革面，改名「慎行」。四年之後北上鄉試中舉，又十年而中進士，旋即入直南書房。這是查慎行為之奮鬥半生得到的結果，一時之間詩人很是有點興奮得意：「屢下南宮第，俄聞秘閣開」，「平生無夢想，今日到蓬萊」(查慎行《二十八日召試南書房》，卷二十九)。這之後慎行供奉翰林，做了十年的詞臣，「未妨小變平生格，從此須工應製詩」〔註97〕。查慎行明白詞臣的功用，因此《敬業堂詩集》中有《赴召集》、《隨輦集》、《迎鑾集》、《甘雨集》、《還朝集》等紀恩、恭和、頌聖、宴饗、題畫、賞花等等無聊應景作品近千首。但是姚鼐說的「國朝詩人少時奔走他方，發言悲壯；晚遭恩遇，敘述溫雅，其體不同者，莫如查他山」〔註98〕，這樣的評價，未免只道出了查他山詩體的一脈而已。內心深處，對詞臣身份，詩人是有自己的理解的。《自題癸未以後詩稿，四首》之四云「平生怕拾楊劉唾，甘讓西崑號作家。」宋初侍從文人、「西崑體」作家楊億、劉筠等，醉心於優遊的詞臣生活，沉湎於堆砌繁縟的辭藻、粉飾瑣碎的創作，對此，身為十年詞臣的查慎行卻並不認同。組詩之三更深刻清醒地寫道了自己在黨爭等漩渦中的掙扎：「橐筆曾經侍兩宮，可憐無過亦無功。未應奢望儒林傳，或脫名於黨部中。」這樣對時局的冷眼旁觀、直筆無忌，能說得上一味的「溫雅」麼？或許查慎行的天性就做不到真正的「謹言慎行」。其從兄查容的行為，更是查氏桀驚耿直的典型：「初就郡試，拔第一。試於學使者，怒其搜檢，拂衣

〔註97〕《敬業堂詩集》卷十八《閱邸報，知揆愷功改官翰林院侍講，喜寄二首》之一，康熙五十八年本。

〔註98〕姚鼐：《惜抱軒全集・文後集》卷一《方恪敏公詩後集序》，清同治五年省心閣本。

徑出，終身不復試。」〔註99〕查慎行也是「性耿介，非義之財不妄取，即過分之施，亦卻而不受。」〔註100〕以至於「直南書房，言動多不徇俗，人忌之，呼爲『查文慺』」〔註101〕方苞在《翰林院編修查君墓誌銘》中亦云：「中貴人氣焰赫然者，朝夕至，必命事，專及於余，乃敢應，唯敬對，外此不交一言……諸內侍多竊笑，或曰：『往時查翰林慎行性質頗類此。』」

另一面，那爲他贏得康熙帝「烟波釣徒查翰林」美譽的「笠簷蓑袂平生夢，臣本烟波一釣徒」寫來是那樣的淡漠高遠、不沾染半點塵俗，還有諸如「得免徒行猶有愧，更爭先路欲何求」、「魚無羨意鈎宜直，棋少爭心局自閒」這樣的詩句所在多有，詩作也倡揚「若向此中微領會，詩情原在寂寥間」，因此每每給人留下恬退功名、但重名節的印象。如何理解查慎行的淡漠，可以從《敬業堂文集》卷上爲嗣瑮長子所作的《侄基字說》中略窺其內心：

> 夫士之處世，無過兩途，不患其能進也；既進矣，則當思退步。……世固有挾一往之氣，直視無前，自謂馳驟縱橫，靡適不可，要其終如泛梗飛蓬，貿貿焉不知歸宿之何在，然後悔其無退身之步。……其進也不窮於晚節，其退也不負其初心，夫是之謂考祥，夫是之謂元吉，至是而獨行之願遂也，履道之能事畢矣。〔註102〕

查慎行的意識深處總有揮之不去的餘悸，使他時時提醒自己和家人要考慮退路，連他那「初白翁」的號也出自蘇軾「僧庵一臥頭初白」，無一不是表現了入仕而思退路以求自保的心態。

「烟波釣徒查翰林」美稱流傳之廣，幾乎模糊了查慎行眞實的面目，其《年譜》中卻處處可見與這一美譽不相稱的、關於其爲官

〔註99〕查義：《選佛詩傳》，見錢仲聯主編《清詩紀事》，頁 2434。

〔註100〕陳敬璋撰、汪茂和點校：《查慎行年譜》，中華書局 1992 年版，頁 17。

〔註101〕繆焕章《雲樵外史詩話》引退谷叢書，錢仲聯：《清詩紀事》，江蘇古籍出版社 1987 年版，頁 3258。

〔註102〕查慎行：《敬業堂文集》卷上，中華書局據古杭姚氏本校刊。

爲人耿直的記錄。如康熙五十年，時奉命編纂《佩文韻府》，「同官謀爲殿中總監所侮，先生從旁呵斥之，其人憚先生正直，無以難也」；康熙五十四年，時年已六十四歲，供職翰林院而「有在事者待同僚已非禮，先生起爭之，其人將構釁焉」，這次爭執甚至成爲查愼行最後下定決心引疾辭官的主要原因之一。

　　他的耿直和淡漠，都表現得那麼清晰鮮明。一面自命「烟波釣徒」，另一面又「少負狂名老好奇」，不斷地反省和檢束自，以至於「座中放論歸長悔，醉裏題詩醒自嫌」，當時放言無忌，歸家後卻怕招致禍事，連醉裏寫詩吐露心聲也擔心隔墻有耳，可見查愼行的「眞」是掩飾不住、時時處處要泄露出來的。雖說「人來絕域原拼命，事到傷心每怕眞」，可是他最可貴也最可怕的卻還是這個「眞」。連康熙南巡這樣的盛事他也要諷刺一番：「委巷爭除道，殘燈未拆棚。所難惟物力，最動是民情。白屋寒堆雪，紅樓夜放晴。俗貧官不諒，簫鼓遍春城。」自注道：「時萬乘將南巡，州縣承上官意，比戶皆令張燈，起自十三，至十七夜，照耀如白晝，數十年僅見也。」〔註103〕作爲詞臣歌詠太平以外，詩人寫眞詩的使命使他無法不正視民間的疾苦而放言長論，於是「悔」與「眞」彼此糾結，使詩人不斷反省而不斷再度放言。康熙年間同爲浙江籍的官員鄭梁，也是對時事評論無忌，舉凡官場內幕無不作詩諷之，或許受到了什麼威脅或告誡，終於學會了緘默，並作有《有問余不談時事者賦答》：「生來也慣短和長，官小年衰底便忘？自反常疑人盡是，不平無藉我能狂。沽名事來還觀睫，賣直言終頓挫芒。況此乾坤誰黑白，一張眼看本茫茫。」〔註104〕這樣的心態歷程想來查愼行也經歷過：因爲自己特立獨行於眾人，竟疑心他人的行徑才是正常的，不由得屢屢提醒自己，在這個黑白顛倒的世界，若還是耿直不改，恐怕要大禍臨頭。所以，跟姚鼐「晚遭恩遇，敘述溫雅」的評價相比，趙翼不僅對查愼行推崇

〔註103〕《十七夜會城觀燈》，《敬業堂詩集》卷二十六。
〔註104〕鄭梁：《寒村白雲軒集》卷下，《寒村詩文選》，齊魯書社1997年版。

備至，於清代獨推慎行與梅村位列於「唐宋諸公之後」，評論也更中肯：「入京之後，角逐名場，奔走衣食，閱歷益久，鍛鍊益深，氣足則調自振，意深則味有餘，得心應手，幾於無一字不穩愜。」〔註105〕這樣的閱歷與鍛鍊，未必使查慎行成爲真正稱職的「歌嘯太平人」，但詩歌成就卻遠在一般詞臣之上，因爲他的詩裏有波瀾深卷、風雲氣足、意味深長。

在查慎行供職翰林的最後，已是「山雨欲來風滿樓」，時局之艱險，到了「誤盡花陰多少事，夢中還自要防人」（查嗣瑮《六月廿七夜紀夢》之三，卷七）的地步。同年好友、同樣以編修身份與慎行共事十年的汪灝因戴名世《南山集》牽連入獄，慎行自也因爲官不改耿直而面臨爲人構釁的危險。康熙五十年（1711）汪灝蒙天恩被赦，查慎行寫下《聞汪紫滄同年出獄》：「忽傳恩赦下蕭晨，病枕初疑聽果真。但是旁觀多感涕，誰當身被不沾巾？累朝豈少文字禍，聖主終全侍從臣。莫怪兩家憂喜共，十年同事分相親。」語句間還有吞吐隱瞞，文字禍所在不少，「聖主」未必能保全侍從之臣，推人及己，知道是該退的時候了，《殘冬展假，病榻消寒，聊當呻吟，語無倫次，錄存十六首》，可看作是對十年侍從生涯的自我總結。詩的前三首曰：

> 臥看星回暑景移，流光冉冉與衰期。
> 人言宦海藏身易，自笑生涯見事遲。
> 夜似小年寒漸信，病非一日老方知。
> 惟餘蒓菜思歸興，早在秋風未起時。（之一）
> 憶昨公車待詔來，微名忽忝廁郵枚。
> 主恩不以優徘畜，士氣原於教養語。
> 身作紅雲長傍日，心如白雲漸成灰。
> 依稀一覺遊仙夢，初自蓬山絕頂回。（之二）
> 茫茫大地託根孤，只道烟霄是坦途。
> 短袖曾陪如意舞，長眉難畫入時圖。

〔註105〕《甌北詩話》卷十。

　　移燈見蝎寧防毒，誤筆成蠅肯被污。

　　竊喜退飛猶有路，的應決計莫躊躕。（之三）

前兩首裏的蒓菜之思和遊仙夢覺還有些許筆端的游移，但是第三首終於掩抑不住憤慨，寫下了對小人當道、英雄末路的混亂世界的鞭笞控訴，決意離去，再無留戀。康熙五十二年（1713）八月十三日慎行辭官回鄉，八月十九日即至墓前拜祭父母，《長假後告墓文》寫道：「自唯賦分迂疏，常恐重獲罪戾，貽先人地下之憂，夙夜惴焉，匪朝伊夕。茲因病乞假，蒙皇恩俯允，於本年七月朔出都，八月十三日歸里。先已省視松楸，越六日，敬設几筵致奠。自今以往，誓以未盡餘年依栖丙舍，和協兄弟，教訓子孫，仰答親恩，下綿世澤，伏冀父母在天之靈，鑒此微忱，來格來享！」直至此時，慎行心靈深處的隱憂始終徘徊不去，他一面慶幸似乎是逃脫了網羅，但仍有對不可預知的命運的畏懼，其實不是對命運，而是統治者的意志。自始至終這種隱憂都盤旋在慎行的心頭，使他縱然得意，也想到要儘早抽身，或許這才是他「淡泊」的真正原因之一。他一生都在進退出處之間徘徊，即便歸鄉也不能完全放鬆，似乎預見了大的劫難將要到來，事實證明，「退飛」真的未必有路。

　　雍正四年（1726）查嗣庭文字獄成，緣於嗣庭為江西鄉試所出的命題，見雍正四年九月二十六日上諭：

　　　今閱江西試錄，首題「君子不以言舉人，不以人廢言」，夫堯舜之世，敷奏以言取人之道，即不外此，況現在以制科取士，非以言舉人乎？查嗣庭以此命題，顯與國家取士之道，大相悖謬。至《孟》藝題目，更不知其何所指，何所為也。《易經》次題「正大而天地之情可見矣」，《詩經》四題「百室盈止，婦子寧止」。去年正法之汪景棋，其文稿中有《歷代年號論》一篇，輒敢為大逆不道之語，指正字有一止之象，……查嗣庭所出二場表尤覺非體，京察係朝廷大典，五年例一舉行，今作謝表不知為何人稱謝？……以京察命題，不知查嗣庭之意，欲士子代伊稱謝乎？抑查嗣

庭心懷怨望而出此題乎？至策題內有「君猶心腹，臣猶股
肱」之語。夫古人謂「君猶元首」，而股肱心腹皆指臣下而
言.今策問內不稱元首，是不知有君上之尊矣。又有始勤終
怠、勉強自然等語。蓋伊見近來部院大臣實心辦事，與伊
志趨不符，故為此論以蠱惑人心耳。〔註106〕

上諭中羅列了種種查嗣庭悖謬之處，是雍正年間高壓恐怖的又一樁文
字冤獄，又一場士人浩劫。案發後查氏闔門被逮，時年已七十八的慎
行和二弟嗣瑮入獄，季弟查謹本已出嗣，亦不能幸免。次年，查嗣庭
死獄中，仍遭戮屍，嗣瑮遭戍陝西，唯有慎行父子從寬釋放回鄉，不
久慎行即卒。

查慎行手足情深，聽聞三弟死遭戮屍，慎行寫了《哭三弟潤木二
首》：「家難同時聚，多來送汝終。吞聲自兄弟，泣血到孩童。」（《哭
三弟潤木二首》之二，續集卷五）嗣瑮全家遭戍陝西，慎行又賦《德
尹將赴謫籍，留別二章》。罹此奇禍，查慎行還奢望或有解脫的一日，
「全家同詔獄，何事不相關。淚盡存亡際，魂驚聚散間。」（續集卷
六）生離死別，慘不忍聞。

當時士人對查氏的遭遇寄予了極大同情，查嗣庭遭戍，其女隨
行，途次題驛壁云：「薄命飛花水上游，翠蛾雙鎖對沙鷗。寒垣草沒
三韓路，野戍風淒六月秋。渤海頻潮思母淚，連山不斷背鄉愁。傷心
漫譜琵琶怨，羅袖香消土滿頭。」常熟士人汪西京、沈琇嘗次其韻云：
「弱息憐教絕域遊，魂飛何只似驚鷗。覆巢卵在漂流際，薄命人丁瑣
尾秋。綺閣低迷空昔夢，邊笳淒切咽新愁。伶仃歷盡崎嶇苦，任爾青
春也白頭。」〔註107〕

而慎行兄弟好友、詩人唐孫華有一首《記里中事》更進一步描寫
了文網嚴密下士人噤若寒蟬的心態：

時事何容口舌爭，畏途休作不平鳴。

〔註106〕允祿等：《世宗憲皇帝上諭內閣》，臺北商務印書館 1986 年影印文
　　　　淵閣《四庫全書》本卷四十八，414 冊，頁 451～452。
〔註107〕見孟森：《心史叢刊》，頁 78。

藏身複壁疑無地，密語登樓怕有聲。

書牘人方尊獄吏，溺冠世久厭儒生。

閉門塞竇眞良計，燕處超然萬慮輕。〔註108〕

海寧查氏的遭遇給當時詩人的心頭造成了巨大的陰影，風聲鶴唳中彼此告誡切勿再議論不平。藏身無地、隔牆有耳，這是一個多麼恐怖的環境，詩人眞的能放棄爲時而作、爲事而作詩了嗎？表面上看來「萬馬齊喑」的局面，其實仍醞釀著詩人對遭遇不幸的朋友的深深的同情和對這個暗無天日的世界的憎惡。查愼行這時的浙江士人，也曾有過關懷社稷的熱情、參與仕途的願望，但凶險的官場和自身桀驁不馴的人格之間一直有激烈的衝突。他們在宦海中所歷的風波，給了之後的浙籍士人以極大的打擊，使得浙地絕意仕進、寄情吟詠的士人增多，詩歌創作也漸漸呈現幽寂孤冷的風貌。

三、絕意仕進厲樊榭

厲鶚是清代乾隆時期「浙派」的代表詩人，「浙派」的出現，是以孤淡矯前期宗唐詩者流弊。浙江詩人與宋詩之間有割不斷的聯繫，正如黃宗羲所說的：「吾越自來不爲時風眾勢所染，……越非無詩也，無今日之假唐詩也。」〔註109〕從黃宗羲到查愼行，至乾隆時期的厲鶚，都以學問濟詩、並以迥於時俗的詩風獨領風騷於詩壇。

兩浙自古集山水之靈氣，人才蔚起，查愼行曾自豪地吟道：「自昔不乏才，名賢出輩行。讀書想前哲，指授不流浪。長老尊所聞，後生知所響。家家承矩矱，一一資蘊釀。」〔註110〕而浙江的士人卻偏偏命運多舛，入清以來案獄不斷，雍正朝受到罰停會試一科這種前所未有的嚴懲，士人的心慢慢冷卻，悄悄地躲到寒山瘦水中，以孤峭淒愴的詩歌抒發內心的失望和鬱憤。他們常常矛盾徬徨於出與處之間，最終還是選擇了棄世獨立。雍正十一年詔再開博學鴻詞科，

〔註108〕唐孫華：《東江詩鈔》卷九，清康熙刻本。

〔註109〕黃宗羲：《姜山啓彭山詩稿序》，《黃宗羲全集》，頁60。

〔註110〕查愼行：《送同年宋山言視學兩浙》，《敬業堂詩集》卷四十。

降旨兩年後薦者寥寥，尤其是江浙兩省，人才眾多，卻「至今未見題達」〔註111〕，雍正帝大怒，諭責督撫學臣之奉行不力。江浙士人及學臣對朝廷旨意的觀望遲回、任意延緩，正是對朝廷的背離敵視，厲鶚數次應舉過程中的奇特行徑或可象徵了浙江士人的內心掙扎。

（一）不上竿之魚——厲鶚其人

厲鶚（1692～1752），字太鴻，號樊榭。浙江杭州人。好友全祖望曾在《歷樊榭墓碣銘》簡單記述了厲鶚貧寒卻奇特的一生：

> 樊榭少孤家貧，其兄賣淡巴菰葉為業以養之。將寄之僧僚，樊榭不可。讀書數年，即學為詩，有佳句。……然其人孤瘦枯寒，於世事絕不諳，又卞急不能隨人曲折，率意而行。畢生以覓句為自得。……及以詞科薦，同人強之始出。穆堂閣學欲為道地，又報罷，而樊榭亦且老矣。乃忽有宦情，會選部之期近，遂赴之。同人皆謂：「君非有簿書之才，何孟浪思一擲？」樊榭曰：「吾思以薄祿養母也。」然樊榭竟至津門，興盡而返。予諧之曰：「是不上竿之魚也！」嗚呼，以樊榭為吏固非所宜，而以其清材，使其行吟於荒江寂寞之間以死，則不可謂非天矣！〔註112〕

全祖望記錄了厲鶚的個性：卞急率意；其應舉的行為，任性而來，忽然而去。這樣寥寥幾筆，簡潔傳神地刻畫了厲鶚這條「不上竿之魚」在盛世下的猶豫傍徨和最終放棄。

厲鶚曾於康熙五十九年（1720）中舉人。據說內閣學士李紱典浙江試，闈中得鶚卷，曰「此必詩人也」，亟錄之。入京應禮部試時，厲詩又得到吏部侍郎湯右曾的賞識。試禮部報罷，湯右曾欲止而授之館，「比遣迎之，則已襆被出都矣。」〔註113〕這樣的脾氣行徑，使欣賞他的人也無可奈何。其實，厲鶚此次進京心情就是矛盾的。

〔註111〕 李富孫：《鶴徵後錄》卷首，《四庫未收書叢刊》第二輯，第23冊，頁646。

〔註112〕 全祖望：《鮚埼亭集》卷二十，四部叢刊影清刻姚江借樹山房本。

〔註113〕 《清史列傳》卷七十一。

　　厲鶚此次北上，年紀不及三十，科舉有成，頗有一些興奮，沿途有詩《鴛脰湖》、《姑蘇旅舍夜雨》、《廣陵寓樓雪中感懷》、《新豐》、《寶應舟中月夜》等共 15 首，有景必有詩，流連山水之中又有一絲感慨和猶豫。他在《廣陵寓樓雪中感懷》一詩中道：「沉湎居者心，浩蕩遊子意。平生淡泊懷，榮利非所嗜。哂笑詎云樂，明發難自棄。茲來捫空囊，翻爲故交累。因思在家貧，儴佯尙高致。束書細遮眠，疏花香破鼻。紙閣無多寬，回隔飛塵至。因之問故園，南湖煩寄字。」〔註 114〕對貧居在家的生活十分眷戀，而想像榮利纏身的日子，未必是自己想要的。於是春闈報罷，即刻出都，不管那邊侍郎湯右曾殷勤招致。厲鶚不辭而別，「說者服侍郎之下士，而亦賢樊榭之不因人熟。」〔註 115〕在歸途中厲鶚的心情似失望又似欣慰，在《南歸次琉璃河》歎道：「一昔都亭路，歸裝只似初。恥爲主父謁，休上退之書。柳拂差池燕，河驚撥刺魚。不須悲楚玉，息影憶吾廬。」〔註 116〕

　　歸鄉後的厲鶚愈發沉醉於吟詠，「嘗曳步緩行，仰天搖首，雖在衢巷，時見吟詠之意，市人望見遙避之，呼爲『詩魔』。」〔註 117〕日日出遊，將杭州每一處美景都寫入詩中，同時其它撰著成果也頗豐富，有《南宋院畫錄》8 卷、《秋林琴雅》4 卷、《東城雜記》2 卷、《湖船錄》1 卷，並同吳焯、陳芝光、趙昱、符曾、沈嘉轍、趙信一起，共同撰寫了 7 卷《南宋雜事詩》。

　　乾隆元年（1736），厲鶚膺博學鴻詞之薦而無心應試，全祖望特地從京師寫信相勸：

> 吾浙中人才之盛，天下之人，交口推之無異詞；樊榭之姿詣，吾浙中人交口推之無異辭。乃聞樊榭有不欲應辟之意，愚竊以爲不然。穀梁子曰：心志既通而名譽不聞，友之罪也；名譽既聞而有司不舉，有司之罪也。今樊榭爲有司所

〔註 114〕厲鶚：《樊榭山房集》卷二，詩乙，臺灣印書館 1986 年版。
〔註 115〕全祖望：《鮚埼亭集外編》卷二六，《湯侍郎集序》。
〔註 116〕厲鶚：《樊榭山房集》卷二，詩乙，《南歸次琉璃河》。
〔註 117〕陳康祺：《郎潛紀聞二筆》卷七，中華書局 1984 年版，頁 451。

> 物色，非己有所求而得之也；而欲伏而不見以爲高，非中
> 庸矣……愚之才，不足以爲樊榭之役，同好諸公，阿私而
> 許之，亦欲使預於邾滕之末，前望古人，退而上下於諸君
> 之間，然不覺其自失也；是則由衷之語，而正非樊榭所可
> 援以爲例者也。諒浙中當道，必不容樊榭之請，薦章之出，
> 指日可待，吾將求樊榭所業而觀之。

以全浙之同道而請樊榭，希望他「與董浦諸君勉之」〔註118〕，言辭
誠懇而切中利害，終於說服了厲鶚應試。可是入京的過程中，厲鶚的
心態已經跟前次截然不同，不再是興奮地絮絮不休，只有極少的詩詞
記錄，比如《蕙蘭芳引·乾隆丙辰秋七月十日，行郊城道上，殘暑猶
熾，夾道楊柳依依，暫有慰於倦旅。予自庚子多經此，已十七年爾，
時樹猶未種也，江潭憔悴之感，在人更有甚於樹者賦此闋書旗亭壁》：

> 塵沁短衣，話前事。倦途亭午。向畏景新秋，官柳自垂萬
> 縷。繫人舊感，問翠黛，那時何處？等再來瞥見，付與騾
> 綱鈴語。粉絮吹簾，柔枝縈扇，擁髻曾訴。念好個江南，
> 爭似路旁低舞。少年容易，鬢霜早聚。憔悴多，長夢畫橋烟
> 浦。（《樊榭山房集》卷十詞乙）

長長的題目已經寫出了厲鶚內心的倦怠，似乎在去留之間頗感躊躇。
對入仕前程如此徬徨，源於樊榭對世情的洞悉，這跟他所處的環境、
交往的人群有莫大的關係。自雍正三年（1725）起，厲鶚就館於揚州
馬氏兄弟曰琯、曰璐之小玲瓏山館，讀書寫作。乾隆元年馬曰璐亦膺
博學鴻詞之薦而不赴，與兄曰琯結納了大批文人雅士，往來唱和，個
中即有厲鶚，來看看當時小玲瓏山館聚集了些什麼樣的人士：

胡期恒，字符方，又字復齋，湖廣武陵人。本官至甘肅巡撫，雍
正三年（1725）以年羹堯案牽連繫獄，乾隆元年（1736）方解，三年
（1738）來到廣陵，與眾詩人往還。

唐建中，字天門，號南軒。本官翰林，捲入康熙末年儲位之爭，
被革職，後死於揚州。

〔註118〕全祖望：《鮚埼亭集外編》卷四十六，《與厲樊榭勸應制科書》。

　　全祖望，字紹衣，號謝山，浙江鄞縣人。乾隆元年進士，改庶吉士。散館候選知縣，辭不復出。

　　程夢星，字午橋，號洪江，江都人。其外祖爲清初著名文人汪懋麟。夢星中康熙五十一年（1712）進士，授翰林院編修。康熙五十五年（1716）即丁內艱不出，築園揚州棲居。即便如此，雍正三年的年羹堯案，其親族仍甚多牽連。

　　另有杭世駿，屬鶚弱冠起結交的摯友，以抗直言事罷歸，與屬鶚江湖往來唱和。

　　方世舉，字扶南，號息翁，安徽桐城人，程夢星表兄。中年以方孝標文字獄案牽連坐隸旗籍，雍正元年（1723）放歸，自此往來揚州。乾隆元年之博學鴻詞之薦，辭不就。

　　另有丁敬及揚州八怪之金農、汪士愼、陳撰等。

　　屬鶚之友姚世鈺，出身浙江吳興大族，和江浙諸多世家名族一樣，入清後災禍不斷。順治十八年（1661）曾祖姚廷著在江蘇按察使任上以通海案被處死；康熙二年（1663），湖州莊氏明史案發，姚延啓婿李扲熹及其父李令晰闔門覆滅；雍正六年（1728）姚世鈺姐夫王豫、好友朱蔚因呂留良案繫刑部獄。雍正七年（1729）姚世鈺到揚州，正是驚弓之鳥。姚世鈺與屬鶚會面於此，相知頗深。屬鶚以自所著《湖船錄》之序相請。姚序中稱與屬鶚二人乃「同病相憐者」〔註119〕。

　　此外還有屬鶚朋友沈廷芳，爲查愼行外甥，少從學於查氏。查氏既罹案蕩折，廷芳亦受牽連不少。雍正十一年（1733）二人相會於揚州，屬鶚記載其「不自得」之狀，云：「既更多難，不獨骨肉師友間聚散生死雲乖雨絕，而椒園（沈廷芳）亦用是客遊無方，屢歎少陵之干請傷性矣。」〔註120〕

　　這麼多罹難於文字獄的士人，他們自身或家族的經歷可以解釋爲

〔註119〕陸謙祉著：《屬樊謝年譜》，臺灣商務印書館 1977 年版，頁 32。
〔註120〕屬鶚：《沈椒園詩序》，《樊樹山房集》文集卷三，臺灣商務印書館
　　　　1986 年版。

什麼乾隆時期出現了那麼多淡於科場、絕意仕途的士人。文字獄折殺的不僅是個別文人的科舉之途或身家性命，更是一代、一方士人活潑的性靈，雍乾時期那麼多皓首窮經、不涉世事的士人出現有著歷史的必然。嚴迪昌先生的《從〈南山集〉到〈虬峰集〉——文字獄案獄清代文學生態舉證》中譴責文字獄造成了中華民族文化破壞性災難的「文士失語症」，他說，本應才識之士輩出的時代，此時陷入「令人浩歎之心靈荒漠，呈現一種集體怔忡症：或熱衷拱樞，或冷漠遁野，或餖飣雕蟲，或風花雪月，或鄉愿，或佯狂，或趨時，或玩世。總之，靈光耗散，卓識幽閉。」〔註121〕這樣的靈光散盡多麼令人惋惜浩歎！

孔子曾曰：「狂者進取，狷者有所不爲。」作爲「狷者」，厲鶚不能不對險惡的仕途充滿了畏懼，如《五月晦日作》：「豈乏奔競途，廁足畏嘲貶」；《病目戲成》：「皂羅爲障非吾事，養就疏慵學避人」。他知道如果一意進取，未必沒有進身之階，但他也瞭解仕途必然充滿了凶險。雍正朝後，東南士林人人自危，浙江士人更是噤若寒蟬，厲鶚在雍正七年就曾吟出：「渺矣高鴻猶避弋」（《南湖秋望》卷六詩乙），避仕途如避戈矛戕害，因此不如主動放棄。雖然在本科徵士中，厲鶚尤稱才華卓異，杭世駿給其極高的評價云：「太鴻之詩……求之近代，罕有倫比。」〔註122〕但應試過程中，樊榭卻因誤將論寫在詩前，再次落第。世人皆爲此訝然扼腕，對於樊榭卻好像是意料、甚至期待中的事，只是淡然回應：「吾本無宦情，今得遂幽慵之性，菽水以奉老親，薄願畢矣。」〔註123〕

乾隆十三年（1748），厲鶚出人意料地忽生宦情，決定以舉人候選縣令，應銓入都。好友全祖望作《樊榭北行》勸阻：

爾才豈百里，何事爰彈冠。

〔註121〕《文學遺產》2001 年第 5 期。
〔註122〕杭世駿：《詞科掌錄》卷二，臺北明文書局 1985 年版。
〔註123〕陸謙祉：《厲樊榭年譜》。有論者考證認定樊榭此次失誤是故意爲之，見王小恒《厲鶚入京考》，甘肅聯合大學學報，第 23 卷第 1 期。

　　魚釜良非易，繭絲亦大難。

　　瘦腰甘屈節，薄祿望承歡。

　　倘有清吟興，休從薄牘蘭。（《鮚埼亭詩集》卷七）

全祖望之前寫信勸說樊榭應鴻博，這次卻又勸阻他銓選，都是基於
朋友間深刻的瞭解和關懷。在全祖望看來，自己的這位老友才華足
以入選翰林，但是卻「非有簿書之才」，縣令可不是一個詩人能勝任
的。杭世駿對此深表贊同：「樊榭少而孤露，奉太夫人之教，積學以
至於有立，夫豈不知圭紱之可以榮親，祿入之可以養老？而顧杜門
卻軌，甘寂寞而就枯槁者，誠以仕宦之難，惟縣令為最。其能久居
其處者，大術有二焉：佞顏卑辭，骨節要媚，伈伈俔俔，希寵而取
憐，一矣；憑藉權勢，擅作威福，色厲內荏，虐煢獨而畏高明，又
其一矣。……（樊榭）若以其鴻朗高邁之懷，骯髒磊落之志，屈而
與今之仕宦者相習，譬之方枘圓鑿，齟齬而不相入，而謂其能呫呫
粟斯，喔咿嚅唲，以為閃揄乎？而謂其能逞妖作蠱，妄生眉眼，以
絞訏而摩上乎？」﹝註124﹞面對歷來凶險的官場，杭世駿親身體會到
了方枘圓鑿、格格不入的痛苦，如果說雍正曾經憎惡過所謂的「浙
人習氣」，那麼這不諧於俗大概也算是其中之一吧，所以樊榭這種孤
峭不苟合的詩人無法涉足官場。

　　而樊榭的理由並非修齊治平的宏大抱負（自始至終似乎都不曾有
過這樣的抱負），而是「思以薄祿養母」，這渺小卑微的願望讓朋友無
法勸阻，於是樊榭入京了。

　　對此次入京情形，陳康祺《郎潛紀聞初筆》卷十三有云：「厲樊
榭……家居既久，思得祿為養，亟辦裝，將詣吏曹選。至天津縣。羈
滯數月，意忽不可，浩然而返，竟未入國門也，其詭越又多如此。」
人視其行為「詭越」，其實內情是對學術和自然的熱愛再一次地戰勝
了仕宦之情。當他北上至津門，途經好友查為仁的水西莊，發現查為

﹝註124﹞杭世駿：《道古堂全集》文集卷十七序《厲母何孺人壽序》，光緒十
　　　　四年汪曾唯修本。

仁在為南宋周密的《絕妙好詞》作箋注，與同好對詞藝的研磨切磋使樊榭興奮不已，遂欣然秉筆加入。箋注完成，興盡而返。

這一次入京，厲鶚的心態跟第一次的興奮期待、第二次的搔首踟躕都不同，他終於克服了內心的糾結，這一次反而使他更確定了自己所要的是什麼，因此所作既多，詩歌面貌也開朗爽潔：

> 鄆州東下會通河，小艇乘流疾似棱。
> 地憶須句風物古，都經劉豫興廢多。
> 雨能消暑濛濛至，山不知名淡淡過。
> 垂老那禁行旅感，每逢佳處一高歌。（《東平》，見《樊榭山房續集》卷七）

對於老友的行徑，全祖望感歎：「興盡翩然返，從今保素絲。」樊榭經過了短暫的徬徨之後主動放棄了科舉和仕途，成為一隻「不上竿之魚」，以保全自己清高耿介的人格。

（二）不諧於俗──厲鶚之詩

乾隆十七年（1752）秋天，厲鶚病重。九月十日，他對汪沆說道：「予平生不諧於俗，所為詩文亦不諧於俗……」〔註125〕厲鶚臨終對自己作詩為人下的論斷一針見血：不諧於俗。惟其如此，方能矯然立於當時「格調說」一統天下的局面中，自成一家，別有詩味。

厲鶚的詩貴在「真」。乾隆七年（1742）正月，愛妾朱姬病逝。厲鶚傷心欲絕，寫下了《悼亡詩》十二首，將愛戀之情傾瀉無遺，詩纏綿悱惻又無奈痛楚，有感人的力量。其詩《小園杏花一株，去年頗盛，今春月上亡後，葉發而絕無一花》中，「燕識簾空全不語，花知人去故藏紅」一聯，嚴迪昌先生評為「自然情深，毫無鑿痕」。〔註126〕袁枚評價道：「詩人筆太豪健，往往短於言情；好徵典者，病亦相同。即如悼亡詩，必纏綿宛轉，方稱合作。……阮亭之悼亡妻，浮言滿紙，詞太文而意轉隱故也。近時杭董浦太史悼亡妾詩，遠不如樊榭先

〔註125〕汪沆：《樊榭山房文集序》，《樊榭山房集》。
〔註126〕嚴迪昌：《清詩史》，頁879。

生。……皆言情絕調。」〔註127〕

　　貧寒似厲鶚，放棄了榮祿之途，所能收穫的便是這樣的眞實自然了。他的貧窮是眞實的，因此寫來才深刻感人。在《病中以滿城風雨近重陽爲首句得詩三首》中，他這樣寫道：「滿城風雨近重陽，病減情懷老減狂。足軟杖藜渾得力，耳鳴鞭鐸果何祥？僮奴決意辭貧主，醫匠收功試古方。我已是非俱不問，笑看梧葉墜虛廊。」當時厲鶚已老邁，且窮困，友人助資買來的姬妾不堪忍受窮困棄之而去，樊榭的「笑看不問」間多少辛酸。

　　樊榭之詩，另有巉刻清幽的特點。這跟他放棄了仕宦而選擇貧居的經歷有關，因此他不能接受當時詩壇上一味追求盛唐氣象的「格調詩」。在《樊榭山房續集・自序》中，他寫道：「自念齒髮已衰，日力可惜，不忍割棄，輒恕而存之。幸生盛際，懶迂多疾，無所託以自見，惟此區區有韻之語，曾繆役心脾。世有不以格調派別繩我者，或位置僕於詩人之末，不識爲僕之桓譚者誰乎？」清詩經神韻、而格調，至乾嘉時期，「濃膩浮滑，到了極弊」，於是出現了厲鶚這樣清苦幽雋的詩風。厲鶚認爲：「詩不可以無體，而不當有派。詩之有體，成於時代，闗乎性情，眞氣之所存，非可以剟擬似、可以陶冶得也。」〔註128〕對強分畛域而缺乏性情的詩壇流弊表達了自己的不屑。

　　論者評價厲氏詩的刻琢研煉、幽新雋妙，對腦滿腸肥的「僞唐詩」起到了「洗滌腥膻的作用」〔註129〕。主觀上厲鶚的創作意圖未必只是爲了矯正格調說之失，作爲一個仕途失意者，厲鶚潛心於自己的詩歌創作，海德格爾說：「作詩才首先讓一種栖居成爲栖居。作詩是本眞地栖居（Wohnenlassen）。」〔註130〕這種遁入了內心的藝術，對周

─────────────

〔註127〕袁枚：《隨園詩話》卷十四，《袁枚全集》第三冊，頁468～469。
〔註128〕厲鶚：《樊榭山房集》，文集卷三，《查蓮坡蔗塘未定稿序》。
〔註129〕錢仲聯：《三百年來浙江的古典詩歌》，轉自劉世南：《清詩流派史》，
　　　　人民文學出版社2004年版，頁262。
〔註130〕海德格爾：《人詩意地栖居》，孫周興編：《海德格爾選集》（上），

遭一草一木的細緻刻畫描摹，正是爲了尋找靈魂的栖居。雖然畢生寄食於人的生活使樊榭的詩歌難免有氣局狹小的缺陷，但是他「非政教，超功利」〔註131〕的創作卻給詩壇吹來了一股清新之氣。

讓我們對浙派中除厲鶚之外的詩人再作一簡單考察：

趙昱（1689～1747），字功千，一字谷林，仁和人。貢生，乾隆元年薦試博學鴻詞，與厲鶚、沈嘉轍、吳焯、趙信、符曾、陳芝光等共纂《南宋雜事詩》。

趙信（1703～1765），字宸垣，別字意林，仁和人，昱弟。監生，乾隆元年應博學鴻詞不中。浙派核心詩人之一。

符曾（1688～1755 後），字幼魯，號藥林，錢塘人。監生，乾隆元年薦試博學鴻詞，丁內艱，不與試。

沈嘉轍（？～1733），字巒城，仁和人。累舉不第，間亦漂泊入幕，與厲鶚、陳撰、金農等人交好，也是浙派前期核心詩人之一。

杭世駿（1696～1773），字大宗，號董浦，晚號秦庭老民，仁和人。雍正二年舉人，乾隆元年舉試鴻博，授編修，後遷監察御史，抗言忤帝，幾下獄死，後放歸。

汪沆（1704～1784），字師李，一字西顥，號槐塘，錢塘諸生。乾隆元年試鴻博報罷。

符之恒（1706～1738），字聖幾，別字南竹，錢塘人。累舉不第，從厲鶚學詩，得其法，詩風清幽冷峭。

陳撰，字楞山，號玉幾山人，仁和人。乾隆元年薦試鴻博，不赴。早年客居杭州，與符曾、厲鶚、金農、沈嘉轍交好，後長期飄蕩儀徵、揚州，爲人孤潔，詩風清簡，奠定了浙派詩風的形成。

周京（1677～1749），字西穆，又字少穆，號穆門，晚稱東雙橋居士，錢塘人。乾隆元年薦試鴻博，不與試，後漂泊入幕，歸隱湖山，浙派重要詩人之一。

上海三聯書店 1996 年版，頁 465。
〔註131〕劉世南：《清詩流派史》，頁 269。

金農（1687～1763），字壽門，又司農，號冬心山人、稽留山民等。乾隆元年薦試鴻博〔註 132〕。後輾轉旅食，最後賣畫定居揚州，詩風清硬苦峭。

丁敬（1695～1770 後），字敬身，一字硯林，號鈍丁，又號龍泓山人，布衣。居候潮門外，爲傭販自給。

石文（1697～1728），字貞石，諸生。家奇貧，少學爲歌詩，淒厲幽怨，自成一家言。與厲鶚輩結文字交，無三日不會面。年三十二，無所遇，侘傺幽憂而死。浙派早期重要詩人之一。

戴廷熺，字燨長，一字鸝亭，號珠淵，錢塘人。家居吳山，一生漂泊入幕，晚年不得志歸，浙派重要作家之一。

吳震生（1695～1769），字長公，號可堂。五次省試不舉，入資爲邢部貴州司主事，與周京、厲鶚、丁敬、杭世駿等人俱交好。

……

對這些浙派中主要詩人作這種鳥瞰式的考察，可以見出這些詩人與厲鶚在人生經歷上有一些共同處，比如落第、逃仕、坎壈不得志、遁迹山水、醉心吟詠等。浙江士人的科舉之路從一開始就似乎較他省坎坷，士人的心態也多了更多的徬徨，不少人最終選擇了逃離科場。不居其位，便不用附和腦滿腸肥的僞唐詩去歌頌昇平，這多少是浙派詩歌中清氣的由來，正如杭世駿所言：「布衣憔悴之士，漠然一無所向，其精神必有所寄，則詩其首事矣。夫不酣豢於富貴志氣自清，不奔走於形勢性情自淡，不營逐於世故神理自恬……詩不在瞰名之熱人，而在菇蘆風雨之中。」〔註 133〕雖然就每個個體而

〔註 132〕《全祖望《鮚埼亭集・外編》卷二十二《冬心居士寫燈記》記載：當時學使者以鴻博薦，金農力辭不就，但仍然入京，言「欲觀微車中人物果何等耳」。但據《叢書集成續編》170 冊金農《冬心畫題記》卷二「冬心畫梅記」中自稱「乾隆元年應舉至都門」，卷三「畫梅題記」後也自稱「前薦舉博學宏詞杭郡金農」，可知其當時確實應舉。

〔註 133〕杭世駿：《秋竹館小稿序》，《道古堂文集》卷十二，民國掃葉山房本。

言，創作的風格不可能簡單劃一，但是隨著謹言慎行、明哲保身成爲很多士人的座右銘，人人心中有著「多言畢竟能招咎，不密由來便失身」的忧惕〔註134〕，密閉幽冷也往往成爲一種大致趨同的詩風。

與厲鶚齊名的杭世駿，看來仕途似較爲平坦，中雍正二年（1724）舉人，乾隆元年（1736）以文名滿天下而舉「鴻博」，是該科不多的實至名歸的一位。後授編修，校勘《武英殿十三經》、《二十四史》，並纂修《三禮義疏》有功，改監察御史。就在乾隆八年（1743）考選御史時，向乾隆直言進諫，其中一條是議朝廷重滿輕漢，結果觸怒乾隆，據洪亮吉《書杭檢討遺事》記載：「（杭世駿）性忼直，能面責人過，同官皆嚴憚之。……語過戇直，末又言滿洲人官督撫者多。觸純皇帝怒，抵其卷於地再，已復取視之。時先生試畢，意得甚，方趨同官寓邸食。忽內傳片紙出，言罪且不測。同官恐，促先生急歸。先生笑曰：『即罪當伏法，有都市在，必不污君一片地也，何恐！』」〔註135〕下吏議幾乎處死，後爲「狂生」放還。杭世駿一生不乏這樣充滿傳奇色彩的片段，折射出他忼爽不拘的個性。

乾隆三十年（1765）皇帝南巡至杭州，召問杭世駿以何度日，杭答：「開舊貨攤」，「買破銅爛鐵，陳於地賣之」。乾隆大笑，竟書「買賣破銅爛鐵」賜之。此番君臣問答，平淡的話語中蘊藏著杭世駿昂藏的倔強。因此當乾隆再度南巡至杭，杭世駿迎駕。「名上，上顧左右曰：杭世駿尚未死麼？大宗返舍，是夕卒。」〔註136〕其人之死充滿了傳奇色彩。這樣亦狂亦狷的性格，使杭世駿無法立足於朝，也正因爲這種性格，使他能夠作「蕭廖而粗疏」的畫，「平淡而倔強」的詩〔註137〕。

浙籍詩人，多有這種不諧於俗的傲骨，並且時不時地要表現出

〔註134〕全祖望：《即事》，《鮚埼亭詩集》卷二，上海古籍出版社 1995 年版。
〔註135〕洪亮吉：《更生齋集》文甲集卷四，《洪亮吉集》，頁 1038。
〔註136〕龔自珍：《龔自珍全集》第二輯，上海古籍出版社 1999 年版，頁 161。
〔註137〕龔自珍：《龔自珍全集》第二輯，頁 161。

來，因此在現實中的境遇往往不如人意。浙東詩人金農，據傳曾被薦丙辰博學鴻詞科，後以一「浙東畸士」位列「八怪」而終於揚州。他對現實有清醒而尖刻的認識：「滿山荊棘較花多」，因此他「撩衣懶輕出」〔註138〕，只願與林壑間俊僧隱流往還，並務必提醒保持自的高潔，如《冬雪》：「稷稷冬雪深，即之在林表。噫氣失暖威，頑寒出陰嶠。正如客心苦，墮落無復蹻。相警保堅白，勿使不潔擾。」（詩集卷四）因此他的詩「盡取高車飄纓輩所不至之境、不道之語而琢之纘之」〔註139〕。金農不僅是不諧於俗，甚至是刻意要卓然立於世表之外，將家中小榭命名為「恥春亭」，自稱「恥春翁」，這驚世駭俗的名字，是立意與簪纓高車輩分道揚鑣，寫作孤淡瘦硬的詩詞，以表達失意然而倔強的靈魂。這是很多浙籍詩人的共同特徵，這是一個「與功名仕途背道而馳的注重清修的自我封閉的階層。」〔註140〕其清修者，不營逐於功名富貴也，而這種清修首當其衝反映在詩作中，故其詩作自有一股「清氣」。正如《中國文學批評通史》分析道：「乾嘉時期統治者在實施高壓政策，鉗制輿論方面比前朝各朝皇帝有過之而無不及，文人在政治上難以有所成就，……儘管如此，社會施加於文人心頭的壓抑沉悶有時也會幽幽地泄露幾絲聲氣，透出幾許孤傲，凝成幾分個性的色彩，如厲鶚論詞倡一『清』字，主張有所寓託，其主要是指表達了清介拔俗，傲岸高潔的情愫，是對個性隱曲的追求。」〔註141〕他們一開始就具有與這個太平盛世格格不入的傲骨，於是在盛世也過不了太平日子，而統治者的鉗制卻激發了內心不屈，他們以避世狷狂表達對盛世的冷眼旁觀，他們

〔註138〕　金農：《冬心先生集》卷三，清雍正十一年廣陵般若庵刻本。
〔註139〕　《冬心先生集序》，張郁明點校：《金農詩文集》，江蘇美術出版社，
　　　　　1996年版，頁81。
〔註140〕　陳玉蘭：《論寒士詩群文化心態的衍變》，《浙江社會科學》2000年
　　　　　第3期。
〔註141〕　王運熙、顧易生主編、鄔國平、王鎮遠著：《中國文學批評通史》
　　　　　清代卷，上海古籍出版社1996年版，頁2。

無法成爲百分之百的順民，卻成就了詩史上別具風神的一頁，歌頌太平的大合唱中響亮而不和諧的一個音符。

　　乾嘉間，除去以「清幽」爲特徵的浙派詩人，詩壇多有如屬鶚淡於科場者，各人的性情和經歷不同，故而詩風也多有差別，正因爲此，詩壇才呈現其豐富多彩的面貌。如廣東順德黎簡，性格狂狷，自稱「狂簡」，一生淡於功名。二十七歲方應縣試，後出於父命而屢應科場。乾隆五十四年（1789），年已四十三方中拔貢，正擬赴京應試前父卒，遂絕意仕途，後終身足不出嶺外。黎簡對科舉的淡漠表現在詩中絕少關於科舉的作品，不要說發抒科舉的失意，連最基本的感慨都沒有，對科舉不以爲然到了極點，只有早年所作《應試了還村莊作》：「過江鐘叩曉雲高，萬事人間一事勞。殘月蒼涼照顏色，扁舟掀擊任波濤。潮生昨夜聽雞語，風獵平沙雁落毛。也愧卿卿不相問，年年親爲拂征袍」，表達過對科舉的厭倦。後期所作《客寓》更云：「不勝迂疏抛制藝，近遭荒歉省農經」，以粵人務實之風議論八股文之迂腐無用，反不及農經能補世用。這絕不是失意士人的酸葡萄之語。黎簡不似屬鶚不諳世事、幽栖獨抱，其關心百姓民生，常發出卓有識見的經世之論，蓋因爲出身商人家庭，並生於得風氣之先廣東的緣故。黎簡的絕意仕進，更多的是出於對科舉的鄙夷，認爲科舉無補於實用，寧可從事經商、務農之類的實務。

　　江蘇吳江人氏郭麐，諸生，應省試及一應京兆試輒不遇。年三十後，就絕意科場，致力於詩古文詞。郭麐早年即自負高才，孰料屢受挫敗，終於痛定思痛而決心告別科場，《夜坐雜成並示舍弟丹叔及朱袁諸子》云：「我生材力薄，餘事難負荷。區區一小伎，或者天所予。但恐奔走間，立志苦不早。」詩中尚在痛苦地思索、抉擇，難定去留。《三十生朝自述》寫道：「科名要親在，今既無由緣。文書可傳道，何者爾所專？」不久後又作《將歸里門諸生見和前詩》：「父兄教子弟，科名期聯翩。師友相告語，文史窮根源。二者有兼得，豈不誠豪賢。但恐一蹉跌，失據進退間。此邦盛科第，姓氏久或湮。一二文章士，

歷歷在目前。」表達進退失據的心情。郭麐性情狂傲，自視甚高，以高才而淪落，故而詩風磊落大言，多有慷慨不平之氣。

乾嘉間這些不得志於科場、仕途的詩人成為詩壇最大的收穫，以至有人評價說「百餘年間，其間黃仲則、黎二樵尚近於詩。」〔註142〕詩歌成就與仕途地位成反比發展，這還可以從同為浙江士人的「秀水派」得到對比證明。

乾隆後期，浙西出現了與厲鶚之「浙派」幽瘦清深詩風不同的「秀水派」。秀水派中仕途得意的文學侍從之臣居多。其領袖人物錢載（1708～1793），字坤一。乾隆十七年（1752）成進士，後歷官至禮部侍郎，在朝三十年，頗受知遇。金德瑛，係乾隆元年（1736）丙辰榜狀元，官至左都御史。汪如洋是乾隆四十五年（1780）秀水又一名狀元。這樣一批骨幹組成的「秀水派」勢必不能再與厲鶚同流合拍，一起追求幽峭清冷的天然野趣，而不可避免地在侍從高宗的創作生涯中沾染上拖沓矯揉的翰苑習氣。究其本心，未必不是孝悌忠信，至性至情之人，但是「既入翰林，應制贋歌，頗仿御製，長君惡以結主知，詩遂大壞。」〔註143〕

正如前文杭世駿寫厲鶚的文字揭示的，這是一個高壓文化政策下病態乃至變態的世界，士人縱然鴻朗高邁，骯髒磊落，日久天長與皇帝周旋，揣摩聖上的意圖而寫詩，難免不真的鑿方而入圓，千錘百鍊後不辨真身，這或許是文學侍從之臣的宿命吧。

第四節　有才畢竟青衫老——失志科場之黃仲則

在乾隆的盛世華章中，黃仲則是一個淒涼符號。他生於科舉之鄉，卻終身未沾一第；生具天縱詩才，臨終只見「遺篇斷章，零墨廢

〔註142〕文廷式：《聞塵偶記》，《文廷式集》，中華書局1993年版，頁740。
〔註143〕錢鍾書：《談藝錄》之五十八《清人論撰石詩》，三聯書店2007年版，頁492。

紙，狼藉几案」〔註144〕；遊歷四方，「九州歷其八，五嶽登其一，望其三」〔註145〕，最終卻歿於躲債求助的路上；身後留下白髮老母和嗷嗷遺孤，以及一身債務和命運未卜的詩集〔註146〕。如果說袁枚、趙翼、蔣士銓等壯年辭別官場、全身而退體現了士人對仕途的灰心、對科舉和文官制度的質疑，從而象徵了清代由盛向衰的轉變的話，黃仲則的窮愁失意，更是國家走向衰敗，科舉制度弊端叢生、極不公正而終於走上窮途末路的一個象徵。正是在這個意義上，黃仲則成了一個衰世肇始的符號。乾隆三大家、查慎行等人置身的是盛世在衰退的進程中，尚可獨善其身，因此他們的詩歌創作中多少還有全身而退的竊竊自喜，黃仲則的詩歌中，卻充滿了絕望的呻吟、淒涼的呼喊，以及對末世敏感的預知。

一、科舉之鄉

黃仲則（1749～1783），名景仁，字漢鏞，又字仲則，號鹿菲子，江蘇武進（常州）人。黃仲則短短一生，活了不過三十五歲，這三十五年，仲則無時不刻不是掙扎在貧病中，一生失意，奔走謀食，無有任何壯麗事迹可書寫，卻留下了千古傳頌的詩歌作品。黃仲則一生，就是一個科舉失志士人的悲劇典型，而他的天縱詩才使這一悲劇格外淒麗。

黃仲則故鄉常州，人文薈萃之地，自古以文物爲尚，代有名人。龔自珍詩云：「天下名士有部落，東南無與常匹儔。」古來就是科舉鼎盛之地，應舉之風尤爲熾烈，其科第之盛亦足以傲視其它城市。據

〔註144〕洪亮吉：《更生齋文乙集》卷二《平生遊歷圖序》。
〔註145〕洪亮吉：《卷施閣文甲集》卷十《候選縣丞附監生黃君行狀》，《洪亮吉集》，頁214。
〔註146〕黃仲則死後，他的詩集中「放浪酣嬉，自託於酒筵歌肆者」，經翁方綱手「刪之又刪」，《黃仲則研究資料》載仲則辛後翌年正月翁方綱致書洪亮吉云：「然仲則之詩，必如此嚴刪，乃足傳之，若全付剿，則非所以愛之矣。」見許儁超：《黃仲則年譜考略》，上海古籍出版社2008年版，頁343。

《毗陵科第考》等記載，常州歷史上一共出了 9 位狀元，1546 名進士。科考之盛在兩宋時尤爲明顯。宋代 319 年中，常州考取的進士就達 674 人，並有宋維、宋絳，丁寶臣、丁宗臣兄弟同榜高中的盛事，留下了令常州人自豪的「雙桂坊」地名。宋大觀三年，朝廷會試，一科 300 名進士中，常州府就有 53 名，占總數的 1/6，贏得了「儒風蔚然，爲東南冠」的美譽。太傅張彥直的 4 個兒子相繼榮登進士第，常州地方官在其居巷內建「椿桂坊」牌樓。狀元霍端友之孫霍超龍，年僅 18 歲就得中進士，宋理宗嘉獎其年少有爲，特命常州地方官將其居住的地方改名爲「早科坊」〔註 147〕。

　　常州士人歷來負有經世致用傳統，在這種經世精神驅使下，他們對入仕、對科舉的熱情都表現得強烈而執著〔註 148〕。順治四年（1647）爲穩定士人曾兩次開科，錄取進士 298 人，武進一縣考中 27 人，占全國近十分之一，堪稱盛事〔註 149〕，這證明了武進士人科舉的實力，同時，在清初他人往往隱居不出的情況下也說明了武進人對舉業的熱情。

　　明清時期，常州籍進士的人數歷來都是名列前茅。據范金民統計，明清兩代自明洪武四年首科到清光緒三十年末科，共舉行殿試 201 科，外加博學鴻詞科，不計翻譯科、滿洲進士科，共錄取進士 51681 人，其中明代爲 24866 人，清代爲 26815 人。江南共考取進士 7877 人，占全國 15.24%，其中明代爲 3864 人，占全國的 15.54%，清代爲 4013 人，占全國 14.95%，總體而言，明清兩代每 7 個進士，就有一

〔註 147〕趙熙：《毗陵科第考》，同治七年（1868）戊辰續刊。
〔註 148〕論者將常州與揚州同時期的士人比較，發現揚州士人在樸學思想的指導下，往往更傾向於高隱，「不應世尚，多悃愊寡尤之士也」（章太炎：《檢論》卷四《學隱》），而常州人對入仕則充滿熱忱。見徐立望：《嘉道之際揚州常州區域文化比較研究》，浙江大學出版社 2007 年版，第四章。
〔註 149〕范金民：《明清江南進士數量、地域分佈及其特色分析》，《南京大學學報》1997 年第 2 期。

個以上出自江南〔註150〕。這其中常州又在江南各府中歷明清兩代均居進士數量榜首。明代常州產生進士 636 人，占江南進士總數的 16.46%；清代 645 人，僅落後於第一名的蘇州 12 人，占江南進士總數的 16.07%，其中狀元四人，「科舉蟬聯，人文甲天下」〔註151〕，縣志中自豪地說：「政事科名，奕奕相望，駕前明吉水而上之者，惟武進為稱首」〔註152〕。

僅以乾隆之時來看，乾隆元年（1736）博學鴻詞科，常州人劉綸拔得頭籌；乾隆七年（1742），壬戌科榜眼楊述曾、探花湯大紳均為武進人；就在三年之後的乙丑科，常州士人再創奇遇，狀元錢維城，榜眼莊存與以同鄉同列鼎甲。這些都是黃仲則出生前不久的輝煌，想必這樣的傳奇他聽過不在少數。

可是科舉之途向來崎嶇。康熙三十九年（1700）七月二十四日九卿等議科舉，康熙帝自己也感慨：「今年會試所中，大臣子弟居多，孤寒士子未能入彀，欲令人心服，得乎？」甚至親自賦「為考試歎」一詩：「人才當義取，王道豈紛更。放利來多怨，徇私有惡聲。文宗濂洛理，士仰楷模情。若問生前事，尚憐死後名。」〔註153〕與先賢輝煌的科第盛事相比，黃仲則生活的乾隆年間的士人要面對空前巨大的應試壓力。經過康、雍兩朝發展，進入乾隆盛世，社會承平日久，致使官吏嚴重壅滯，乾隆三十年（1765），高宗歎曰：「舉人選用知縣，需次動至三十餘年，其壯歲獲售者既不得及鋒而用，而晚遇者年力益復就衰，每為軫惜。朕常中夜思維，籌所以疏通壅滯之法。」〔註154〕

舉人、進士授官遲滯，帝認為是中額太多之故：「因查（鄉試）

〔註150〕范金民：《明清江南進士數量、地域分佈及其特色分析》，《南京大學學報》1997 年第 2 期。

〔註151〕道光《武進陽湖縣合志》卷二《輿地志》。

〔註152〕光緒《武進陽湖縣志》王祖肅序。

〔註153〕《清實錄・聖祖仁皇帝實錄》卷二○○。

〔註154〕《清會典事例》卷三四八《禮部・貢舉・鄉試中額一》，乾隆三十年，中華書局 1991 年版。

每科中額一千二百九十名，統十年而計，加以恩科，則多至五千餘人。
而十年中所銓選者，不及五百人，除各科會試中式外，其曾經揀選候
選者，尚餘數千。經久愈多，遂成壅滯。」〔註 155〕因此乾隆帝在一
開始便嚴格限定名額，曰：「乃學臣等博寬大之名，於科舉之外，遺
才大收，一概錄送，且有督撫普收送考者，以致文理荒疏之人，亦得
濫冒入場。試卷太多，不但試官於倉猝之中，難於別擇，即浮薄士子，
將以觀光爲遊戲，不復攻苦於寒窗，於賓興大典，甚有關係。嗣後學
臣各宜留心愼重辦理，毋得濫溢，永著爲例。」〔註 156〕乾隆之世，
進士中額一減再減，乾隆十年以前尚有 300 名以上，乾隆十幾年間降
至 200 餘名，從乾隆二十幾年到乾隆五十幾年，持續降至 100 名左右，
甚至出現了清代最少之 81 名。相對於國家的繁榮、社會的穩定、讀
書及應舉人數的激增，可以說乾隆時期是清代科舉壓力最大、競爭最
激烈的時候，這時士人沉浮科場的經歷比任何時期都頻繁和沉痛。

　　仍以江南爲例，雖然該地區科舉事業十分繁榮，不論狀元、進
士人數都在全國名列前茅，但是這些得志者跟龐大的候選人基數之
間的比例是非常懸殊的。黃仲則只通過了童生試，之後，他要和成
千上萬的生員一起參加鄉試。而且正因爲江南地區文化教育程度
高，使得生員的數量要比全國其它地區多得多。康熙時期，南方大
縣「挾冊操觚之士，少者不下千人」〔註 157〕。至乾隆年間，這個數
字成倍地增長。據統計，清代僅蘇州（不含太倉）就共有生員 29579
人〔註 158〕，考慮到生員的籍貫難以考訂，並且也難以獲得齊全的名
錄資料，實際恐怕遠遠不止此數。江南應舉生員的數目眾多，清人
筆記載：「與試者多至萬六、七千，向因點名擁擠，停止搜檢，竟一

〔註 155〕《清會典事例》卷三五四《禮部・貢舉・恩賜》，乾隆三十年。
〔註 156〕《清史稿・選舉志三》。
〔註 157〕潘耒：《應詔陳言》，見葛士濬《皇朝經世文續編》卷十三《治體六》，
　　　　臺灣文海出版社影印本。
〔註 158〕徐茂明：《江南士紳與江南社會》312 頁數據資料，北京商務印書館
　　　　2004 年版。

畫夜而不能藏事。」〔註159〕與這個龐大的生員數目相比，鄉試定額
簡直少得可憐。以乾隆九年（1744）為例，順天 135 名，江南 114
名，浙江、江西各 94 名，全國共計錄取舉人 1143 名，為當時各學
生員數的 4.75%，僅占全國生員總數的 0.23%。而在江南，這個數
字更是降低為 1‰〔註160〕。文風鼎盛、人才眾多使得每通過一關科
舉考試都要付出更大的艱辛努力，承受更沉重的挫折打擊。

從另一個角度來看，到了乾隆之世，士人早已牢牢困於科舉的牢
籠中，在黃仲則幾乎同時代，有前後赴科場 20 次、時間跨度長達 45
年的沈德潛。在其以花甲之齡中舉之後，卻意外地青雲直上。乾隆帝
對沈德潛的恩寵，為無數在科場沉浮的士人們樹立了新的典範，他們
愈發欲罷不能，廣東人謝啟祚，考中舉人時年已 98 歲〔註161〕！乾隆
四十四年（1779），彭元瑞出任江蘇學政，有感於士子科場的艱辛，
作《錄遺告示》：

> 貢、監、生員等，奮志芸窗，希心桂籍。或貧而輟館，遠
> 道盈千；或老且觀場，背城戰一。少年英俊，父兄之責督
> 維嚴；壯歲飛騰，妻孥之屬望尤切。……皆期虎榜之先登，
> 豈料龍門之難上。〔註162〕

此時，正是黃仲則在鄉試路上屢起屢躓的第十個年頭。

二、科舉家族

清代常州城區有牌坊 30 餘處，大都因科第、官宦、名人而建。
現存 4 處：雙桂坊、椿桂坊、早科坊、世科坊，均與該鄉科舉的榮耀
有關。其中雙桂、椿桂及早科宋朝已有，數百年來昭示著鄉賢科第的
輝煌。世科坊為莊氏所建。莊氏為常州望族之一，族中中舉、為官者

〔註159〕黃均宰：《金壺七墨》，《歷代筆記小說選‧清》四，香港商務印書
館 1958 年版，頁 1157。
〔註160〕《清代進士群體與學術文化》，頁 296。
〔註161〕陳康祺：《郎潛紀聞初筆》卷六「謝啟祚耄年登第」條，中華書局
1985 年版，頁 122。
〔註162〕諸聯：《明齋小識》卷七，見《筆記小說大觀》二十一編第十冊。

甚多，該牌坊上記載了 104 名有功名的家族成員。清康熙二十七年
（1688）建坊時，常州知府祖進朝、武進知縣賈國棟均有題詞、題名。
在世科坊附近，還有一座「翰林坊」亦爲莊氏所立，可見莊氏科第之
興旺。常州另有狀元坊兩處，解元坊兩處，還有進賢坊、世進士坊、
正素坊、翰林坊、興賢坊、傳臚里等，無不昭示著武進這一科舉之鄉
的榮光。而明清兩代科舉的成果，幾乎都集中在占全縣人數不足十分
之一的家族，尤其是惲、莊、董、劉氏這樣的世家大族。清代常州有
一條白雲溪，圍繞著這條長不過半公里的小溪，有許多這樣的家族，
據洪亮吉《外家紀聞》記載：

> 雲溪之秀甲於郡中，環溪亦皆名族所居。記前哲胡芋莊詩
> 曰：「皇朝五十有七載，出四公卿兩狀元。」……芋莊作詩
> 後不及六十年，又出三公卿、一狀元。……其他官侍從、
> 擢巍科者又不一而足，可謂盛矣。〔註163〕

關於科舉家族在科考方面的優勢，先賢論證多矣〔註164〕，茲不贅述。
有清一代，宗族與學派之間還存在著一種現象：整個家族集體熱衷科
第，相對的科舉之路也輝煌得多，家族內不斷地有人列席鄉、會試榜
單，如蘇州惠氏、揚州王、劉二氏、桐城方氏和姚氏、還有常州莊氏、
劉氏家族。其中莊氏的莊廷臣與莊起元兩支，在清代之聲望顯赫，被
稱「進士工廠」〔註165〕，乾隆元年至四十五年前共有 20 科進士試，
莊氏家族就考中了 12 名〔註166〕。據統計，有清一代該家族出了舉人

〔註163〕洪亮吉：《外家紀聞》，古今說部叢書本。

〔註164〕如張杰：《科舉家族》全書；夏維中、范金民：《明清江南進士研究
之二 —— 人數眾多的原因分析》；徐茂明：《江南士紳與江南社會》
第四章具體論及蘇州潘氏科舉家族；張仲禮：《中國紳士》第三章
第三節；艾爾曼：《經學、政治和宗族 —— 中華帝國晚期常州今文
學派研究》等，以上著述普通認爲：科舉制度實際上並未向所有的
人都提供平等的機會。財富、勢力和家庭背景對於某些特殊集團來
說，都是得以利用的有力因素。

〔註165〕艾爾曼：《經學、政治和宗族 —— 中華帝國晚期常州今文學派研
究》，江蘇人民出版社 1998 年版，頁 36。

〔註166〕見徐立望：《嘉道之際揚州常州區域文化比較研究》第七章，頁 180，

90 名，進士 29 名，其中 11 人任職翰林院。若以鄉試為例，乾隆年間共開 27 科，武、陽兩縣考中 356 人，莊氏一族即考中 27 人，占總數的 7.6%〔註167〕。科名二字，成為莊氏「吾家故物」〔註168〕。縣志和《毗陵科第考》中連篇累牘地記載著莊氏的輝煌，如：「莊清度，字係安，少穎異，善屬文。康熙辛酉舉人，辛未成進士，制義出，海內奉為名家……乾隆辛酉及見族弟培因、大升輩登賢書，為前後同年，一時稱為盛事。族中年六十以上既解組者為九老，會清度齒最長，賦詩有『九人六百三十歲，林下相逢盡一家』之句。」〔註169〕同樣，有清一代成就卓越的今文經學幾乎就是莊氏的家族經學傳統的體現，而莊氏的經學傳統還對他族的士人產生了或多或少的影響，如洪亮吉就曾獲准與莊氏子弟一起上學。劉氏家族在舉業上比莊氏稍遜一籌，但也產生了十名進士，九個舉人，其中九人後來入翰林，並有兩名位至大學士〔註170〕。縣志中讚美劉氏尤其是自乾隆朝劉綸之後，「麟麟炳炳，代有聞人」，同時還提到「常郡望族人，國朝以來若劉、呂、趙、莊、惲、孫諸氏，科第文章，一時並盛。」〔註171〕

在研究科舉家族的諸家著述中，都無一例外地認同，科舉家族在出資辦學、科舉經驗、人脈關係等各個方面無疑較寒門士人有大得多的優勢〔註172〕。趙懷玉八歲時，其父即為其「納粟作國子監生」

根據 1875 年莊氏家譜所統計，浙江大學出版社 2007 年版。

〔註167〕 光緒《武進陽湖縣志》，卷十九。

〔註168〕 民國《毗陵莊氏族譜》記載莊存與中乾隆乙丑榜眼，其弟莊培因賦詩「他年令弟魁天下，始信人間有宋祁。」儼然以狀元自任，後甲戌科果然以第一人及第。卷十八上，《盛事》。

〔註169〕 光緒《武進陽湖縣志》，卷十。

〔註170〕 艾爾曼：《經學、政治和宗族——中華帝國晚期常州今文學派研究》，頁 44。

〔註171〕 《西營劉氏清芬錄》卷首，武進劉氏尚綱草堂民國 12 年（1923）版。

〔註172〕 「科舉家族」的概念經由張杰的論著《清代科舉家族》首度提出，但是在其餘各家論述中，均有相似概念，張杰的定義為：「是指那些在清朝世代聚族而居，從事舉業人數眾多，至少取得舉人或五貢以上功名的家族」（《清代科舉家族》頁 24）科學而嚴謹，姑採納之。

〔註173〕，後於乾隆四十五年召試中舉。趙懷玉等於依靠家族的力量，用錢財爲他打造了一個國子監生的身份、使其避開了童試的競爭直接奔鄉試而去。此外，一個財力雄厚、地位顯赫的家族必須拿出資金創辦族學，並以豐厚的束脩聘請優秀的教師，來保證族內子弟接受有效的科舉訓練，以期舉業成功，維持家族地位不輟。「莊氏家族成員因先人舉業順利及宗親關係的因素，在地方和朝廷聲望昭著，格外受到青睞。先人的成功爲後代的發達鋪平了道路。」〔註174〕經張杰研究，家族中自一人中高第後，後代中舉頻率明顯增高。

　　這些科舉世家還有一個明顯特徵，即科舉家族之間還通過彼此聯姻的方式結成相對穩固的關係網。據艾爾曼統計，自晚明莊、劉氏舉業上各自取得突破性的輝煌，並自第九代開始兩家聯姻，代代綿延互有嫁娶，這種方式多少有助於兩家維持並彼此增進在舉業上的成就。清代中葉常州著名的「毗陵七子」中六位成員也是來自這樣的科舉家族。

　　黃景仁仲則即爲「毗陵七子」成員之一，另外六人爲洪亮吉、趙懷玉、呂星垣、孫星衍、楊倫和徐書受。《外家紀聞》所述公卿狀元中，呂宮爲呂星垣五世祖，趙申喬、趙熊詔爲趙懷玉的高祖和曾祖，徐元珙爲徐書受高祖。除了這些歷史上有名的人物以外，各家族世代均陸續有進士或舉人產生。即以徐書受爲例，徐氏於明景泰間占籍武進，清代自徐元珙中順治乙未（1655）進士始，徐元珙三子徐永宣康熙進士，徐永宣有子二人，一娶呂瀚之女，一娶山西布政司無錫陶正中女，其孫徐士勛（徐書受父）以舉人選彭山知縣，傳至徐書受中庚子（1780）順天副榜，徐氏另有徐書受從兄徐大榕，中壬辰（1772）進士等〔註175〕。

　　不僅如此，趙氏家族的趙翼、洪亮吉和楊倫外家蔣氏家族的蔣驥

〔註173〕趙懷玉：《收庵居士自訂年譜略》，見《黃仲則年譜考略》，頁15。
〔註174〕艾爾曼：《經學、政治和宗族——中華帝國晚期常州今文學派研究》，頁40。
〔註175〕《新河徐氏宗譜》，民國鈔本。

以及莊氏家族的莊存與等又都是有清一代的學術大家,可說是家學淵源。同時,這些文化望族間也代有聯姻,並通過姻親關係彼此幫扶提攜,例如楊兆魯、呂宮、徐元琪幾乎同時中進士,遂相互結親並代有維持。趙懷玉、洪亮吉、呂星垣、徐書受、孫星衍、楊倫六人均有姻親關係,其中楊、呂、徐三家還世代聯姻。下表以統計數字更好地觀察觀莊趙氏入城六房的男丁功名及姻婭關係:

世系	男口總數	早殤人數	男口功名情況				娶進女性父輩功名				女口總數	早殤人數	嫁出女性丈夫功名			
			生員	舉人	進士	官員	生員	舉人	進士	官員			生員	舉人	進士	官員
24	1				1		1									
25	2				2		1			1						
26	9	2			1		1				6	2			1	
27	6	2	2		2				3		3		3			
28	7	1	5					1	1	3	3			1〔註176〕	2	
29	24	5	4	1		3	1	1〔註177〕		8	15	2	7	1		

注:(1)資料來自《觀莊趙氏支譜》之世系表,民國 17 年(1928)木活字本,上海圖書館藏。

（2）一人經歷幾種功名者,按最高功名算,不重複計算。

（3）生員一欄,包括國學生、庠生、附例生、監生、貢生等。

（4）官員為不明功名情況人員,不與功名重複計算。

（5）娶進女性包括繼娶、側室。

趙氏自稱宋代趙德昭後人,十世趙孟堙遷常,十六世趙珍明初從武進遷觀莊,自二十四世趙繼鼎中崇禎庚辰進士而顯貴,並遷入城內定居,成為入城六房始遷祖。之後這一支開始興旺,男丁在科舉方面陸續有所斬獲,二十四、二十五、二十六世連續有進士產生,已成典型的科舉家族。同時,在婚姻關係上也可以看出趙氏地位的上升,值

〔註176〕該婿實際功名是二品廕生,廕生出仕保舉只略遜於進士,姑列入舉人一欄。

〔註177〕實為二品廕生。

得注意的是二十七世，只出了 2 個生員，但是都娶的進士之女，可以
見出女方在聯姻之時，對男方家族身份的認可，這樣對夫婿或者子嗣
將來的科舉之途多少會有幫助。並且他們的女兒也都嫁得很好，符合
女方通常可以與地位略高的家族聯姻的規律。3 個女兒兩個都嫁了進
士，一個嫁給二品廩生，通過這樣的聯姻，科舉家族間結成了一張社
會關係網，「不僅促進了他們之間的文化資本的傳承與交換，而且組
成了一個看似鬆散，實則嚴密的網絡，使得他們獲得了優越於一般人
的學習和交流管道，正是這一整套機制保證了他們家族中會不斷產生
新的文化精英。」〔註 178〕下面將再以呂星垣之毗陵呂氏為例，具體
考察該家族的姻婭關係：

〔註178〕葉舟：《清代常州城市與文化 —— 江南地方文獻的發掘及其再闡
　　　釋》，復旦大學 2007 屆博士論文，頁 271。

注：（1）資料來自《毗陵呂氏族譜》，清光緒 4 年（1878）木活字本，上海
　　　　圖書館藏。
　　（2）該表只側重呂氏與各科舉世家的聯姻，故不具該特徵的子嗣婚姻
　　　　沒有列出。

　　從上表可以看出，「毗陵六子」中聯姻非常緊密和頻繁，同時會有彼此間的兒女通婚，下代又有姑表婚姻。同時他們也注重與海寧陳氏這種世家聯姻，以維持地位不墜。這種現象在這幾家間極為普遍。個中洪亮吉雖然原籍徽州歙縣洪源，非出自本地望族，但是其祖洪採娶趙懷玉高祖趙熊詔女兒，入贅常州，洪採子洪翹，娶雍正甲辰（1724）科舉人蔣敦淳女，子即亮吉。可見自洪採起，洪氏已經踏入了常州的精英文化圈，在與有影響的家族建立姻親關係後，為自己的科舉入仕之路打下了基礎。

　　洪亮吉幼年喪父，與母親寄居在外家蔣氏，並曾入蔣氏族學學習。蔣氏乃常州望族，「外祖父兄弟五人，成進士者二，舉於鄉者一，貢人及監人一，至舅氏一輩，亦皆科第不絕」， 蔣氏的地理位置和交往圈均有良好的應舉氛圍，如與蔣氏比鄰而居的楊氏也是「科第之盛，甲於里中」〔註179〕，這對幼年的洪亮吉具有一定的影響和幫助。而洪母蔣氏，正因為來自有良好教養的家族，文化素養很高，「生有夙慧，五歲能誦毛詩、爾雅，稍長熟漢魏樂府古詞，習《急就章》」，可見家族之薰陶。在教育兒子的過程中，充分體現了她的家學淵源，「禮吉初從母受書至禮經……句讀凡《爾雅》及諸經難字，皆令手習計字，分日以課，未嘗出就外傳也。至是始讀書蔣氏塾中，已而蔣以塾滿辭出，母復歸。禮吉乃從里中師，里中師不辨音訓，夜分母為是正其誤者，日不下數十字。母織子誦，至漏下四五十刻不絕聲。」〔註180〕

　　督學的過程十分艱辛，但是外家的優勢還是體現了出來。正因為來自教養良好的家族，所以母親往往可以承擔起教育孩子的任務。事實上，父親很多的時間都在外遊歷（或如洪亮吉父親早逝），這時母親就扮演了母、父、乃至師的多重角色〔註181〕。科舉家族間彼此嫁

〔註179〕洪亮吉：《外家紀聞》。
〔註180〕鄭虎文：《吞松閣集》卷三四《洪母蔣太孺人壙誌銘》，清嘉慶十四年刻本。
〔註181〕以洪亮吉為例，其年譜記載可見，自乾隆三十七年（1772）入沈富

娶，正因爲這樣的家族內女兒也往往受良好的教育，對後代的成長及將來的應試均十分有利（註182）。

　　而黃仲則卻是七子中的異類，他出身非常普通甚至寒酸，來自「缺乏充分的文化和語言資源家庭」，而被那些在學術文化場域中最有影響的文化精英「排除在外」（註183）。黃氏終清之世沒有出過一個進士，自黃仲則起上溯五世，家族之科名與婚姻均頗爲平淡甚至寂寥。仲則五世祖如瑤，配吳氏，四世祖輝弼，配費氏，均無科名記載；曾祖輩略有起色，曾祖覲龍，贈修職侍郎，配王氏，太學生女；祖大樂，歲貢生，配呂氏。生其父之琰，邑庠生，其母的家庭無科名記載，也沒有資料表明其母屠氏對他的文化教育有過幫助，應該承擔教育責任的祖與父均早逝。與以上六子的家族略作比較，就可以看出在「毗陵七子」中黃仲則是如何特殊的一個異類，而在科舉時代，他這樣的家庭注定他的科舉之路會遠較他的朋友艱難得多。《黃仲則年譜考略》記遲至乾隆三十一年（1766），仲則已十八歲，與同樣就童子試的洪亮吉相遇，「亮吉攜母孺人所授漢魏樂府錄本，暇則朱墨其上，間有擬作，君見而嗜之，約共效其體，日數篇，逾月，君所詣出亮吉上，遂訂交焉。」（註184）從這條資料可以見出，洪亮吉從其母那裏所得

業署至五十五年（1790）中進士，前後十八年中，除了居憂，幾乎從未在家長期逗留。 孫星衍的年譜也記載了直至乾隆二十六年（1761）秋，其父「自都門歸，君始識父焉。」在父親出門遊歷的日子，就由母親承擔了對孩子的教育工作。

〔註182〕倉橋圭子的論文《科舉世家的再生產》運用「Odds Ratio」的數據和表格來考量，得出結論「對於科舉地位的繼承，祖父、父親、母親、姐妹均有獨自的影響力，其中對承繼母親的影響比父親大」，此外還有母親的娘家人員例如舅氏對外甥的幫助等。結論如下：「對於聯姻的科舉世家來說，爲了雙方更有發展，除了經濟上的援助以外，教育上的互相援助也很重要。」見《中國社會歷史評論》卷九，2008 年，頁 183～194。

〔註183〕艾爾曼：《A Cultural History of Civil Examination in Late Imperial China》，轉引自《清代常州城市與文化——江南地方文獻的發掘及其再闡釋》，頁 248。

〔註184〕洪亮吉：《候選縣丞附監生黃君行狀》。

到的教育優勢，而黃仲則惟一可以憑藉的是他無可比擬的天才，因此才使洪亮吉折服並與之正式訂交，雖然之前他們可能早已相識。之後他同樣是以早熟的天才的身份躋身毗陵七子，甚至被目爲「七子第一人」〔註185〕。

「七子」並稱直至名聲大噪的過程中，蔣和寧和錢維城的意義格外重大，最早是蔣和寧把洪、黃、孫、楊、趙等作爲毗陵士人群體向外推獎延譽，而蔣正是洪亮吉的舅父、楊倫的祖舅。蔣和寧，乾隆十七年（1752）恩科進士，曾官湖廣道御使，與王昶、蔣士銓等詩酒交遊，壯年辭官歸里後，發現了家族中的後起之秀。洪亮吉《外家紀聞》云：「侍御舅氏（蔣和寧）生平假獎後進。壬午癸未諱居里日，尤留意里中人才。時余甫成童，尚未爲先生所知。一日，先生謁外王母於南樓，大令、檢討二舅氏俱在側，先生忽語曰：『里中有五雋才，二弟欲知之乎？』蓋指管庶常幹珍、劉庶常種之、錢孝廉維喬、莊明經炘、呂上舍岳自也。……繼先生又拔二人於童子軍中，曰史文學次星、董太守思，云：『才亦可亞五人。』後五六年中，先生始極賞余及黃二景仁、孫兵備星衍，云：『此三人者，才復在五人上矣。』余窮老遠戍，不足以副先生之知，而孫黃二君才實足以傳世。先是，里中每推劉侍郎星煒爲知人，然侍郎所識拔者類皆工詞章及制舉業者爲多，究不如先生之有遠識也。」

上述可見，至遲到乾隆三十四年，蔣和寧慧眼提拔了「毗陵七子」的核心人物：洪、黃、楊、趙、孫五人，而這個群體帶有明顯的家族色彩。除了洪、楊與蔣家爲至親外，趙懷玉與洪亮吉爲中表兄弟，蔣和寧的獎掖扶持多少有家族利益的成分。個中惟有黃景仁是來自於外姓，他雖然與眾人比鄰而居，卻出身孤寒，仲則是以他醒目的天才得以列席七子行列的。

〔註185〕「毗陵七子誰第一？睥睨滄溟空結壇。羨煞神仙偶遊戲，飄然賣賦入長安。」趙希璜：《四百三十二峰草堂詩草》卷二《歲暮懷人‧黃仲則》，《續修四庫全書》本。

　　毗陵七子能夠在更廣範圍內揚名，更得益於呂星垣的舅父錢維城。錢維城，乾隆十年（1745）狀元，官至刑部侍郎，為乾隆朝著名宮廷畫家。錢維城乾隆三十七年（1772）丁父憂歸里，對七子尤為賞識。呂培《洪北江先生年譜》「乾隆三十八年」條下記：「時錢文敏公維城居憂在里，見先生詩文，奇之，徒步過訪焉。」又，呂振鏞《湘皋公行述》記：「是年（乾隆三十七年），舅氏錢文敏公丁艱旋里，見府君詩文，歎為奇才，曰：『他日名重天下，科第不足言也。』時里中文人如洪稚存、趙味辛、楊西河、徐尚之、黃仲則、孫淵如諸先生暨府君為七人，稱毗陵七子。」〔註186〕錢維城對這幾個後輩的獎掖毫無疑問有家族色彩，並包含著對科名的期許。

　　這六人來自科舉家族，自幼起即接受嚴格的教育，可謂艱辛備嘗，「（洪亮吉與母）母織子誦，至漏下四五十刻不絕聲。東鄰有病叟，惡之，以手搏左壁，且搏且罵，母泣為罷織，而令禮吉默誦，明日遂易以績，勿與校也。歲饑，母與諸女食糠核，而獨飯禮吉，禮吉不食，泣，母亦泣，必令禮吉食，或相視哽咽淚流灘盤案間，則皆罷食起。蓋往往然也。」〔註187〕

　　在良好家庭背景、優秀文化教育和極高個人天分的前提下，眾人的科舉之路仍然坎壈不平，查檢各家年譜，均記載著童試、鄉試和會試路上屢戰屢敗、屢敗屢戰的艱辛，落第的憤懣非獨仲則一人。呂星垣為順治四年（1647）狀元呂宮的五世孫，家學淵源，少即以文學名，然而落榜的理由卻可稱離奇：「以才高負重名，兩試北雍，考官獲佳卷則疑，君竟不能得之。」〔註188〕疑而被棄，難怪叔訥憤而賦詩吟道：「長安賣賦賤男子，披褐懸鶉困場廡。」〔註189〕乾隆三十九年

〔註186〕《毗陵呂氏族譜》，光緒刻本。

〔註187〕鄭虎文：《洪母蔣太孺人壙誌銘》，《吞松閣集》卷三十四。

〔註188〕曹仁虎：《白雲草堂詩鈔序》，《白雲草堂詩鈔》卷首，嘉慶八年刻本。

〔註189〕呂星垣：《呈朱石君先生》，《白雲草堂詩鈔》卷二，清嘉慶八年刻本。

（1774）江寧鄉試，該科洪亮吉中副車，而孫星衍、趙懷玉等俱落第，趙懷玉《亦有生齋集・詩》卷五《悼亡十首》其三記錄當時心酸云：「余昨放秣陵，君已病桐溪。經思千佛選，亡婦病中猶令人覓江南登科錄。日恐五色迷。」〔註190〕

毗陵七子除去黃仲則外六人的中舉時間統計如下：

姓　名	字　　　號	生卒年	科舉經歷	首度功名時年齡
趙懷玉	字億孫，號味辛，又號映川，別號琬亭，晚號收庵居士	1747～1832	乾隆四十五年（1780）高宗南巡，召試舉人	三十四歲
徐書受	字尚之	1753～1807	監生。乾隆四十五年（1780）副貢	二十八歲
楊倫	字敦五，一字西河（禾），號羅峰	1747～1803	乾隆四十五（1780）年以增監生得中舉人	三十四歲
洪亮吉	字稚存，號北江、更生居士	1746～1809	乾隆四十五年（1780）舉人	三十五歲
呂星垣	字叔訥，號湘皋	1753～1821	廩貢生，乾隆五十年（1785）召試一等一名	三十三歲
孫星衍	字伯淵，一字季述，號淵如	1753～1818	乾隆五十一年（1786）中式第八十七名舉人	三十四歲

（資料均來自各家年譜）〔註191〕

上表可以容易得知，六人中舉的平均年齡爲 34 歲（其中徐書受爲副貢，清例副貢議敘可授官。若連同徐書受一同統計，則平均年齡爲 33）。這裏面還有一個問題需要說明的是，在中舉之前，趙懷玉、徐書受、楊倫均爲監生，呂星垣爲廩貢生，監生係捐納獲得，貢生有時也可以經捐納獲得，按照張仲禮先生的說法，已經屬於下層紳士階

〔註190〕《黃仲則年譜考略》，頁 181。
〔註191〕這裏不考慮趙懷玉、徐書受和楊倫的監生身份，因爲這些均係捐納獲得。

層的一員，雖屬異途，但並不妨礙他們的「紳士地位和特權得以承認，並且爲進一步的加官晉銜提供了一個開端。」〔註 192〕更重要的是，對於這四人來說，他們捐這樣一個出身（尤其是趙懷玉納粟爲監生時僅八歲），應該是爲了儘早獲得參加較高等級考試的機會。而這樣機會的獲得，無疑只有家庭財力豐厚之人才能夠做到〔註 193〕。此外，科舉考試處處要產生費用，據康熙十六年（1677）江西道監察御史何鳳歧奏稱，一個童生僅參加縣府兩試的費用就要用 10 兩銀子，而 10 兩銀子通常可以買到 10 石糧食，這相當於一個 3 口之家農民的全年口糧，甚至是全部家產〔註 194〕。若再參加鄉、會試，費用更加高昂，一個貧寒或者普通家庭都可能爲支持一個生員一而再、再而三的落第再考而狼狽不堪，何況捐納功名？

捐了出身，他們就可以直接參加鄉試，否則很多人在童生試上就花費若干年，比如洪亮吉，自乾隆二十六年（1763）出應童子試，至乾隆三十四年（1771）補陽湖縣學附生，童子試花去了 8 年的時間〔註 195〕。

以上仲則朋友的這些數據資料，展示出他們在科舉道路上先天的優勢，而這些都是黃仲則所不具備的。儘管有那些突出的優勢，毗陵六子平均約在 34 歲的年紀才通過鄉試，對於黃仲則這樣一個七子中

〔註 192〕張仲禮：《中國紳士：關於其在 19 世紀中國社會中的作用研究》，上海社會科學院 1991 年版，頁 4。

〔註 193〕後黃仲則捐資爲縣丞，候選未授官而爲債家所逼，被迫倉惶出京，乾隆四十八年四月潦倒死於投奔西安畢沅的途中。相形之下，可見家庭財力的差距導致的命運的不同。據張杰《清代科舉家族》分析了科舉家族「力田起家」的過程得出五點結論：家族經濟狀況根本改觀才能支持獲取功名；貧苦子弟不僅沒有條件讀書應考，甚至生存都十分艱難；科舉家族前輩利用其經濟條件督促後代應舉；物質財富對科舉同樣重要；統計 8000 多份硃卷可知中舉者是靠優越的生活條件才考中舉人的。見該書，頁 76～78。

〔註 194〕《清代檔案史料叢編》，轉引自張杰：《清代科舉家族》，頁 69。

〔註 195〕呂培：《洪北江先生年譜》，頁 9～14，《近代中國史料叢刊》第 95 輯。

的異類，艱難程度可想而知，他恐怕很難活到那個時刻的降臨。黃仲則科舉的艱辛不幸在他朋友的對比下更顯觸目驚心，由此我們才能更好地理解他屢試屢挫的人生，也才能更好地理解他蒼涼兀傲的詩風。

三、經學時代

龔自珍詩《常州高材篇送丁若士〔履恒〕》贊：「天下名士有部落，東南無與常匹儔」，幾乎成為人們讚美常州人杰地靈時的必引詩句，龔自珍對常州的文化特徵有細緻的分析：

> 易家人人本姓虞，忹緯戶戶知何休。
>
> 聲音文字各突奧，大柢鍾鼎工冥搜。
>
> 學徒不屑談賈孔，文體不甚宗韓歐。
>
> 人人妙擅小樂府，爾雅哀怨聲能道。

龔詩作於道光七年（1827），隨後詩中提到的常州士人有孫星衍、惲敬、劉逢祿、臧庸、洪飴孫、管繩萊、莊綏甲、張琦、董祐誠、周儀暐、陸繼輅、李兆洛等人，幾乎可以當作「常州學派總序讀，於乾嘉間吾郡人各種學問，無不提要鈎玄。」〔註196〕常州在有清一代，古文有陽湖派，詞有陽湖派，詩亦有陽湖派，作為文人，生在其鄉，榮耀已極。此外該鄉在學術上的成就又另外成為一潮流，有極大的光彩，而這卻使同時生在經學時代的常州詩人、比如黃仲則，多少有點孤單和不合時宜。

在家鄉常州，與黃仲則交往較密切的無過於洪、趙、徐、呂、孫、楊等六人，這七人稱「毗陵七子」，但是其中的關係親疏又自有別。前已論述如楊倫為洪亮吉外姊子，孫星衍堂姐夫；趙懷玉乃洪亮吉表弟，他們生小相識，過從甚密，「賤子與君同處出，外家並住雲溪側。」〔註197〕洪亮吉與仲則也是生小相識，《兩當軒集》卷十五《題洪稚存〈機聲燈影圖〉》云：「君家雲溪南，我家雲溪北。喚

〔註196〕錢鍾書：《談藝錄》之三十九，頁342。
〔註197〕楊倫：《題稚存雲溪一曲圖》，《九柏山房詩》卷三，嘉慶十七年遂初堂刻本。

渡時過從，兩小便相識。」但是洪亮吉爲仲則所撰的行狀表明，可能遲至乾隆三十一年（1766）兩人赴江陰歲試時寓於逆旅，因共效漢魏樂府而仲則所作後來居上，「遂訂交焉」。

雖然孫星衍、洪亮吉和黃仲則齊名，但孫、洪兩人均治經。劉師培指出：「孫星衍、洪亮吉，幼事詞藻，兼治校勘金石，以趨貴顯之所好」〔註 198〕。常州向來學風濃厚，常州人對清代學術居功甚偉，支偉成之《清代樸學大師列傳》江蘇籍樸學大師 153 名，其中 30 人爲常州籍。更加之乾嘉間經文學術日盛，同時武進莊氏又是當地望族，而洪亮吉亦曾入莊氏族學學習。除莊氏外，其他家族亦致力學術，這使早年即啓蒙了孫、洪二人的治經思想，後來巍然大家。「常州學派」之後另有一個陣容龐大的考據學派崛起，洪亮吉、孫星衍、李兆洛便是其中陽湖地理派的代表學者。這種學術修養多少會影響到他們的詩學觀點。

洪亮吉博學多才，詩文多奇氣，是駢文高手，而且在輿地、經學、史學、音韻等方面均有很深的研究，著有《春秋左傳詁》、《三國疆域志》、《東晉疆域志》、《十六國疆域志》、《貴州水道考》等多種學術著作。作爲一個詩人，洪亮吉認爲「不以學問掩其性情，詩人、學人，可以並擅其美」〔註 199〕。同樣，趙懷玉「以魏氏（魏禧）之才與識而爲方氏（方苞）之學」，「其學於校勘爲尤精」〔註 200〕，故對作詩也和洪亮吉持相似觀點，其《王侍郎述庵文鈔序》對訓詁與詞章的分離不以爲然：「今海內操觚之士其趨不出二端：曰訓詁之學，曰詞章之學。通訓詁者，以詞章爲空疏而不屑爲，工詞章者又以訓詁爲餖飣而不願爲。膠執已見，隱然若樹敵焉」〔註 201〕，提倡學與詩併兼。

〔註 198〕劉師培：《清儒得失論》，中國人民大學出版社 2004 年版，頁 265。此「貴顯」難以確認，或指乾嘉年間的「常州學派」創始人莊存與。
〔註 199〕洪亮吉：《北江詩話》卷五，《洪亮吉集》，頁 2297。
〔註 200〕張惟驤：《清代毗陵名人小傳》卷五，臺北明文書局 1985 年版。
〔註 201〕趙懷玉：《王侍郎述庵文鈔序》，《亦有生齋文鈔》卷三，續修四庫全書本。

對於「潛心經史、涉獵百家」的學人來說，非如此則「嫌其淺薄」矣。
〔註202〕

　　而從詩人到學人的轉變，孫星衍堪稱典型。孫星衍早年詩作如
《與洪大禮吉醉臥古冢明日戲作》：「試呼冢中人，汝亦能飲不？醉
魂飄飄出幽穴，知汝見魙涎應流。……」因醉臥墳墓，遂向冢中人
發問，猜想對方貪飲的形狀，十足的少年心性，想像奇特，雖未老
到但可見才氣橫溢，難怪袁枚贊爲「奇才」〔註203〕。洪亮吉也認爲
其「少日詩才爲同輩中第一」〔註204〕。後孫星衍以驚采絕艷之才從
事考據之學，令人惋惜，朱庭珍《筱園詩話》云：「孫淵如早年，詩
筆頗悍，造句亦多峭拔，惜中年改攻經學考據家業，不作詩矣。」
〔註205〕後雖其實並未停止寫詩，但詩歌創作的數量銳減不說，詩歌
風格也有了較大的變化，晚年的詩比較沖淡平和，「沖和靜穆，乃近
香山老人」〔註206〕，這跟年紀有關，跟他埋首樸學也不無關係。

　　就經學而言，黃仲則與洪、孫等就沒有那麼多共同之處了，詩學
觀點也有分歧。仲則歿後，洪亮吉致書畢沅，請爲其詩稿刪定付梓，
曰：「此君平生與亮吉雅故。惟持論不同，嘗戲謂亮吉曰：『予不幸早
死，集經君訂定，必乖余之旨趣矣。』」〔註207〕因洪亮吉作爲一個經
學家，其詩是學人之詩，其中免不了考據之學，袁枚曾深致不滿曰：
「頃接手書，讀古文及詩，歎足下才健氣猛，抱萬夫之稟；而又新學
筍河學士之學，一點一畫，不從今書，駁駁落落，如得斷簡於蒼崖石

〔註202〕孫星衍：《自題〈芳茂山人詩錄〉目錄後》，見《黃仲則研究資料》，
　　　　頁129。
〔註203〕張紹南：《孫淵如先生年譜》卷上載：「枚跋其卷曰：『天下清才多，
　　　　奇才少，讀足下之詩，天下奇才也。』」
〔註204〕洪亮吉：《北江詩話》卷一，《洪亮吉集》，頁2249。
〔註205〕朱庭珍：《筱園詩話》卷二。
〔註206〕石韞玉：《芳茂山人詩集序》，《芳茂山人詩集》卷首，光緒十二年
　　　　刻本。
〔註207〕洪亮吉：《出關與畢侍郎箋》，《卷施閣文乙集》卷六，《洪亮吉集》，
　　　　中華書局2001年版，頁345。

壁間，僕初不能識，徐測以意，考之書，方始得其音義。足下眞古人
歟！雖然，僕與足下皆今之人非古之人也！」〔註208〕洪詩之旨趣跟
黃仲則可謂相去頗遠。

　　仲則之詩是純粹的「詩人之詩」〔註209〕。京師八年期間，黃仲
則受朋友勸告和濡染，亦曾嘗試寫作類似學人詩的作品，如《顏魯公
名印歌》、《蔣心餘先生齋頭觀范巨卿碑額拓本》等〔註210〕。錢仲聯
先生更指出入京後黃仲則的詩受到翁方綱「肌理說」的影響〔註211〕，
但最終因爲不符合個人的審美取向和天賦所在爲仲則放棄了。

　　洪亮吉歸根到底跟黃仲則是不同的人，一學者，一詩人，彼此頗
有分歧。同時洪亮吉對仲則「遺棄一世之務，留連身後之名」〔註212〕
的行爲也不以爲然。因此對洪亮吉而言，仲則不是最親密的朋友：「余
二十後與三人交，於孫君（星衍）尤密，次則君（呂星垣），又次則
楊君（芳燦）。」〔註213〕無論從家族、姻親、學術、功名，孫、呂、
楊與洪亮吉無疑有更多的契合，更何況黃仲則三十五歲即早逝。

　　在成年出遊後，黃仲則因爲不能治經學還屢屢受挫，甚至切實關
係到他的科舉之途。因乾嘉年間，隨著對考據的重視，更多的考據學
家們成爲了考官學政，而他們在科舉中大力推行考據學風，要求生員

〔註208〕袁枚：《答洪華峰書》，《小倉山房文集》卷十九，《袁枚全集》第二
　　　　冊，頁335。
〔註209〕萬應馨：《味餘樓騰稿序論仲則詩》稱：「今之爲詩者，濟之以考據
　　　　之學，艷之以藻繪之華，才人學人之詩，屈指難悉，而詩人之詩，
　　　　則千百中不得什一焉。」郁達夫《關於黃仲則》：「要想在乾嘉詩壇，
　　　　求一些語語沉痛、字字辛酸的眞正具有詩人氣質的詩，自然非黃仲
　　　　則莫屬了。」《黃仲則研究資料》，頁162、256。
〔註210〕眾人有諸多同題之作，如錢載《籜石齋詩集》卷三十三《顏氏所藏
　　　　魯公名印歌》；翁方綱《復初齋詩集》卷十一《顏氏所藏魯公名印
　　　　歌》；朱筠《笥河詩集》卷十四《顏魯公名印行》等。
〔註211〕錢仲聯：《夢苕庵論集》，中華書局1993年版，頁179。
〔註212〕洪亮吉：《出關與畢侍郎箋》，《卷施閣文乙集》卷六，中華書局2001
　　　　年版，頁344。
〔註213〕洪亮吉：《呂廣文星垣文鈔序》，《更生齋文甲集》卷一，《洪亮吉
　　　　集》，頁977。

讀經撰文，究心小學，從而使大量在考據方面有成績的生員通過科考脫穎而出〔註214〕。如孫星衍的年譜記載著他的中舉多少跟其治經的經歷有關：乾隆五十一年（1786）丙午，句容鄉試，「是科主試爲朱文正公珪……君二場經文引經博贍，三場對策通古學，朱公搜落卷得之，曰：『此必汪中作也。』以君文爲汪作，遂中式第八十七名舉人。」「同榜中式者如阮撫部元、汪閣學廷珍，後皆以經術受知。」這一過程頗具戲劇性，但朱珪對汪中的欣賞、阮元等人的中式和孫星衍的意外考中都可見出經術對當時科舉的重要。〔註215〕

同樣的情形亦見於黃仲則曾長期從遊的朱筠。朱筠，考據學家，乾隆十九年（1754）進士，庶吉士散館後任翰林院編修、四庫館纂修官、福建鄉試考官、安徽學政和福建學政等多任學官。於學官任上曾引導擢拔過陸錫熊、程晉芳、任大椿、李威、洪亮吉、吳鼐等人，仲則與孫星衍均對其遙執弟子禮。

乾隆三十四年（1769）起，仲則已兩應鄉試落第，其時老母年邁，恩師邵齊燾去世，「益無有知之者」。他開始遊幕爲生，期間曾入朱筠幕三年。朱筠幕中人才濟濟，就在黃仲則客朱幕時，幕中尚有汪中、章學誠、王念孫、戴震、洪亮吉等人〔註216〕，都是學養深厚的考據

〔註214〕有學者統計得出結論，明清時期，學者型人才基本上是科舉出身。沈登苗：《明清全國進士與人才的時空分佈及其相互關係》，以《中國大百科全書》中所收明清專家學者914人，加上其他史料共得1000人爲樣本，與《明清進士題名碑錄》所收錄進士比較，以城市爲單位，得出結論：科舉發達地區成才的機會遠遠大於其他地區，有無科舉功名、名次先後與成才的概率完全成正比。見《中國文化研究》1999年第4期。這一觀點其實可以理解成爲：科舉成爲學者型人才選拔的推動力，因爲明清（尤其是清代）衡量人才的標準更多是向學者傾斜的。

〔註215〕黃仲則好友汪中的深湛經術不僅對他的科第有助，而且直接關乎汪氏的生計。汪中雖亦負狂名，但他精通考據，鑒別彝器、書畫，並以此治生。後同在朱筠幕中時黃仲則也曾嘗試考據經訓，但終於放棄。

〔註216〕朱筠的門人遠不止這些，據姚名達《朱筠年譜》後附「門人一覽表」有：王復、何青、汪端光、汪中、李威、余鵬年、余鵬翀、吳蘭庭、武億、洪亮吉、胡梅、高文照、施晉、徐書受、孫星衍、張彤、陳

人才。朱筠曾偕幕友會採石太白樓，仲則以一詩人名聲大噪，洪亮吉記曰：「賦詩者十數人，君最年少，著白袷衣立日影中，頃刻數百言，遍視坐客，坐客咸輟筆。」〔註217〕仲則狂傲少諧，落落寡合，「獨與詩人曹以南交，餘不通一語」〔註218〕。作為一個詩人，他是醒目而孤獨的。

朱筠對黃仲則以「天才」目之，並終仲則一生對其資助多多。但是身為一個考據學家，他可以推薦、錄取陸錫熊、程晉芳和任大椿，卻無法推薦與時不入的詩人黃仲則。或許朱筠也曾想勸導黃仲則學習考據，《兩當軒集》卷四《上朱笥河先生》有：「誘我力學言如飴，感激真乃零涕洟」。黃仲則在眾人的影響之下也曾勉力為之，洪亮吉《附鮚軒詩》卷五《寄楊秀才芳燦昆弟》詩云：「近刪諷詠事經訓，只有黃子稱人雄」，大約寫這首詩的乾隆三十八年秋，黃仲則尚習經訓。仲則體會到友人的善意，但是終非考據之材，袁枚對此早有認識，《答黃生》曰：「近日海內考據之學，如雲而起。足下棄平日之詩文，而從事於此，其果中心好之耶？抑亦為習氣所移，震於博雅之名，而急急焉欲冒居之也？」〔註219〕後來仲則自己也認識到了這一點，《送容甫歸里》道：「療饑字少憐予陋，勸學言溫鑒爾真。自忖不材終放棄，姜潭孤落寄吟身。」他知道，自己終究是、並且只能是一個詩人。

與人價值觀相悖，使仲則長期處於孤獨的憤懣中。他有時以非常的行為來發泄，或許他表現的正是天真的本性。據吳蔚光《素修堂遺文》卷三《黃仲則詩序》記曰：「仲則為人長身疏眉而秀目，性清異絕俗，然其舉止往往類童稚。曩從朱笥河先生安徽使院，與仲則語，

宋賦、莊炘、章學誠、錢坫、程晉芳、溫汝適、溫景菜、趙希璜、萬應馨、楊芳燦、楊揆、陸錫熊等。

〔註217〕洪亮吉：《卷施閣文甲集》卷十《候選縣丞附監生黃君行狀》，《洪亮吉集》，頁213。
〔註218〕左輔：《黃縣丞景仁狀》，《念宛齋文稿》卷四，嘉慶二十五年裕德堂稿。
〔註219〕黃葆樹：《黃仲則研究資料》，上海古籍出版社1986年版，頁111～112。

一日中記其自相矛盾者十九。至酒酣談辨間發，人士滿座，而仲則忽僵立如槁木。乃或偃仰身世，欲相對泣下，而仲則持一竿跳擲下階，效橫刀舞稍，嘔咿顛倒自樂，人笑之。」〔註220〕

像這樣的行為無疑很難與眾人相處，就連徐書受與仲則總角相交，對其也似頗為不滿，謂其「頗不自繩檢，諍之無從」，因而與之「長而迹疏」〔註221〕。後來果然因與眾不合而離開朱筠幕府：「居半歲，與同事者議不合，徑出使院，質衣買輕舟，訪秀水鄭先生虎文於徽州，越日追之，已不及矣。」〔註222〕

四、黃仲則其人其詩

黃仲則詩歌的價值，在當時和後世一直為人所稱道。乾隆六十年間，論者推為詩家第一。張維屏對黃仲則推崇備至：「夫是之謂天才，夫是之謂仙才，自古一代無幾人，近求之，百餘年以來，其惟黃仲則乎？」〔註223〕並稱「黃生抑塞多苦語，要是饑鳳非寒蟲。」〔註224〕後人認為乾嘉詩壇，充斥著學人與才人之詩，「以量言如螳肚」，而像黃仲則這樣「有真性情，真才氣」的詩人之詩，在詩壇「如嘉禾秀出，穎豎群倫」〔註225〕，對其推許備至。今時蔣寅認為黃仲則是在詩史和詩學史上「有特別意義的作家」，其意義「至今還未被充分認識」〔註226〕。

以仲則這樣的天才、仙才，終於淪落不偶，潦倒以終，其悲劇的根本就在於與科舉制度的不合。有論者稱科舉制度業經形成後，當它面向社會廣泛實施時，它具有「對文化的規制」性，表現為：（1）文

〔註220〕轉引自《黃仲則年譜考略》，頁 145。
〔註221〕徐書受：《教經堂詩集》卷十二《感逝詩》其七，清嘉慶四年刻本。
〔註222〕洪亮吉《卷施閣文甲集》卷十《候選縣丞附監生黃君行狀》。
〔註223〕張維屏：《國朝詩人徵略》卷三十九，道光十年廣東超華齋刻本。
〔註224〕張維屏：《聽松廬詩話》，《國朝詩人徵略》卷三十九。
〔註225〕繆鉞：《黃仲則逝世百五十年紀念》，《冰繭盦叢稿》，上海古籍出版社 1985 年版，頁 220。
〔註226〕見《學術的年輪》，中國文聯出版公司 2000 年版，頁 42。

化價值的固定化；(2) 對社會性的教養範型形成的規制；(3) 對文化多樣性的排斥〔註 227〕。科舉是指揮棒，全社會在其揮動下形成一套較為固定的價值取向，而這種價值取向是排他的、獨斷的，凡是與其要求不合的就無法通過科舉考試，落魄以終。在黃仲則的時代，他與整個科舉制度衝突不合，所以被終生擯棄在科第之外。他的悲劇主要表現在：

（一）醉心詩作　不擅制藝

黃仲則幼年入塾即學制藝，為文亦工，但心裏似乎不甚喜愛。《兩當軒集》卷首《自敘》云：「稍長，從塾師授制藝，心塊然不知其可好」，但天分使他尚可「援筆立就」。他與詩歌之間的緣分似乎深契得多：「先是，應試無韻語，老生宿儒，鮮談及五字學者。舊藏一二古今詩集，束之高閣，塵寸許積，竊取翻視，不甚解，偶以為可解，則栩栩自得曰：『可可好者在是矣。』間一為之，人且笑姍，且以其好作幽苦語，益唾棄之，而好益甚也。」雖然幼時沒有專注學詩，但九歲時即吟出「江頭一夜雨，樓上五更寒」的佳句。乾隆三十一年（1766）六月，偶然與亮吉效為漢魏樂府，令洪亮吉歎賞其詩才並與之訂交。

黃仲則的經歷和他的同鄉趙翼正好形成了鮮明的對比。趙翼十餘歲時已能作時文，「十五歲，先府君見背。余童呆，專弄筆墨學作詩、古文、辭賦、四六之類，沾沾自喜，而舉業遂廢。有杭應龍先生，與先府君交最厚，憫余孤露，謂不治舉業，何以救貧，乃延余至家塾。……余時年十八，猶厭薄不肯為。至冬，有莊位乾明經移帳於杭，課先生從子廷宣，書舍與余同一廳事，日相慫恿，始勉為之。然馳騁於詩、古文者已數年，一旦束縛為八股，轉不如十四五歲時之中繩墨矣。明年補諸生，遂不得不致力。後藉以取科第得官，

〔註 227〕 高津孝：《科舉與詩藝——宋代文學與士人社會》，上海古籍出版社 2005 年版，頁 95。

皆應龍先生玉成之力也。」〔註228〕趙翼從作詩中回頭，致力於時文，終於高中進士。大詩人袁枚也是如此。袁枚之不喜時文與仲則相同，但試博學鴻詞報罷後，不得已，仍為干祿之文，「齒漸壯，家漸貧，兩親皤然，前望徑絕，不得不降心俯首，惟時文之自攻。又慮其不專也，於是忍心割愛，不作詩，不作古文，不觀古書，授館長安，⋯⋯半年後於此道小有所得。」〔註229〕袁枚雖不喜制藝之文，但為授館之用和科舉出路，乃於此忍性苦攻，並於該年中順天鄉試。

　　而當仲則友人勸他不要耽於作詩，荒疏了科舉，他卻回答道：「多君憐我坐詩窮，襪被蕭條囊橐空。手指孤雲向君說，卷舒久已任秋風。」（《和仇麗亭》其四）可是因為不能時文，連立身之本也沒有。乾隆四十年（1775）的夏天，黃仲則曾應壽州知州張佩芳之約，主正陽書院講席。張佩芳是乾隆二十一年（1756）舉人，次年成進士，精考據，喜藏書。清代的書院，主要職責乃是講解時文制藝等科考內容，不似前朝的講學之地，山長一般由致仕官員或知名學者等科舉成功者擔任，指導士子應試。黃仲則雖為名士，但僅僅一諸生身份，並且自己在時文制藝方面的造詣不高，如何指導他人應試？在《院齋納涼雜成》（其三）中，這樣描述自的尷尬和退意：

> 為師實人患，而我適坐之。奇字或相叩，大半心然疑。
> 所愧來問意，贈爾惟不知。比舍聞誦讀，暇即相追隨。
> 露坐當風軒，談劇鮮所羈。聚首豈不樂，安能無別離。
> 努力二三子，何患乎無師。

不能指導士子舉業，甚至無法解答他們實學方面的疑問，仲則不得不離開這個棲身之所。

　　作為一個詩人，欲以詩求功名富貴，黃仲則也是失敗的。首先，

〔註228〕趙翼：《檐曝雜記》卷二「杭應龍先生」條，上海古籍出版社 1995 年版。

〔註229〕楊鴻烈：《袁枚年譜》，《近代中國史料叢刊》94 輯，臺北文海出版社，頁 28。

乾嘉間無論詩風還是科舉，都滲入了考據之學。當時之為詩者，「濟之以考據之學，艷之以藻繪之華，才人、學人之詩，屈指難悉，而詩人之詩，則千百中不得什一焉。」〔註230〕雖然仲則之詩就是這難得的千百中之一，但卻是他自己的大不幸，因為文化價值的固定化與其對多樣性的排斥，使詩人之詩難以為他帶來切實的利益，而只是「詩卷愁成讖」。

　　另外，仲則之詩常常都是啼饑號寒、偏偏「好作幽苦語」，別人對此嘲笑唾棄，而他卻「好益甚也」（《悔存齋詩鈔自敘》），這不利於他多病的身體〔註231〕，也不合乎試律詩的規範〔註232〕。然而言為心聲，詩歌風格往往跟詩人的氣質天性和後天遭遇密不可分，狷急之人難為澄淡之作，豪邁人之筆性，不能盡變為謹嚴，這就是文如其人的道理。仲則出身孤寒、一生淪落，或許無法作昇平之詩。不能為盛世之作，就會被排斥在考試制度之外，他對此憤懣卻不思悔改。《雜感》云：「仙佛茫茫兩未成，只知獨夜不平鳴。風蓬飄盡悲歌氣，泥絮沾來薄倖名。十有九人堪白眼，百無一用是書生。莫因詩卷愁成讖，春鳥秋蟲自作聲。或戒以吟苦非福，謝之而已。」以秋蟲之聲，欲求炙手可熱之功名富貴，無異是南轅北轍，其好友左輔《念宛齋詩・搶榆集第二》之《寄黃大仲則》曾感歎：「故人江夏有黃童，廿載飄零類轉蓬。計拙大多遭鬼笑，人生何苦作詩工。拂衣濠水歌馮鋏，落日津門悵楚弓。獻賦不逢楊狗監，茂陵司馬老秋風。」人生一句道出仲則一生悲

〔註230〕萬應馨：《味餘樓剩稿序》，見黃志述輯《兩當軒全集・附錄》卷六，咸豐八年（1858）黃氏家塾刻本。

〔註231〕邵齊燾就曾苦心勸告：「夫人百憂感其精，萬事勞其形，故其神明易衰，疾疹得而乘之，而文人為尤甚。今日所望於漢鏞者，方欲其閉戶偃息，屏棄萬事，以無為為宗，雖閣筆束書，以誦讀吟詠為深戒可也。漢鏞當解此意。」邵齊燾《玉芝堂文集》卷六《跋所和黃生漢鏞〈對鏡行〉後》，轉引自許雋超《黃仲則年譜考略》，頁38。

〔註232〕試律詩要求「閨房情好之辭，里巷憂愁之作，不許一字闌入」。見商衍鎏：《清代科舉考試述錄》，頁263。

劇之根本，令其讀來落淚〔註233〕。

（二）渴望功名　進退失據

在黃仲則的各種傳記資料中，常常提及黃仲則無功名之念〔註234〕，似乎其人十分清高出塵。這些都因其好友洪亮吉爲其所作的《行狀》中所云「平生於功名不甚置念」而人云亦云，事實上，功名富貴是仲則一心所繫、一生所悲之處。

乾隆二十九年（1764），仲則年十六應童子試，「吾鄉應童子試者至三千人，君出即冠其軍，前常州府知府潘君恂、武進縣知縣王君祖肅尤奇賞之。君美風儀，立儔人中，望之若鶴。慕與交者爭趨就君，君或上視不顧，於是見者以爲偉器，或以爲狂生，弗測也。」〔註235〕

首戰大捷，黃仲則年輕的心開始膨脹，《兩當軒集》卷十一《贈程生人》狂言道：「我昔三五日，壯氣干星杓。自擬羅預間，置身惟雲霄。」《少年行》雖爲擬作，但「男兒作健向沙場，自愛登臺不望鄉」的豪情正是他少年的心中對大好前程的期許和自信。此後雖然屢起屢躓，但仲則從未放棄對功名富貴的渴望。身居科舉之鄉，其家門十分寒薄，無兄弟，母老家貧，居無所賴，若想改變現狀，無疑只有寄望於家中唯一的讀書人（也是唯一的男丁）黃仲則，「君言少賤耽百憂，欲爲卑官已不羞。」〔註236〕中國人把應舉入仕看得無比重要，因爲「長期的官僚政治，給予了做官的人，準備做官的人，乃至從官場退出的人，以種種社會經濟的實利，或種種雖無明文規定，但卻十分實在的特權。」〔註237〕爲了這種種特權，應舉入仕成爲士子的專

〔註233〕嘉慶二十五年裕德堂刻本《念宛齋集》錄有仲則參評之語：「讀『人生』句，不禁淚下。」

〔註234〕張惟驤：《毗陵名人小傳》卷五雲仲則「平生於功名不甚置念」。

〔註235〕洪亮吉：《候選縣丞附監生黃君行狀》，《卷施閣文甲集》卷十。

〔註236〕洪亮吉：《關中送黃二入都待選》，《卷施閣詩集》卷三，《洪亮吉集》，頁515。

〔註237〕王亞南：《中國官僚政治研究》，中國社會科學出版社 1981 再版，頁112。

業，不僅爲一身一家的貧富榮辱所繫，捨此亦無以他圖。對功名巨大的不可企及的欲望和窮愁潦倒的現實煎熬了仲則原本就多病瘦弱的身體，使其終身掙扎在「仙佛茫茫兩未成，只知獨夜不平鳴」（《雜感》）的悲慨中。仲則五應江南鄉試、三應順天鄉試而未沾一第，自傷「似水才名，如烟好夢，斷盡黃虀苦笋腸。」（《沁園春·壬辰生日自壽，時年二十四》）卻從未想過全身遠退，這是他無法想像的〔註238〕。

乾隆三十一年（1766）在武進，黃仲則入龍城書院從邵齊燾遊，二人情同父子。《哭叔宀先生兼懷仲游》其一云：「我生受恩處，虞山首屈指。我愧視猶父，視我實猶子。」邵師對仲則知之甚深，知其秉性「人間百事付疏慵」，「生來窅寐愛青山」，對此欣賞，但也憂心。邵齊燾更瞭解仲則對功名富貴的渴望，這種渴望或許已經影響了仲則的健康和學習，因作《勸學一首贈黃生漢鏞》，序云：「……家貧孤露，時復抱病，性本高邁，自傷卑賤，所作詩詞，悲感凄怨。輒貽此詩，用廣其意，兼勸進業，致其鄭重云爾。」乾隆三十二年（1767）冬，仲則曾病重，感傷作《對鏡行》呈邵齊燾，邵師又勸勉他：「……富貴功名之不足重，而終以勸學。蓋以漢鏞之材之美，而充之以學，其所造豈可量哉！」〔註239〕詩中云：「……功名富貴眞外物，前言往行眞吾師。輕狂愼戒少年習，沉靜更於養病宜。」在老師看來，仲則無異於在忍受欲望的煎熬，而功名富貴使他變得焦躁和輕狂，這對養病和求知都不利。而當仲則將情緒一發之於詩，

〔註238〕同鄉中不乏落第士人，有的選擇了隱居而終：「張南溟，字九賜，一字墨顛，性清介不與儕俗伍，試屢躓，遂棄帖括，耕釣於城之北，委巷席門，青燈課子；鄭朝統，字建三，弱冠以文名，尤工詩。屢因童子試，遂北遊入國子監，肄業試復不售，遂襆被歸。杜門苦吟，與胡芋莊、張墨顛相唱和，寒暑不輟。」光緒《武進陽湖縣志》卷十；袁廷吉「名藉甚，然數奇，屢薦不售，淡然處之。終年矻矻殫精經史，善獎借後進，曰遇不遇命也，安之可矣。」《毗陵名人小傳》卷五。

〔註239〕邵齊燾：《玉芝堂文集》卷六《跋所和黃生漢鏞〈對鏡行〉後》，見《黃仲則年譜考略》，頁37。

「一夕數起，或達曉不寐」〔註240〕，無疑是膏火自煎。次年二月，邵齊燾再讀仲則詩，不禁憂從中來：「……今年二月來毗陵，漢鏞益病。出前後所爲詩讀之，則其詞益工，思漢鏞方將鏤心鉥肝，以求異於眾，亦增病之一端也，殊與僕私指謬矣。」〔註241〕

對仲則有愛才之心的前輩都看清了仲則的這一弱點。王太岳給鄭虎文的信中說黃仲則：「此君貧甚，亟謀祿養，且欲勸之俯首下心，勤習舉子業耳。得不得自是有命，要不可操瑟當竽耳。」〔註242〕謂仲則渴望科名，卻又不肯鑽研舉業，反而一心欲以詩才標新立異，這是師長和朋友們深爲憂心的。乾隆三十九年楊芳燦有書勸告仲則：「……人之聰明才力，當用其所長，掩其所短，預期博而不精，毋寧嚴而不濫。……吾恐願奢志紛，終至白首鄉閭耳。」〔註243〕

待到入京後結識朱珪與翁方綱，諸人皆愛其才而憐其遇。朱珪對仲則勸勉有加：「天予人慧，必與之福，君當保慧以凝福，無忘老生常談。」眾人的一番好意，惜乎仲則「以爲平平，不屑意也。」〔註244〕仲則恐怕至死也無法堪破功名這一關。

五應江南鄉試不第後，黃仲則入京謀取出路，甚至過於樂觀地舉家遷來京師，結果窘迫不堪。乾隆四十五年（1780）正月，於天橋觀馴虎，作《圈虎行》寄託悲憤抑塞之情：「……我觀此狀氣消沮：嗟爾斑奴亦何苦！不能決踤爾不智，不能破檻爾不武。此曹一生衣食汝，彼豈有力如中黃，復似梁鴦能喜怒。汝得殘餐究奚補？俔鬼羞顏亦更主；舊山同伴倘相逢，笑爾行藏不如鼠」，猛虎爲衣食所困，正

〔註240〕洪亮吉：《候選縣丞附監生黃君行狀》，《洪亮吉集》，頁213。

〔註241〕邵齊燾：《玉芝堂文集》卷六《跋所和黃生漢鏞〈對鏡行〉後》，見《黃仲則年譜考略》，頁38。

〔註242〕王太岳：《與鄭誠齋書》，《清虛山房集》卷九，光緒十九年定興鹿傳霖刻本。

〔註243〕楊芳燦：《芙蓉山館文鈔》卷二《與黃仲則書》，清嘉慶刻本。

〔註244〕朱珪：《知足齋詩集》卷十四《題黃仲則遺稿·小序》，見《黃仲則年譜考略》，頁213。

似詩人自我反觀，而猛虎尚且不能逃脫牢籠，仲則也只能禁錮於進退失據中。

該年的鄉試再次落第，使仲則無力再支持供養家人，友人韋佩金為之賦詩道舉家的艱難：「八口粗安計未成，肯因離索一吞聲。秋天原不宜風雨，磬室都愁少弟兄。江水共聞吾不食，薄田何在我歸耕。太倉濟濟分升斗，但闕封人遺母羹。」〔註245〕除夕之夜，索逋者填門，仲則只能「瑟縮羞妻孥」（《元日大雪疊前韻》），不得已再為家人營歸。送母南歸時作《移家南旋是日報罷》：「朝來送母上河梁，榜底驚傳一字康。咫尺身家分去住，霎時心迹判行藏。豈宜便絕風雲路，但悔不為田舍郎。最是難酬親苦節，欲箋幽恨叩蒼蒼。」此時的黃仲則早已為家室所累而積勞成疾矣。

是科好友洪亮吉中鄉試第五十七名舉人，楊倫、顧九苞俱中榜，徐書受中副車，這些都是仲則在京師同病相憐、幾乎無日不往還的好友，另有好友左輔在江南中鄉試副榜。後乾隆南巡召試士人，友人趙懷玉、楊揆特賜舉人，授內閣中書，蔣知讓賞給舉人，不久後好友武億、吳蔚光、楊倫、顧九苞等陸續中進士。獨仲則一人失意落第，流寓京師。貧病失志，使仲則發出「於世一無用，向人何所求」的長號（《濟南病中雜事》七首其一）。悲哉仲則，在多年的掙扎後，好友終於陸續成名，唯有自己遺世獨立，「半酣休斫地，一第比登天」（《送邵元直歸里即題其享帚樓》）。卒前不久友人孫星衍有詩為之鳴不平，曰：「我識黃郎最少年，典裘一賦正翩翩。花裁吟骨須輸俊，鶴比天姿合遜妍。尚訣巨卿真死友，予在安邑遇君，病甚劇。不辭阿彌竟神仙。方城一尉猶難得，君時尚候銓。可有科名到九泉。」悲夫！

（三）不自檢束　狂士之悲

終仲則一生，都有鮮明的狂生的印記，「肯容疏狂即吾師」（《重

〔註245〕韋佩金：《經遺堂全集》卷十四《出都寄黃大仲則景仁》其二，見《黃仲則年譜考略》，頁 284。

九後十日醉中次錢企盧韻贈別》其三）。正如孔子曾經說過，「狂者進取，狷者有所不爲。」〔註246〕仲則的進取之心、功名之望是和他的狂傲不少諧緊密聯繫在一起的，並且貫穿了他的一生。

當初應童子試時，「美風儀，立儔人中，望之若鶴。慕與交者爭趨就君，君或上視不顧，於是見者以爲偉器，或以爲狂生，弗測也」〔註247〕。終其一生，「性不廣與人交，落落難合，以是始之慕與交者，皆稍稍避君，君亦不置意。」〔註248〕

客湖南布政使王公太岳署中時，「王故名士，負其才，及見心折，每有所作，必持質黃秀才定可否。然狂傲少諧，獨與詩人曹以南交，餘不通一語。」〔註249〕

仲則入都後，「都中士大夫如翁學士方綱、紀學士昀、溫舍人汝適、潘舍人有爲、李主事威、馮庶常敏昌，皆奇仲則，仲則亦願與定交。比貴人招之，拒不往也」，「落落然，招之不來，麾之不去」，使人驚異，「奇其人」〔註250〕。王太岳幕中的狂傲少諧，和朱筠幕中的顛狂情狀，都表現了仲則作爲一個「天才」的極度狂傲，或許還有他掩飾的自卑與孤獨。其在京時，景況極爲不堪，落落寡合而放浪形骸，甚至流落到隨伶人乞食：「日惟從伶人乞食，時或竟於紅氍毹上現種種身說法，粉墨淋漓，登場歌哭，謔浪笑傲，旁若無人。」〔註251〕仲則的不羈表現是由於內心巨大的痛苦，而天眞的他卻不懂或無意掩飾，結果爲人非議不止。對於這種忤世之狂，連袁枚這個以狂士自居的才子都不以爲然。《答黃生》中稱孔子爲「古之周旋世故者」，教導仲則「天地難通，人情易通」，應該學習聖人之處世，若傚仿名士之驕矜者，「不殺何爲？」〔註252〕正如論者所云，袁枚之狂乃「避世之

〔註246〕《論語·子路》，楊伯峻《論語譯注》，中華書局1980年版，頁141。
〔註247〕洪亮吉：《候選縣丞附監生黃君行狀》，《卷施閣文甲集》卷十。
〔註248〕洪亮吉：《候選縣丞附監生黃君行狀》，《卷施閣文甲集》卷十。
〔註249〕左輔：《黃縣丞狀》，《黃仲則研究資料》，頁7。
〔註250〕王昶：《黃子景仁墓誌銘》，《黃仲則研究資料》，頁8。
〔註251〕楊懋建：《京麈雜錄》，見《黃仲則年譜考略》，頁325。
〔註252〕袁枚：《答黃生》，《小倉山房尺牘》卷四，《袁枚全集》第五冊，頁

狂」〔註253〕，但骨子裏卻非常精明地把握住了分寸，周旋世故如魚得水。而仲則這樣的「忤世之狂」終將招致非議和橫禍，使世皆欲殺之。

高才自視，卻輾轉依人，這是自古以來所有寒士之悲，正如計東在《泰州吳野人先生詩序》中說：「彼富貴利達者，視其家食用玩好之物無不具，獨不能具有文章，通知古今載籍之語。乃挾其勢與利，思鈎致貧賤失志，稍知詩與文，又自驕語為高士者，以充其玩好之物。而彼驕語為高士者，欲以其詩與文汲汲然求知於人，不幸貧賤，失志益甚，遂俯首甘心，充為富貴利達者之玩好而不辭。」〔註254〕

仲則將慨然用世之志，和時流齷齪猥瑣之譏笑訕侮，一發於詩。在他卒後，當時的詩壇盟主翁方綱恐怕仲則的失意之歎滋生蕩僻之志，將這些詩悉數刪除。洪亮吉認為黃詩可傳者達二千首，經翁方綱手刪至五百首，令洪亮吉頗為不滿，認為「刪除花月少精神」〔註255〕。但這正可以反映出，黃仲則的詩是多麼地不合規範，不能為道德正統所接受。

黃仲則歿後，好友洪亮吉疾馳四晝夜七百里，扶柩南歸，將友人葬於故鄉常州。作詩數首挽之，其他眾多詩人也都紛紛作詩，寄託對高才淪落的慨歎。沈在廷有：「飄零薄宦窮途盡，磊落奇才蓋代尊」（《挽黃仲則先生》其六）；吳階有：「萬千著作行行血，三十遭逢處處庇」，「有才畢竟青衫老，終古詩人得似誰」（《哭黃仲則》其一）；汪端光有詞《夜合花‧武昌旅舍晤洪稚存，聞黃仲則歿於山西道中，哀而有作》：「貧欲無生，才惟有死，落花如命之人」；吳蔚光《寄黃仲則》詩云：「轉道長安大易居，窮愁落魄近何如？真名士占千秋業，

80。

〔註253〕石玲：《袁枚詩論》，齊魯書社2003年版，頁71。
〔註254〕嚴迪昌：《清詩史》，頁572。
〔註255〕洪亮吉：《劉刺史大觀為亡友黃二景仁刊悔存軒集八卷工竣感賦一首即柬刺史》，句下自注：「詩為翁學士方綱所刪，凡稍涉綺語及飲酒諸詩皆不錄入。」《卷施閣詩》卷十八，《洪亮吉集》，頁867～868。

雜職官傭四部書」，後來阮元甚至有意請朱珪爲黃仲則請於朝，補賜一官以慰其魂〔註256〕。

　　黃仲則以一諸生身份殁於客途，之所以引發這麼多同情和身後的幫助，究其原因，乃在於科舉時代這樣的遭遇並非罕見，正如丹納所說：「藝術家本身，連同他所產生的全部作品，也不是孤立的。有一個包括藝術家在內的總體，比藝術家更廣大，就是他所隸屬的同時同地的藝術宗派或藝術家族。」〔註257〕士子能有幾人不沉浮科場？面對才高如仲則，卻窮愁至死，無人不爲他一掬同情之淚。才高者不偶，這本來不該出現在乾隆「盛世」，可是「青樓遍唱屯田曲，金榜終虛昭諫名」（仇養正《讀仲則遺詩慘然傷懷詩以哭之》）、「於詩早入三唐室，無福能銷八品官」（蔣知讓《哭黃仲則》）的事實，使士人爲仲則痛心不已，無論生前身後，仲則類似的遭遇總能使士人一掬同情之淚：

> 庚子年（1780），陽湖洪亮吉稚存、黃景仁仲則流寓目下，貧不能歸，攜飲於天橋酒樓，遇君（武億），招之入席。盡數盞後，忽左右顧盼，哭聲大作，樓中飲酒者駭而散去。藩嘗叩之曰：「何爲如此？」曰：「予幸叨一第，而稚存、仲則寥落不偶，一動念，不覺涕泣隨之矣。」〔註258〕

這同情也是爲自己、和同時代的命運相似的所有士人。就在黃仲則的朋友間，與之有著相似的命運的人並不在少數，如同鄉好友馬鴻運，爲求取功名而寄籍順天，常年奔波往返於故鄉武進和京師之間，勞瘁而夭亡〔註259〕。黃仲則悲不自勝，賦詩曰：「飄零之楚復之燕，檢點

〔註256〕梁章鉅：《歸田瑣記》卷四「張孟詞貢士」條載阮元哭其弟子張騰蛟詞下自注云：「唐宰相張文蔚奏名儒不第方干等五人，請賜一官，以慰其魂。近年如黃仲則、張孟詞等，擬乞吾師請於朝也。」

〔註257〕丹納：《藝術哲學》，傅雷譯，人民文學出版社 1986 年，頁 5。

〔註258〕江藩：《國朝漢學師承記》卷四《武億傳》。中華書局 1988 年版，頁 71。

〔註259〕洪亮吉：《旗亭小飲悼馬秀才鴻運》詩後自注，《附鮚軒詩》卷六，《洪亮吉集》，中華書局 2001 年版，頁 2021。

遊踪欲半天。只道馬卿長善病，誰知長史竟無年。感君意氣堪千古，傷友生平又一篇。尺涕臨風還自悼，他時誰弔酒爐邊？」（《悼馬秀才鴻運》）

仲則同鄉胡僴，中舉後仍免不了客死京師、著作散失的命運。〔註260〕

另有一夥伴龔怡，乃仲則宜興讀書時的同學，到京師剛十日，便猝死他鄉，仲則作《哭龔梓樹》哀之。

黃仲則的朋友毛紹蘭，也是未沾一第而早亡，仲則作《挽毛明經佩芳》傷之。〔註261〕

當時與仲則一起流落京師無所遇的還有余鵬翀，字少雲。二人友善，才名相當，據朱錫庚《黃余二生傳》稱，二人俱以詩名京師，號為「黃余」〔註262〕。少雲亦迎親寓京師，但三試而三黜於有司，困無所遇，不得已，差眷屬又南還〔註263〕。兩生俱怏怏困京師，在黃仲則赴西安依畢沅時，少雲亦出都入陝西，黃死未旬日余生以二十六齡卒。

乾嘉之世，才高而數奇的著名詩人還有：

郭麐（1767～1831），字祥伯，號頻伽，又號白眉生、復生，晚稱復翁。江蘇吳江人。諸生。著有《靈芬館詩集》十八卷，又有《詩話》、《雜著》、《爨餘叢話》等多種論詩之作。少年時才華過人，聲名噪起，眉白如雪，人皆目為奇才，然而際遇坎壈，輾轉為塾師幕府。關於郭氏一生，馮登府《頻伽郭君墓誌銘》記曰：

〔註260〕「字粟侯，乾隆十八年舉人，性狷介，謹然諾，著作甚富，尤長於論史，屢上春官不第，歿於京邸，身後遺書佚。」（光緒）《武進陽湖縣志》卷二十三。
〔註261〕「毛以拔貢赴京師廷試，但失意而歸，賦詩云：「也將姓氏通前輩，終是頭顱愧後生」句，嘖嘖人口。後病卒於舟次。」汪啟淑：《續印人傳》卷六《毛紹蘭傳》，轉引自《黃仲則年譜考略》，頁264。
〔註262〕朱錫庚：《未之思軒雜著》，見《黃仲則年譜考略》，頁335。
〔註263〕武億：《授堂文鈔》卷五《余少雲哀詞》，見《黃仲則年譜考略》，頁308。

余始見君於馬君洵家，爾時齒方壯，意氣偉然，極一時之
盛；逾數年，又見於廣陵，意少衰，而飲酒歡呼，狂故猶
昔也。又逾數年，見於淮上，則以寓樓之災，頹然生意盡
矣。迨余自閩歸，方赴官甬上，將行而君適至，又相見於
馬君家，飲少輒醉，自傷垂老，相與賦詩珍重而別。

舒位（1765～1816），字立人，號鐵雲。原籍直隸大興，生於蘇州。
乾隆五十三年（1788）恩科舉人，不久入幕，流寓他方。後以母老辭
歸，在江浙坐館糊口。舒位原寄望科舉功名，但九次赴京試禮部均落
第，出路堵塞，清貧終老。

　　王曇（1760～1817）乾隆五十九年（1794）中舉，恃才負氣，
爲人奇怪，被其座主、左都御史吳省欽出賣，出於荒誕之詆而爲士
類所棄〔註264〕。此後，王曇參加禮部試，「同考官揣某卷似浙王某，
必不薦；考官揣某卷似浙王某，必不中式；大挑雖二等不獲上。」
儘管王曇改名「良士」，表明自己是個安分的讀書人，但依然不中。
他說：「予八試，八中八黜，每文入房，典核者皆知予名姓，及改名
復然，亦異事也。」（《繼室金氏五雲墓誌銘》）失望之下，王曇放縱
形骸，詩中狂語驚人，怨怒怪狂，被人譏爲粗獷而避之不及，自此
潦倒悲鬱，最終潦倒以死。

　　胡天遊，亦乾隆間一才子、一狂生。其才令袁枚心折，願師之。
雍正七年（1729）副榜貢生，乾隆元年（1736）薦舉博鴻，丁憂不
赴。次年補考，誰知考場中鼻血大出不止而罷試。又次年中順天副
榜，考授州同銜，但迄未選官。十餘年後應舉經學，爲忌者中傷而
廢。終生科場不平，人認爲其人淪落非盡由數之奇，跟其爲人好奇

〔註264〕其人遭遇頗爲奇特，龔自珍《王仲瞿墓表銘》記云：「乾隆末，左
　　　　都御史某公，與大學士和珅有連，然非暗於機者。窺和珅且敗，不
　　　　能決然捨去，不得已，乃託於駿顚。川、楚匪起，疏軍事，則薦其
　　　　門生王曇能作掌中雷，落萬夫膽。自珅之誅也，新政肅然，比珅者
　　　　皆詔獄緣坐。某公既先以言事駮避官，保躬縱。」《龔自珍全集》
　　　　第二輯，頁145。

任氣有關﹝註265﹞。詩歌有憤世之慨，兀拗奇澀。

以上的這些詩人，都有類似黃仲則高才淪落的遭遇。而他們的詩歌創作，也都完全當得起郁達夫對仲則的評價：「語語沉痛，字字辛酸」，是當時詩壇不多的眞詩。龔自珍在《己亥雜詩》合贊舒位與彭兆蓀道：「詩人瓶水與謨觴，鬱怒清深兩擅場。如此高才勝高第，頭銜追贈薄三唐。」並在自注中論道：「鬱怒橫逸，舒鐵雲瓶水齋之詩也。」蕭掄也贊道：「尤工歌行體，興酣筆落，往往如昆陽之城，風雨怒號，當者無不披靡」﹝註266﹞。將他們的人生經歷和詩歌創作相對照，使人感歎憤怒出詩人的道理。各種抑塞不平加於詩人身上，使深沉的痛苦悲傷常年撕咬著他們敏感的心靈，這種痛苦又通過詩筆噴發如天風海雨，或幽咽宛轉草間低吟。窮苦之言易好，他們詩作的成就是犧牲了人生的自我價值和內心的和平幸福來實現的。

餘　論

清代前期，王士禛、沈德潛、翁方綱三位俱以顯宦執詩壇牛耳。之後，這種政壇與詩壇兩美的現象漸漸雕零，「乾嘉三大家」的袁枚、趙翼和蔣士銓，都是壯年主動致仕者（雖然之前遭遇了一些仕途的挫折）。儒者之統與帝王之統結合的美好時代一去不復返，士人經歷科舉，取得了功名並出仕，也曾經嘗試著報效國家、振興道統，並實現自我價值，但最終失望而歸。像易代之際的遺民那樣，他們選擇獨自保存道統，或爲詩、或治經、或著史，將人生價值的重心轉移他處。

從黃仲則開始，一個顯著的現象是不平而鳴。以仲則之高才，而微末功名也不可得，一生顛僕科場，輾轉呻吟於社會的最底層，寫出最憤懣而最眞摯的詩句，這恐怕才是乾隆「盛世」的眞相。仲則友人

﹝註265﹞《清代碑傳集》卷一四○朱仕琇的《方天游傳》（榜冊改姓方），臺北明文書局 1985 年版。

﹝註266﹞蕭掄：《舒鐵雲孝廉墓誌銘》，引自舒位《瓶水齋詩集（下）・附錄二》，上海古籍出版社 1991 年版，頁 803。

吳嵩梁挽詩《讀黃仲則詩書後》云：「其才如此窮且夭，海內才人心死灰！」〔註267〕到這個時期，論者所認爲的嘉道時期「整個士階層經濟狀況的貧民化、人生態度的世俗化的總體態勢」〔註268〕，早已經提前在黃仲則的身體現得相當突出，「我曹生世良幸耳，太平之日爲饑民」（《朝來》），就是乾隆盛世寒士的最好寫照。從王士禛、沈德潛、翁方綱，到「乾嘉三大家」，再到厲鶚與黃仲則，眞正傑出的詩人越來越多地出現在社會的下層。詩人的際遇越來越惡劣，詩壇上創作中心不斷下移，由居廟堂高位的大臣，到浮沉於官場的中下層官吏，再到不名一文、輾轉江湖的失意士人，這是清代前中期詩歌的演變軌迹。

　　就黃仲則、王曇、舒位等人觀之，他們有一些醒目的共同點，比如：一、他們都有天縱之才和經世之志；二、偏偏命與願違，竟都困頓科場不達；三、性格兀傲倔強，感情眞摯強烈，鬱怒勃發；四、對於詩歌創作都有獨特的見解，不願隨人腳後。而以上這些特點又是彼此關聯的，一個開始衰落的時代罕有公正可言，那麼才華橫溢的詩人便沉淪下僚；這些科場仕宦的挫折會激發他們筆下的風雲之氣；而沒有了官場的羈絆，他們往往發言無忌，不肯落入任何神韻、格調或性靈的行伍中去。彭兆蓀就高唱：「厭談風格分唐宋，亦薄空疏語性靈。我似黃鸝隨意囀，花前不管有人聽！」〔註269〕他們怪奇瑰偉、噴薄而出的詩情，突兀地矗立於憮無生氣的詩壇上，像是黯淡下去的樂章忽然鏗鏜之聲大作，使人悚然、凜然而生鬥志。這些失志的詩人，卻因此成爲乾嘉詩壇最響亮的謝幕曲，並直接啓迪了傑出的後來者龔自珍。

〔註267〕黃志述輯：《兩當軒全集・附錄》卷四，咸豐八年（1858）黃氏家塾刻本。
〔註268〕陳玉蘭《古來一語傷心甚，詩到窮愁底用工——寒士詩史及寒士詩歌價值評判》認爲「在嘉道時期的寒士身上表現得尤見顯豁」，《福州大學學報》（哲學社會科學版）第 14 卷第 2 期。
〔註269〕郭麐：《靈芬館詩話》卷六，上海古籍出版社 1995 年版。

第五章 衰世科舉與詩壇新變

　　乾嘉之際，國家已經在走下坡路，內憂外患交迫，使統治者焦頭爛額，朝廷不再像前期那樣在意科舉。讀《皇帝實錄》可以發現，有關科舉的條目所佔比重比前期大有下降，反之，鎮壓起義等方面內容多了起來。對國家統治的無力直接導致清廷無法再像前期那樣，以朝廷之力規範文藝界、約束詩壇，並扶持選拔出一名居高位的詩壇領袖，詩壇不再出現前期那種文學近侍兼詩壇主盟式的大詩人，代之以大批失意詩人草野間沉吟。

　　到了道光以後，國家朽敗不堪，國內固然是千瘡百孔，西方列強更以鴉片和堅船利炮悍然入侵，清廷已經走入窮途末路。時代的沉淪使士人無法沉溺於個人的悲喜，繼續偏安一隅、埋首科舉制藝。思想家、政治家和改革家紛紛涌現，取代單純意義上的詩人，他們在詩中探討時代之種種大不幸，思一挽狂瀾於既倒。歷史在這裏輪迴，與清初明遺民反思前朝時提出來的口號一致，詩壇又一度響起呼喚「真詩」、追求經世致用的思潮。

第一節　重字不重文——龔自珍的科舉遭遇

　　龔自珍是末世真正意義上的思想家兼詩人，其一生際遇與科場關係甚大。雖然嘉慶間龔自珍已經開始詩歌創作，但經歷科場屢僕屢

起，直到道光九年才得中進士。科場的遭遇有助龔自珍深刻理解科舉制度和國家體制的弊端，從而使他成長爲一位有先見卓識的思想家，一位近代的啟蒙者兼詩人。

一、龔自珍生平

龔自珍（1792～1841），字璱人，號定庵。浙江仁和（今杭州）人。龔自珍作爲晚清鴉片戰爭前夕傑出的政論家和思想家，出生在官宦兼學者的清華家庭。父親龔麗正治史，母親段馴是個詩人，外祖段玉裁是注《說文解字》的著名的小學家。段玉裁七十九歲作《與外孫龔自珍札》云：「勿讀無益之書，勿作無用之文。……博聞強記，多識蓄德，努力爲名儒，爲名臣，勿願爲名士。何謂有用之書？經史是也。」〔註1〕

龔自珍其實做到了外祖父的要求，廣覽博聞，文字學、金石學和佛家經典、方輿地志方面的修養可以爲一代名儒。不僅如此，其對今文經學也有興趣，關心經世致用、託古改制，才能足可爲一代名臣。可是這樣的名儒、名臣之才科舉之途並不順利，嘉慶十五年（1810）應順天鄉試只中副榜，十八年（1813）、二十一年（1816）兩次落第。二十三年（1818）恩科中「五經魁」第四名舉人。之後參加了五次禮部會試，又是屢屢落敗，無奈捐納充內閣中書。直到道光九年（1829）第六次會試，才中了第九十五名進士。隨後進行的朝考中，龔作《安邊綏遠賦》使閱卷大臣擊節讚賞，擬列第一，卻因楷書不合規範被駁，無緣得選庶吉士，仍回原職內閣中書。終其一生一直困厄下僚，感慨日深。

龔自珍道光元年（1821）入京任內閣中書職並應會試，此後滯留京師，屢戰屢敗，一再落第後精神極端苦悶，寫有《小遊仙詞十五首》幻想脫離人世，獲得暫時解脫，其一曰：「歷劫丹砂道未成，天風鸞鶴怨三生。是誰指與遊仙路？抄過蓬萊隔岸行。」

〔註1〕段玉裁：《與外孫龔自珍札》，《經韻樓集》。

　　道光三年（1823），第四次的會試又以失敗告終，詩人內心的悲
憤之情化作奇崛意象涌入筆端，《夜坐》云：

　　　　春夜傷心坐畫屏，不如放眼入青冥。
　　　　一山突起丘陵妬，萬籟無言帝坐靈。
　　　　塞上似騰奇女氣，江東久隕少微星。
　　　　平生不蓄湘累問，喚出姮娥詩與聽。（其一）
　　　　沉沉心事北南東，一晼人材海內空。
　　　　壯歲始參周史席，髫年惜墮晉賢風。
　　　　功高拜將成仙外，才盡迴腸蕩氣中。
　　　　萬一禪關砉然破，美人如玉劍如虹。（其二）

長期的科場失意、沉淪下僚，自許高才的龔自珍內心的孤憤可想而
知，但能把憂愁寫得如此氣象萬千的，李白之後數人而已。他跳出一
人的得失，神思奔騰、想像颷發，思緒由夜空伸展至浩渺的宇宙和人
生，透露出詩人對時政、對人才的敏銳思考和深沉憂患。所謂的「成
仙」、「禪關」均不過是詩人牢騷腹中的失望與孤獨之情而已，詩人還
是關注現實的，在他看來，現在的人才選拔制度充滿了弊端：「誰肯
栽培木一章，黃泥亭子白茅堂。新蒲新柳三年大，便與兒孫作屋梁。」
（《己亥雜詩》二十四）科舉制度，三年一科，選出來的所謂人才完
全不能勝任經世濟民的責任。雖然曾經被失敗挫折打擊到暫時失意沉
淪，逃禪、攜妓、戒詩，但是龔自珍從沒有真正地放棄思考，他以眾
人皆醉我獨醒的敏銳知覺意識到「日之將夕」的末日來臨，他是舊時
代最後一位詩人，同時又是新時代的第一位詩人。

二、龔自珍與科舉

　　衰世無人才，這是龔自珍所憂慮的重點問題之一。「左無才相，
右無才史，閫無才將，庠序無才士，隴無才民，廛無才工，衢無才商，
抑巷無才偷，市無才駔，藪澤無才盜。」〔註2〕「九州生氣恃風雷，

─────────────

〔註 2〕《龔自珍全集》第一輯，《乙丙之際著議第九》，上海古籍出版社 1999
　　　年版，頁 6。

萬馬齊暗究可哀！」這樣死氣沉沉局面的形成有諸多原因，科舉制度對人才的戕害也是其一。早在道光二年（1822），龔自珍即有與友人書論及清代科舉：

> 今世科場之文，萬喙相因，詞可獵而取，貌可擬而肖，坊間刻本，如山如海。四書文祿士，五百年矣；士祿於四書文，數萬輩矣，既窮既極。閣下何不及今天子大有為之初，上述乞改功令，以收真才？〔註3〕

龔自珍在鄉試和會試中多次落第，好容易道光九年（1829）會試中式，殿試卻因楷法不及格，不得入選翰林。這樣的不公經歷，使他對科舉制度的弊端深有體會而深惡痛絕。道光十四年（1834）作《干祿新書序》，論清代的以小楷取士：

> 凡貢士中禮部試，乃殿試。殿試，皇帝親策之，簡八重臣，……既試，八人者則恭遴其頌揚平仄如式、楷法尤光緻者十卷，呈皇帝覽，……前三人賜進士及第，……。先殿試旬日為覆試，遴楷法如之。殿試後五日，或六日、七日，為朝考，遴楷法如之。三試皆高列，乃授翰林院官。本朝宰輔，必由翰林院內官；卿貳及封圻大臣，由翰林者大半。其非翰林官，以值軍機處為榮。軍機處之職，有軍事則佐上運籌決勝，無事則備顧問祖宗掌故，以出內命者也。保送軍機處有考試，其遴楷法如之。京朝官由進士進者，例得考差；考差入選，則乘軺車衡天下之文章。考差有閱卷大臣，遴楷法亦如之。部院官例許保送御史，御史主言朝廷是非、百姓疾苦、及天下所不便事者也。保送復有考試，考試有閱卷大臣，其遴楷法亦如之。〔註4〕

以書法遴選，再加之論資陞遷：

> 今之士進身之日，或年二十至四十不等，依中計之，以三十為斷。翰林至榮之選也，然自庶吉士至尚書，大抵須三十年至三十五年；至大學士，又十年而弱。非翰林出身，

〔註3〕同上第五輯，頁344。

〔註4〕同上第三輯。

例不得至大學士。而凡滿洲、漢人之仕宦者，大抵由其始宦之日，凡三十五年而至一品，極速亦三十年。賢智者終不得越，而愚不肖亦得馴而到，……其齒髮固已老矣，精神固已憊矣。雖有耆壽之德、老成之典型，亦足以示新進，然而因閱歷而審顧，因審顧而退葸而尸玩，仕久而戀其籍，年高而顧其子孫，儽然終日，不肯自請去。或有故而去矣，而英奇未盡之士，卒不得起而相代。此辦事者所以日不足之根源也。〔註5〕

這樣的人才選拔制度，如何能遴選出眞正的人才？龔自珍自幼不習小楷，不耐繩墨約束，沒想到這竟成爲制約他一生施展抱負的絆脚石：「嘉慶甲子，余年十三，嚴江宋先生璠於塾中日展此帖臨之。余不好學書，不得志於今之宦海，蹉跎一生。回憶幼時晴窗濃墨一種光景，何不乞之塾師，早早學此，一生無困厄下僚之歎矣，可勝負負！」〔註6〕

　　龔自珍的書法，自成一家，不同於清代科舉流行的館閣體。館閣體是應試的標準書法，要求字形勻正，端莊圓潤。書法本來只是應試諸多要求之一端，但清代演變到後來，對書法要求頗爲苛刻，殿試以至於專尙楷法，不復論策論之優劣。而讀卷諸公，評騭楷法，又苛求於點畫之間：「遂至一畫之長短，一點之肥瘦，無不尋瑕索垢，評第妍媸。以朝廷掄才大典，效賤工巧匠雕鏤組織者之程材。而士子舉子偶差關聯，畢生榮辱。末學濫進，豪傑灰心。」〔註7〕這就近乎病態了。

　　科考重書法的風氣在清代由來已久，《郎潛紀聞》卷三云：「乾隆朝已重字不重文矣」〔註8〕。其實更早在康熙朝，王士禎已記載書法工者有狀元之相〔註9〕。隨著時代的沒落，整個社會體制已經衰敗，

〔註5〕《龔自珍全集》第一輯。
〔註6〕《跋某帖後》，《龔自珍全集》第四輯。
〔註7〕陳康祺《郎潛紀聞二筆》卷十一，中華書局1984年版。
〔註8〕陳康祺《郎潛紀聞》卷三「法式善者，國語黽勉上進也。祭酒雄文遺學，清班二十載未嘗一與文衡，兩應大考俱左邊，相傳書法甚古拙，知乾隆朝已重字不重文矣。」
〔註9〕《香祖筆記》卷十記載：「予在京師，丙辰榜後，常熟歸少詹孝儀允

其中固有的弊端更是日益凸顯、怪相迭出，到清代中晚期，科舉中書法的地位已由「重視」演變為「偏重」甚至「畸重」，康有為有云：「得者若昇天，失者若墜地。失墜之由，皆以楷法。榮辱之所關，豈不重哉！」〔註10〕

龔自珍應試的時期，會試的復試、殿試、朝考、庶吉士散館考試，以及翰林之大考、考差等，無一不以書法決之。書法若不工，任你經天緯地之才、沉博絕麗之文亦不能通過考試。羞憤之下，道光十四年（1834），龔自珍著《干祿新書》，從選筆、磨墨起論作小楷之法以貽子孫，並令其女、其媳、其妾、其婢等都學習館閣體小楷，以這種無聊的方式來排遣孤憤：「客有言及某翰林者，必哂曰：今日之翰林，猶足道耶！我家婦人無一不可入翰林者，以其工書法也。」〔註11〕

龔自珍好友魏源在《都中吟十三章》中揭露楷書和詩賦取士的弊端：「書小楷，詩八韻，青紫拾芥驚童兒；書小楷，詩八韻，將相文武此中進……昨日樓船防海口，推轂先推寫檄手」〔註12〕，書法和詩作佳就能治河海防，這樣的制度選拔出來的官員，勢必大半腐朽無能。

傅增湘指出，「夫憑文取士，入彀已鮮眞才；況捨文而重字，於立法之意，固已遠矣。」〔註13〕書法一端其實折射了時代衰落的本質，究之本源，在前代不過偶有表現的重視書法，之所以此時愈演愈烈，還是因為愛新覺羅氏的統治者的昏聵：

> 宣宗初登極，以每日披覽奏本外，中外題本，蠅頭細書，
> 高可數尺，雖窮日夜之力，未能遍閱，若竟不置目，恐啟

肅以舉子下第留京師，每徒步造予寓舍，以詩卷相質。予語之曰：『君書法既工，而新詩無一怨尤憔悴之語，將來必狀元及第。』己未傳臚果第一。」

〔註10〕康有為：《廣藝舟雙輯·干祿》，《歷代書法論文選》，上海書畫出版社 1979 年版，頁 861～862。
〔註11〕《清朝野史大觀》卷十，江蘇廣陵古籍刻印社 1998 年影印本，頁 61。
〔註12〕魏源：《古微堂詩集》卷四，清同治刻本。
〔註13〕《清代殿試考略》，天津大公報社印行 1933 年版，頁 10。

> 欺蒙嘗試之弊。嘗問之曹文正公振鏞，公曰：「皇上幾暇，
> 但抽閱數本，見有點畫謬誤者，用朱筆抹出。發出後，臣
> 下傳觀，知乙覽所及，細微不遺，自然不敢怠忽從事矣。」
> 上可其言，從之。於是一時廷臣，承望風旨，以為奏摺且
> 然，何況士子試卷，而變本加厲，遂至一畫之長短，一點
> 之肥瘦，無不尋瑕索垢，評第妍媸。以朝廷掄才大典，效
> 賤工巧匠雕鏤組織之程才。〔註14〕

清代發展至道光朝，已經是江河日下、日之將夕，各種弊端病來如山
倒。一直為人詬病的科舉制度千瘡百孔，涌現的問題諸如試題割裂太
甚、作弊現象嚴重、八股時文陳腐空洞等。閱卷官也多以顢頇無能者
多，少有鑒衡之才。文章內容的精彩與否需要獨具慧眼去判別，但時
代以無能為職事，人人循規蹈矩，與其衡文選才，不若以書法點畫來
判決，而肇其端者正是統治者自身，這樣的上行下效導致了整個選材
制度的潰爛。

三、時代的孤獨思想者

　　早在嘉慶十九年（1814），龔自珍即以《明良論》四篇揭露了當
時人才制度的種種弊端，如用人制度的論資排輩造成官員因循守舊、
無所作為，君主非禮臣下，使官員無以全恥轉而不知羞恥等。時年已
八十高齡的段玉裁歎賞不已：「四論皆古方也，而中今病，豈必別製
一新方哉？耄矣，猶見才此而死，吾不恨矣。」〔註15〕這四論中年輕
龔自珍表現的膽氣和識力固然使人讚歎，但約於次年創作的《尊隱》
更透露出龔自珍作為一位思想啟蒙者的叛逆。在這篇奇文中，龔自珍
不是像四論中以復古為革新，來維護王朝正統。《尊隱》表現出對王
朝統治的懷疑以至否定，而熱情頌揚了新生蓬勃的力量「山中之民」。
「山中之民」象徵了什麼？學界眾說紛紜，或謂農民起義，或謂新興
的地主革新派等等，如果不加以坐實，「山中之民」典型代表了一種

〔註14〕《郎潛紀聞二筆》卷十一，中華書局 1984 年版。
〔註15〕《明良論四》後記，《龔自珍全集》第一輯。

與舊的統治力量對立的新興的力量。該力量崛起於民間，正視當前社會危機、并立志投入改革的洪流。龔自珍早在嘉慶年間即預見了時代的風雷巨變，新舊力量的更替，他也許還不能明確指出這力量的來源，但是已不失為一位具有大識力的啓蒙者。

龔自珍堅持經世致用思想，在屢赴科場的同時並沒有忘懷世事，所作的大量政治論文《乙丙之際著議》對社會的各個方面具有獨特的見解，深刻揭露的同時給出改革建議。當時龔自珍的頭角崢嶸是不合時宜的，當大多數人尚沉醉於盛世迷夢中，只有極少數有識之士感受到了時代由盛轉衰的氣息，這些極少數清醒者的命運注定是孤獨、焦躁和坎壈不平的，並隨時有因文字賈禍的可能。王芑孫曾聲色俱厲地致書龔自珍，斥其為「怪魁」云：「至於詩中傷時之語、罵坐之言，涉目皆是，此大不可也」，願其「循循為庸言之謹」，「和其聲以鳴國家之盛。」〔註16〕

道光九年（1829）會試後，龔自珍的朝考題目為《安邊綏遠疏》。其中盡情抒寫了其對朝廷邊關政策的看法，大膽直言「客歲之事，調及東三省兵，甚非策也。」這裏議論的是道光八年（1828）山東巡撫武隆阿率吉林、黑龍江三千騎兵進阿克蘇剿滅叛亂之事。龔自珍評價這場戰爭「大功雖告成，而兵差費至鉅萬，兵差所過州縣頗虧空。夫欲邊之安而使內地虛耗而不安，故曰甚非策也。」〔註17〕這樣的驚人之語，指斥朝廷用兵非策，足以聳動視聽，遂為閱卷大臣以楷法為由黜落〔註18〕。其實早有人告誡過龔自珍行文的這一問題，據吳昌綬編《定庵先生年譜》嘉慶二十三年記，龔自珍在謁見歸安先生姚學塽時，被其一針見血地指出：「我文著墨不著筆，汝文筆墨兼用。」姚學塽指自己的八股文但有文字而不流露真實思想，而龔自珍的八股文

〔註16〕《定庵先生年譜外紀》卷上，《龔自珍全集》，頁648。
〔註17〕《御試安邊綏遠疏》，《龔自珍全集》第一輯，頁112。
〔註18〕「臚舉時事，灑灑千餘言，直陳無隱，閱卷諸公皆大驚，卒以楷法不中程,不列優等。」見吳昌綬：《定庵先生年譜》，《龔自珍全集》，上海人民出版社1999年版，頁618。

卻掩藏不住鋒芒，這樣無疑無法獲得考官的賞識。即使明知「文格漸卑庸福近」（《雜詩，乙卯自春徂夏，在京師作，得十有四首》），但若要定庵降低格調，追求庸俗的個人利益，他是不肯的。後來龔自珍「乃自燒功令文」，對科舉仕途深深的失望使他看清了時代：

> 金粉東南十五州，萬重恩怨屬名流。
>
> 牢盆狹客操全算，團扇才人居上頭。
>
> 避席畏聞文字獄，著書都爲稻粱謀。
>
> 田橫五百人安在，難道歸來盡列侯？（《詠史》）

這黑白顛倒、良莠不分的世界是沒有希望的，龔自珍幾乎可以嗅見黑夜降臨的氣息，他的詩中一再出現夕陽西下、暮色四合的陰暗意象：

> 秋氣不驚堂內燕，夕陽還戀路旁鴉。
>
> （《逆旅題壁，次周伯恬原韻》）
>
> 憑君且莫登高望，忽忽中原暮靄生。
>
> （《雜詩，己卯自春徂夏在京師作，得十有四首》）
>
> 夕陽忽下中原去，笑詠風花殿六朝。（《夢中作》）
>
> 白日西傾共九州，東南詞客愀然愁。（《懷沈五錫東莊四綬甲》）

作爲舉世不多的清醒者之一，龔自珍注定是痛苦的，而寫詩去反思和追問內心更加深了痛苦，爲此他曾數次戒詩。嘉慶二十五年（1820）到道光元年（1821）戒詩九個月，作《戒詩五章》；道光三年（1823）因母喪守制戒詩；道光七年（1827）到九年（1829）戒詩一年多，又作有《跋破戒草》，稱：「惟守戒之故，使我壽考。汝如勿悛，勿自損也，俾無能壽考於而身，至於沒世，汝亦不以詩聞，有如徹公（徹悟禪師，龔尊奉之）。」詩中表達的眞情實感，有憤怒、徬徨、孤單、渴望，不能宣泄，無人響應，在「避席畏聞文字獄」的時代反而會招來奇禍。每當詩人覺得愁苦消沉、陷入失望，他就會試圖戒詩，因爲戒詩似乎就避免了對世事的觀察和對靈魂的拷問。詩人有時逢場作戲，縱情於聲色犬馬，有時試圖沉埋經史，有時又耽於佛典。作爲一個關注現實的清醒士人，龔自珍空有理想和熱情，卻被遠遠拒於仕途以外，終其一生也沒能有所作爲，這是龔自珍的悲劇，也是末世一批

有識之士的典型悲劇，更是時代、朝廷及國家集體的大不幸。

　　梁啓超說：「舉國方沉酣太平，而彼（指龔自珍、魏源）輩若不勝其憂危，恒相與指天畫地，規天下大計。」「晚清思想之解放，自珍確與有功焉。光緒間所謂新學家者，大率人人皆經崇拜龔氏之一時期。」〔註19〕遲至光緒年間，人們才意識到龔自珍道光年間已察覺的危機，人們對其崇拜或追慕，但斯人已逝。在他自己的時代，龔自珍是孤獨的，他大聲疾呼，上下奔走，試圖促成世人的覺醒，而這一切在當時世人眼裏，徒增可笑可悲而已。

　　十九世紀中葉前，龔自珍對即將到來的新時代表示了強烈的預知。龔自珍與魏源、林則徐交厚，同心研究制度、邊疆、兵刑、錢穀等經世之學。龔、魏且皆好今文經學，清乾嘉學者倡導漢學，而今文經學則以說經論政，提倡變革，談論改制。同樣，他的詩學觀也滲透著經世致用和根本性情的精神，只不過他的性情已不再是抒發個人生活中的悲喜，而是上升到對個性解放的呼喚和對封建專制壓抑的反抗。在他短短一生中，以高才而沉淪，先後經歷科場淹蹇和宦海風波，都使龔自珍這一充滿理想光輝的「少年」備感壓抑，他以浪漫主義詩人的氣質，大聲謳歌對自由的渴望，甚至有人認爲，他「有與『五四』後現代個性主義相近的思想氣質」〔註20〕。有識之士指出了龔詩對新詩的影響：「哀樂無端絕迹行，好詩不過感人情。定公四紀開新派，贏得時賢善繼聲。」（《題龔定庵詩集後》）龔自珍論詩的精神、理想，在黃遵憲那裏得到了「大張旗鼓、理直氣壯的發揚」〔註21〕，南社巨擘柳亞子的《磨劍室詩詞集》中也有大量仿龔自珍的詩句，而南社詩人對龔的集體追崇、對其浪漫雄奇風格的欣賞，在作品中更是處處可見。

〔註19〕梁啓超：《清代學術概論》，上海古籍出版社 1998 年版，頁 75。

〔註20〕王富仁：《開放過程中的文化：從龔自珍到洋務派》，見《中國文化》
　　　　1990 年 12 月第 3 期。

〔註21〕徐中玉：《略論中國近代詩詞理論的發展》，見《文藝理論研究》1992
　　　　年第 2 期。

生於末世，敏感地意識到了一切都將冰消雪解；懷抱壯麗的理想，卻根本無從實現，反而在現實的泥淖裏掙扎，這就是龔自珍詩中無處不在的悲劇精神。龔自珍的痛苦來自於他是時代的先行者，他較之絕大部分人更早地意識到了危機，所以被人視為「杞人」。彼時世人仍沉酣太平，不需要去反思危機、除弊興利，所以龔自珍是孤獨和壓抑的。不久後隨著危機的全面爆發，一批如龔自珍一樣的有識之士陸續覺醒，藉亂世施展才幹，他們洞悉了龔自珍所呼籲的時代弊端，試圖挽狂瀾於既倒，曾國藩即是其中傑出的一位。

第二節　三不朽——曾國藩幕府之立德、立功、立言

曾國藩，中國封建社會的最後一個、也是清代兩百餘年漢族士人最大的權貴，罕見地做到了立德、立功、立言的「三不朽」。「立德」者，人譽之為「中國封建社會最後一個大儒」〔註22〕；「立功」者，曾國藩幾乎獨以一人之力，挽救窮途末路的滿清王朝於存敗危亡之際，使其繼續苟延殘喘達半世紀之久；而他留下的一千五百萬字的《曾國藩全集》更是其「立言」不朽的成果。因之被梁啓超譽為「有史以來」及「全世界」之「一不二睹之大人」，其成就「震古爍今」〔註23〕。研究曾國藩，也不能不注意到他「三不朽」事業中一個醒目的現象——幕府。

曾國藩本人科舉之路較為順利，道光十八年中三十八名進士，殿試，朝考，入翰林院庶吉士。後十年七遷，位至侍郎。太平天國運動爆發，全國皆兵，文臣如曾國藩，為匡時救國計，招攬有才之士輔佐而討伐「粵賊」，一時幕府中人才興盛，中興將吏竟有大半出於其幕。

〔註22〕羅益群：《曾國藩讀書生涯》，長江文藝出版社1998年版，頁23。
〔註23〕李華興、吳嘉勛編：《梁啓超選集》，上海人民出版社1984年版，頁708。

一、曾國藩幕府與儒者之統

　　幕府是我國封建社會政治生活中一種普遍現象，歷史悠久，而每興盛於某一朝代的末世。魏晉南北朝時期，大一統的國家崩潰，群雄逐鹿之時急需人才，幕僚開始進入社會生活的各個方面，人員廣大，層次豐富，分工細緻。等到隋朝行科舉，人才有了正式的選拔途徑，幕府就幾乎消失了。可是唐末的藩鎮割據又使得幕僚復興。

　　晚清幕府興盛自曾國藩起，以 1851 年太平天國起義爆發為起點，因為戰事頻繁而清政府軍隊屢戰屢敗，就使得曾國藩這樣的地方軍政大吏權利擴張，進而招募大量幕僚為我所用。曾國藩幕府的興盛跟幕主其人有很大關係。1854 年，曾國藩奉清廷諭旨成立湘軍討伐太平軍，出師前曾國藩發表了著名的《討粵匪檄》：

> 為傳檄事：逆賊洪秀全楊秀清稱亂以來，於今五年矣。荼毒生靈數百餘萬，蹂躪州縣五千餘里，所過之境，船隻無論大小，人民無論貧富，一概搶掠罄盡，寸草不留。其擄入賊中者，剝取衣服，搜括銀錢，銀滿五兩而不獻賊者即行斬首。男子日給米一合，驅之臨陣向前，驅之築城濬濠。婦人日給米一合，驅之登陴守夜，驅之運米挑煤。婦女而不肯解腳者，則立斬其足以示眾婦。船戶而陰謀逃歸者，則倒撞其屍以示眾船。粵匪自處於安富尊榮，而視我兩湖三江被脅之人曾犬豕牛馬之不若。此其殘忍殘酷，凡有血氣者未有聞之而不痛減者也。

> 自唐虞三代以來，歷世聖人扶持名教，敦敘人倫，君臣、父子、上下、尊卑，秩然如冠履之不可倒置。粵匪竊外夷之緒，崇天主之教。自其偽君偽相，下逮兵卒賤役，皆以兄弟稱之，謂惟天可稱父，此外凡民之父皆兄弟也，凡民之母皆姊妹也。農不能自耕以納賦，而謂田皆天王之田；商不能自買以取息，而謂貨皆天王之貨；士不能誦孔子之經，而別有所謂耶穌之說、《新約》之書，舉中國數千年禮義人倫詩書典則，一旦掃地蕩盡。此豈獨我大清之變，乃開闢以來名教之奇變，我孔子孟子之所痛哭於九原，凡讀

書識字者，又烏可袖手安坐，不思一厝之所也。

自古生有功德，沒則爲神，王道治明，神道治幽，雖亂臣賊子窮凶極醜亦往往敬畏神祇。李自成至曲阜不犯聖廟，張獻忠至梓潼亦祭文昌。粵匪焚郴州之學官，毀宣聖之木主，十哲兩廡，狼藉滿地。嗣是所過郡縣，先毀廟宇，即忠臣義士如關帝岳王之凜凜，亦皆污其宮室，殘其身首。以至佛寺、道院、城隍、社壇，無朝不焚，無像不滅。斯又鬼神所共憤怒，欲一雪此憾於冥冥之中者也。

本部堂奉天子命，統師二萬，水陸並進，誓將臥薪嘗膽，殄此凶逆，救我被擄之船隻，找出被脅之民人。不特紓君父宵旰之勤勞，而且慰孔孟人倫之隱痛。不特爲百萬生靈報枉殺之仇，而且爲上下神祇雪被辱之憾。

是用傳檄遠近，咸使聞知。倘有血性男子，號召義旅，助我征剿者，本部堂引爲心腹，酌給口糧。倘有抱道君子，痛天主教之橫行中原，赫然奮怒以衛吾道者，本部堂禮之幕府，待以賓師。倘有仗義仁人，捐銀助餉者，千金以內，給予實收部照，千金以上，專摺奏請優敘。倘有久陷賊中，自找來歸，殺其頭目，以城來降者，本部堂收之帳下，奏受官爵。倘有被脅經年，髮長數寸，臨陣棄械，徒手歸誠者，一概免死，資遣回籍。在昔漢唐元明之末，群盜如毛，皆由主昏政亂，莫能削平。今天子憂勤惕屬，敬天恤民，田不加賦，戶不抽丁，以列聖深厚之仁，討暴虐無賴之賊，無論遲速，終歸滅亡，不待智者而明矣。若爾披脅之人，甘心從逆，抗拒天誅，大兵一壓，玉石俱焚，亦不能更爲分別也。

本部堂德薄能鮮，獨仗忠信二字爲行軍之本，上有日月，下有鬼神，明有浩浩長江之水，幽有前此殉難各忠臣烈士之魂，實鑒吾心，咸聽吾言。檄到如律令，無忽！〔註24〕

─────────────────────

〔註24〕曾國藩著、王澧華點校：《曾國藩詩文集》文集卷三，上海古籍出版1986年版，頁266。

檄文第一部分控訴了太平軍荼毒生靈的殘酷、殘忍行為，以激勵有血氣者。第二和第三部分以更大幅的文字痛斥的，是太平軍掃蕩名教、搗毀神祇的叛逆行徑，認為這是「開闢以來名教之奇變，我孔子孟子之所痛哭於九原。」這是曾國藩、也是全體儒家士人所不能容忍的。在文章的第四部分，曾國藩針對不同的對象作出了如下承諾，對百姓許之以口糧等實際利益，對士人則誘之以功名：「禮之幕府，待以賓師」、「奏請優敘」、「奏受官爵」等。這篇檄文是曾國藩出軍之時制定的行動準則，該檄文重點解決了兩個問題：一、對儒者之統的神聖性的維護；二、給士人科舉以外的進身之階。正因為貫徹了道德上對儒家道統的維護和利益上對入幕士人的不次擢拔，才有後來幕府的興盛，並最終決定了這場戰爭的勝利。

　　中國傳統士人是以服務政權為目的、以振興道統為己任，即使政權不接納，也至多選擇遠離而已，對秩序的維護使士人絕不會輕易反抗帝王之統。而太平天國不僅反抗朝廷，更讓士人仇恨的是他們對儒教的踐踏，對太平軍「敢將孔孟橫稱妖，經史文章盡日燒」的行徑，封建士夫文人心裂膽喪、恨之入骨，桐城庠生濮古洲曾怒斥太平軍曰：「我儒生也，讀孔孟書，有天地，有人倫，焉肯從汝行！汝等教匪，蔑天地人倫，釁逆無道。」〔註25〕曾國藩的檄文以慷慨激烈的言辭激起了士人對太平軍討伐的勇氣，作為血氣男兒，士人義不容辭地來歸入幕。

二、人才薦舉培養

　　歷來士子出仕，必經嚴格繁瑣的文官制度。晚清太平軍亂起，正常的社會秩序包括科舉都是一片混亂，士人想要謀得出身難上加難。而幕府在晚清的人才機制卻極有彈性，即指幕府具備法律認可和存在的地位，但是又不直接受制於中央政府，而在幕主私人。幕府選擇人才並不計較出身，有功名或者無功名者，候補、降調或遭貶者皆可入

〔註25〕《太平天國史料叢編簡輯》（四），中華書局 1962 年版，頁 331。

幕效力，將來若建功業，幕主薦舉不遺餘力，往往就此飛身青雲，正因如此，幕府群體成為一個具有巨大影響的特殊階層，入幕則成為科場失意士子的另外一條出路。

　　早歲曾國藩也是經由多年的鄉試、會試等，可謂深諳科舉況味。他耳聞目見的下層士人的科舉悲劇也不在少，七律《哭少年同學某》：「少日低飛各羽翰，幾年茵混不同看。竟緣無食填溝壑，終古銜羞在肺肝。蟻戰莫償三北恥，蠶僵更吐一絲難。寡妻稚子知何倚？雪虐風號可耐寒？」〔註26〕詩下注曰：「君嘗三試有司被黜，以事牽連為吏胥奇辱，貧鬱以死。」另有七古長詩《酬岷樵》記錄了一位落魄舉子鄒興愚的人生悲劇，詩下跋曰：「（鄒）字柳溪，新化人。客居陝西興安，道光庚子舉陝西鄉試，家酷貧而自嚴守，不苟取。今年大病京師，不得與禮部試。醫藥雜役，皆岷樵躬之。急難之誼，吾見亦罕。予既為此詩，後十日而興愚死。予與岷樵及興愚之族兄子律三人者，為經紀其後事，秩然可以無悔。將以七月歸其喪興安。岷樵蓋有始終者。」雖然在科舉上曾國藩算是得意者，但是對科舉弊端的領悟，和對摯友的深厚情誼，使他一直抱有對失意人才的深刻同情。等到後來大權在握，國藩就形成了自己的人才培養觀，1862年6月3日，曾國藩寫道：「欲求自強之道，總以修政事、求賢才為急務，以學作炸炮、學造輪舟等具為下手功夫。」〔註27〕

　　晚清之時，人才散落，「見收於科第者十之二，其見收於軍營者及一切保舉者十之三，其沉抑迍邅而不獲一用者，猶十之五。」〔註28〕地方上大量沒有入仕的士紳，戰事開始，他們往往「出遊兵間，治軍書文簿及管榷稅」，「不復以講授為事」〔註29〕。如左宗棠、張樹聲、羅澤南等。但在領軍之初，曾國藩對人才的薦舉還是有所保留的，作

〔註26〕《曾國藩詩文集》詩集卷二，頁45。
〔註27〕曾國藩：《求闕齋日記類鈔》卷上，清光緒二年傳忠書局刻本。
〔註28〕薛福成：《上曾侯相書》，《庸庵文編》外編卷三，清光緒十四年本。
〔註29〕王闓運《湘綺樓文集》卷五《羅熙贊傳》，清光緒刻本。

爲一個理學家，曾國藩待人標準嚴格、做事謹愼小心，「不妄保舉，不亂用錢，是以人心不附」，前期戰事的不順跟這個有很大關係。曾幕中的重要幕僚之一趙烈文曾經吐露過：「苟非賢杰以天下爲己任，流俗之情，大抵求利耳。使誠無求，將銷聲匿迹於南山之南，北山之北，又肯來爲吾用邪？」〔註30〕咸豐八年，曾國藩再度領兵，他「揣摩風會，一變前志」〔註31〕，對人才不次擢拔，對幕僚大加保舉，其幕中一時人才彬彬大盛。容閎於 1863 年會晤曾國藩，對曾幕的盛況留下了很深的印象：

> 當時各處軍官，聚於曾文正之大營者不下二百人，大半皆懷其目的而來。總督幕府中亦百人左右。幕府之外，更有候補之官員，懷才之士子，凡法律、算學、天文、機器等專門家，無不畢集，幾於全國之人才精華，彙集於此，皆曾文正一人之聲望道德及其所成就之功業足以吸引之羅致之也。文正對於博學多才之士，尤加敬禮，樂與交遊。
>
> 〔註32〕

薛福成也說：「曾國藩知人之譽，超軼古今。或邂逅於風塵之中，一見以爲偉器；或物色於形迹之表，確然許爲異材。平日持議，嘗謂天下至大，事變至殷，決非一手一足之所能維持，故其振拔幽滯，宏獎人杰，尤屬不遺餘力。……或聘自諸生，或拔自隴畝，或招自營伍，均以至誠相共，俾獲各盡所長。」〔註33〕其人才觀十分寬容，主要幕友名單上，固然有治政務者如李宗羲、洪汝奎，文書者許振禕、黎庶昌，謀劃者郭嵩燾、左宗棠，治軍者彭玉麟、李元度等等，還不乏吳敏樹、莫友芝、俞樾、吳汝綸、張裕釗等一幫文士，甚至還有容閎這

〔註30〕趙烈文：《能靜居士日記》，咸豐十一年八月初九日，上海古籍出版社 1995 年版。

〔註31〕《曾國藩文集·修身集》，「聖門教人不外敬恕二字」，轉引自陳國慶主編：《晚清社會與文化》，社會科學文獻出版社 2005 年版，頁84。

〔註32〕容閎：《西學東漸記》，中州古籍出版社 1998 年版，頁 135。

〔註33〕薛福成：《庸庵文編》卷一，《代李相擬陳督臣忠勛事實疏》。

樣一個沒有受過任何科學知識教育的留學生。曾幕也因此成為科舉選官之外另一種有效的入仕方式。據載，李鴻章曾於 1858 年末入曾國藩幕，後因主賓齟齬而離去。郭嵩燾勸解李鴻章說：「此時崛起草茅必有因依。試念今日之天下，捨曾公誰可因依者？即有拂意，終須賴之以立功名，仍勸另投曾公。」〔註34〕李鴻章方才動心忍性，回頭再入曾幕。曾國藩亦對其著意雕琢培養，不次擢拔，使其位至公卿。後來，李鴻章開闢幕府，對幕中人才的選拔亦多承其師，幕中人才濟濟，並且多得到其保舉。

咸同之際，朝廷事事仰仗曾氏，其亦自負保薦人才之責，對人才積極擢拔推薦。曾國藩在薦稿中評價左宗棠：「思力精專，識量宏遠，於軍事實屬確有心得」〔註35〕，密奏李鴻章：「才大心細，勁氣內斂，可勝江蘇巡撫之任」〔註36〕，不溢美，不隱惡，保舉人才不遺餘力。幕中位至顯赫者所在多有，如李、左者自不必言，另如吳坤修，本為監生，後官至布政使；劉蓉，諸生，出曾幕而至巡撫；李鴻章之弟瀚章，以貢生之出身輔佐曾國藩，得曾大力推薦，後位至兵部尚書總督⋯⋯經統計，出曾幕而位至總督（包括署理、護理）者達 47 人次，而至巡撫者達 87 人次〔註37〕。

國家太平時，科舉是士人入仕的主要途徑。而在戰爭期間，入幕參戰正是為了維護儒家道統不被叛亂者破壞，曾國藩對生者以儒者之統激勵之，對死者以忠孝節義表彰之，入幕滿足了士人維護道統的神聖使命感。另一方面，入幕又跟科舉一樣，能夠解決士人選官入仕的實際問題。這兩點是曾國藩幕府在晚清興盛的最主要因素。同時，作為科舉之途選拔出來的官員，曾國藩深刻瞭解科舉對士人的重大意義，因此也懂得利用科舉安撫籠絡士人。當湘軍攻下

〔註34〕郭嵩燾：《玉池老人自敘》，光緒十九年養知書屋刻本。
〔註35〕曾國藩：《曾文正公奏稿》卷十四，上海古籍出版社 1995 年版。
〔註36〕薛福成：《庸庵文編》卷一，《李傅相入曾文正幕府》。
〔註37〕淩林煌：《曾國藩幕府成員之量化分析》，《思與言》1995 年第 33 卷第 4 期。

南京後，曾國藩、曾國荃迫不及待要立即舉行鄉試，「查看貢院大致完好，即創議於本年舉行鄉試」。曾氏兄弟「先將各偽王府木料查封備用」，「帶病督同委員廣集工匠勇夫，每日常有二千餘人，晝夜趕辦」，「鄉試事宜除修理貢院外，以試卷為大宗，臣於八月間已札飭江西藩司趕辦，江南朱墨卷各一萬八千套，定限十月十五以前，委員解赴金陵，不至遲誤。其餘應需各件，均可咄嗟立辦。現已咨行各屬，出示曉諭，自不可更改前議。」〔註38〕太平天國運動席卷全國，使不少地方的鄉試中斷或耽擱，如四川、河南推遲兩次，江西、浙江等地推遲三次等。曾國藩在平定一地的戰亂後，採取各種補救措施，務必使中斷的各省鄉試加速恢復，至同治九年（1870）基本補齊。這些舉措對曾氏爭奪民心、恢復秩序起到了不可忽視的重要作用，曾被太平天國政權開科拉攏的一批士人，在清廷恢復科舉後，紛紛回歸，更堅定了對朝廷統治的擁護〔註39〕。

三、曾幕詩歌活動

（一）曾國藩的詩學觀點

　　曾國藩既是一位功勛卓著的軍功領袖，也從未放棄對文化的追求扶持，他在晚清是以居高位而倡揚文化學術之道的最後一人。作為一名堅定的儒教擁護者，他的詞章觀立足點正是「文以載道」：「今日欲明先王之道，不得不以精研文字為要務。」〔註40〕曾國藩既主張文以載道，不寫作無益之文，又不主張偏廢文字，他一生在文學方面用力頗多，全集中散見的對辭章之學的評點觸處即是，已形成系統的文學觀點。就創作言，其古文繼姚鼐而發揚光大，至創立了「湘鄉派」獨

〔註38〕曾國藩：《曾文正公全集》奏稿卷二十一，《復陳補行鄉試事宜片》
　　　　（同治三年九月十一日）。
〔註39〕如江南廩生張申伯，曾應太平天國科舉。但是平定江南恢復科舉後，
　　　　其復應清廷鄉試，並作七律二章以明忠心，見徐珂編：《清稗類鈔》，
　　　　第二冊，中華書局1984年版，頁730～731。
〔註40〕曾國藩：《曾文正公書札》卷一，上海古籍出版社1995年版。

立於文壇，成就頗高；而收集在集子裏的詩詞及聯語共三百八十九首，其中詩二百七十二首，詞二首，聯語一百一十五首，就一個長期戎馬生涯的軍事將領來說數量已頗可觀；就質量言，前期作品意氣恢宏，後期境界老到，足開一片天地。

　　曾國藩為政界領袖，同時也是詩壇主盟，這符合清代詩歌發展的大**趨勢**，文化話語權與仕宦高位常常結合在一起。陳衍在《石遺室詩話‧近代詩鈔序》：「有清二百餘載，以高位主持詩教者，在康熙曰王文簡，在乾隆曰沈文慤，在道光、咸豐則祁文端、曾文正也。」但是曾國藩與王漁洋、沈德潛又不同，他是一位軍事家、思想家、改革家，以餘力治文壇和詩壇。儘管如此，曾國藩對詩歌的熱愛卻是絲毫不下於王、沈二位的。曾幕中才人雲集，國藩始終對詩人寄予了厚愛：「觀李眉生（鴻裔）詩，愛其俊拔而有情韻，將來必為詩人。紀澤前後作次筵字韻詩，韻穩而脈清，吐屬亦當名貴，將來或亦為詩人，殊以為慰。」〔註41〕

　　黎庶昌在《曾太庶毅勇侯別傳》中記載曾國藩：「身在軍中，意氣自如，猶時時以詩古文自娛。」〔註42〕曾國藩對詩歌文字之愛發自肺腑，他似乎真誠地相信詩歌能調理心胸、提高境界，每每於讀詩後進行自我反省，調節心態以適應人生。如咸豐九年四月十七日日記云：「因讀東坡『但尋牛矢覓歸路』詩，陸放翁『斜陽古柳趙家莊』詩，杜工部『黃四娘家花滿蹊』詩，念古人胸次蕭灑曠遠，毫無渣滓，何其大也！余飽歷世故，而胸中仍不免計較將迎，又何小也！」他對自如此要求，對家人也作這樣的期望，對其子曾紀澤，他寫道：「爾既無志於科名祿位，但能多讀古書，時時吟詩作字，以陶寫性情，則一生受用不盡。」〔註43〕

〔註41〕曾國藩：《求闕齋日記類鈔》，卷下。
〔註42〕黎庶昌：《拙尊園叢稿》卷三內編，清光緒二十一年金陵狀元閣刻本。
〔註43〕曾國藩：《諭紀澤》，《曾文正公家訓》卷上，同治元年七月十四日，清光緒五年傳忠書局刻本。

　　曾國藩論詩文崇尚雄奇境界，如咸豐九年十二月初二日在覆吳敏樹的信中，他寫道：「平生好雄奇瑰偉之文，近乃平淺，無可驚喜。一則精神耗竭，不克窮探幽險；一則軍中卒卒，少閒適之味，惟希嚴繩而詳究之。詩則八年不作。今歲僅作次韻七律十六首，不中尺度。尊兄詩骨勁拔，迥越時賢。……」〔註44〕早歲軍中，曾國藩尤為欣賞詩文中的雄奇之氣，認為這對性情是一種激發。如同治元年正月初二日，日記中云：「午刻與李眉生談詩，極佩杜牧之俊偉。」同年四月初二又云：「因讀李太白、杜子美各六篇，悟出作書之道亦需先有驚心動魄之處，乃能漸入正果，若一向由靈妙處著意，終不免描頭畫覺伎倆。」

　　當然，曾國藩也不是一味地宣揚雄奇之氣，雄奇需融合淡遠，方才有意境之美：「看劉文清公《清愛堂帖》，略得其自然之趣，方悟文人技藝佳境有二：曰雄奇，曰淡遠。作文然，作詩然，作字亦然。若能合雄奇於淡遠之中，尤為可貴。」〔註45〕

　　曾國藩將詩歌作為生活中不可或缺的閒適之趣，同治十年三月初十日：「篤恭修己而生睿智，程子之說也；至誠感神而致前知，子思之訓也；安貧樂道而潤身睟面，孔、顏、曾、孟之旨也；觀物閒吟而意適神怡，陶、白、蘇、陸之趣也。」詩歌成為他心靈休憩的家園，他讀詩、寫詩以陶冶性情、反省內心，詩歌文字是他一生事業不可或缺的一部分，或者是他壯麗人生的詩意背景，使他不僅僅作為一個軍閥的形象而存在。

（二）曾國藩與晚清詩歌

　　無論做人還是寫詩，曾國藩對韓愈都推崇備至，深引韓愈、王安石為偶像和知音。他在《致溫弟沅弟》中稱：「惟古文各體詩，自覺有進境，將來此事當有成就；恨當世無韓愈、王安石一流人與我相質證耳。」〔註46〕道光二十四年八月二十九日《致澄弟溫弟沅弟季弟》

〔註44〕曾國藩：《復吳南屏》，《曾文正公書札》卷五，清光緒二年傳忠書局刻本。
〔註45〕《求闕齋日記類鈔》，卷下。
〔註46〕《曾國藩全集・家書（一）》，嶽麓書社1985年版，頁80。

再致意曰：「余於詩亦有功夫，恨當世無韓昌黎及蘇、黃一輩人可與發吾狂言者。」〔註47〕更有詩《酬九弟四首》其三中云：「杜韓不作蘇黃逝，今我說詩將附誰？手似五丁開石壁，心如六合一游絲。神斤事業無凡賞，春草池塘有夢思。何日聯床對燈火，爲君爛醉舞仙傲。」〔註48〕對韓愈、王安石、黃庭堅的心摹手追，使其詩入江西一派，成爲晚清宋詩運動主力。錢仲聯先生在《夢苕庵詩話》中概括爲：「自姚姬傳喜爲山谷詩，而曾滌生祖其說，遂開清末西江一派。文正詩早年五古學《選》體，七古學韓，旁及蘇、黃，近體學杜，參以義山、遺山。自謂短於七律。同治以後，自課五古，專讀陶潛、謝朓二家；七古專讀韓愈、蘇軾兩家；五律專讀杜；七律專讀黃；七絕專讀陸游。然於山谷尤有深契，詩字多宗之。石遺老人論詩絕句所謂『湘鄉文字總涪翁』也。」〔註49〕

　　近代宋詩運動發展的成果爲同光體，而同光體的創始人之一陳衍更將曾國藩視爲我派中人，《石遺室詩話》第一條即說：「道咸以來，何子貞（紹基）、祁春圃（雋藻）、魏默深（源）、曾滌生（國藩）、歐陽磵東（輅）、鄭子尹（珍）、莫子偲（友芝）諸老，始喜言宋詩。何、鄭、莫皆出於程春海侍郎（恩澤）門下，湘鄉（國藩）詩文字皆私淑江西，洞庭以南，言聲韻之學者，稍改故步。」曾國藩文字不僅私淑江西，他與程恩澤門下也深有淵源。1835 年曾國藩入京師應乙未、丙申科會試，時程恩澤正是乙未科知貢舉官、丙申科殿試讀卷官，並會同祁雋藻大力提倡宋詩。而曾國藩視爲詩歌師友的湖南同鄉何紹基又是程恩澤的得意門生，與曾唱和幾乎終身，對曾氏的詩歌有極大影響。國藩以其高位而倡宋詩，在《求闕齋讀書錄》中論黃庭堅詩達一百四十三首之多，此外無時無處不推賞猶恐不及，一時宋詩大興，黃庭堅詩幾成洛陽紙貴之勢，宗宋成爲晚清詩歌創作的主流走向。曾國

〔註47〕《曾國藩全集・家書（一）》，嶽麓書社 1985 年版，頁 92。

〔註48〕《曾國藩詩文集》，頁 51。

〔註49〕錢仲聯主編、涂小馬選注評點：《曾國藩文選》，蘇州大學出版社 2001 年版，頁 404。

藩學宗江西而不囿於江西，實欲融合唐宋，爲同光體的發展指出更闊大一路，只是其後期軍務繁忙，無法投入更多精力光大振興詩派，而同光體脫離了現實生活，漸漸走入寒澀逼仄一路。

（三）曾幕詩歌活動

遊幕對詩歌的影響極爲深遠，幕府與詩歌的關係源遠流長。自漢末戰亂，文人就紛紛入幕，除了爲幕主謀劃軍務，閒暇也不廢吟詠。到了唐代，幕府與文學更是掀起了一個高潮，當時工部在蜀，昌黎在徐，高適、岑參入西北邊陲，連大詩人李白也曾入永王李璘幕，雖然功業未建，卻留下了「爲君談笑靜胡沙」的名篇。才人不遇，入幕而棄軒冕之羈，萬里得江山之助，歷攬山川之雄秀、城闕之壯麗、人物之英偉、古迹之蒼涼，感其鬱積，往往形諸歌詠，以寫傷今懷古、思親念舊、嗟老歡悲之意。性靈所寓，墨光照耀，奇氣橫生，詩作迸發出不一樣的神采。正如尙小明在《學人遊幕與清代學術》一書中所說：「中國古代影響最大的一種文學體裁，詩歌創作素有言情、言志的傳統。而情志的，與創作者同外界（包括自然與社會）的聯繫、創作者的閱歷密不可分，故士子對詩歌創作的影響很大。」〔註50〕

即以曾國藩本人論，前期入職翰林院，得睹宋詩堂奧，詩風雄渾，然而尙不免流於模仿雕琢，因爲氣局如此。咸、同年間，曾氏常年領兵征戰在外，戎馬倥偬、軍務繁忙使詩作數量大減，但是南北征戰對其心胸的鍛造使其不再僅僅是一個文士而已。此時的詩歌創作風格蒼涼老辣，氣韻闊大沉雄，早非困居京師時可比。身在戎幕期間，曾國藩仍有當仁不讓的宋詩運動頭領姿態，尤其他的著名的詩歌唱和活動，在詩壇上頗具盛名，比如著名的「會合聯吟」和「筱郘唱和」。

咸豐五年，曾國藩所率湘勇困於江西，軍情險惡，恰逢老友郭嵩燾自湖南來訪，曾國藩作《會合詩》誌之。詩中先表達了老友歡聚的喜

〔註50〕尙小明：《學人遊幕與清代學術》，社會科學文獻出版社 1999 年版，頁 216。

悅，再述軍中險情、征戰多難，最後結以倔強不屈之志：「王師有蹴踏，戈船照清泚。掀浪煮黿鼉，洪濤染爲紫。長驅下蘄黃，鐵鎖沉江底。群龍水中生，怒螳車下死。」充分表現了盛年的曾國藩逆難而上、誓除敵寇的豪情，排奡恢詭，造語奇崛。一時間，曾營內外皆有和作，如郭嵩燾本人的和作云：「欲持微賤軀，爲人負弩矢。」〔註51〕表達同仇敵愾之情。久之竟得百餘篇，編之成冊，郭嵩燾爲作《會合聯吟集序》。

同治七年，曾國藩又作《贈吳南屛》，詩以「筵郃」爲韻，頗爲奇崛難押，詩中更是一唱三歎，如「蒼天可補河可塞，只有好懷不易開」，只有經歷了大風浪者才能有此胸襟，比前期初涉戰事時格局大有不同，堪稱其古詩壓卷之作。一時之間，不獨幕中，連吳汝綸欲寫詩答謝朋友贈以墨茶也沿用曾國藩之韻〔註52〕，前後大江南北賡和者達三百餘人，曾國藩即命金陵書局彙刻成編。

幕主喜愛吟詠，幕僚當然紛紛響應。幕客能詩文者，李鼎芳《曾國藩及其幕府人物》僅列出吳敏樹、黎庶昌等五人，其實晚清之時幾乎人人能詩，人人有集，加之幕主所好，實際情形肯定遠遠不止此數。一時盛況，如曾國藩詩中所記：「幕府山頭對碧天，英英群彥滿樽前。共扶元氣回陽九，各放光明照大千。」〔註53〕幕客中的何栻，字廉昉，道光乙巳進士。其書法自成風格，詩歌清新雅麗，得到曾國藩的稱許（見《求闕齋日記類鈔》下）。咸豐六年，廉昉爲建昌知府時，城失守而全家遇難，詩風頓轉蒼涼。咸豐九年，栻以《除夕感懷》十六章上國藩，國藩憫其遇而作詩和之，組詩中描述戰亂的慘酷，同情廉昉之不幸遭遇，也抒發了自從軍以來的所思所想，作爲湘軍領袖，儒家中堅，曾國藩的詩作氣局非凡：

　　鍾山祠廟巍然存，憑弔湖湘烈士魂。

〔註51〕郭嵩燾：《養知書屋集》詩集卷九，清光緒十八年刻本。
〔註52〕吳汝綸：《謝丁筠卿惠茶墨用相國贈吳南屛韻》，《桐城吳先生詩文集》
　　　　詩集，光緒刻桐城吳先生全書本。
〔註53〕曾國藩：《次韻何廉昉太守感懷述事十六首》，《曾國藩詩文集》，頁
　　　　108。

　　馬革裹尸男子志，彎刀祭膆聖明恩。

　　弓旌夜動神依戶，簫鼓春祈福滿門。

　　萬世遊人應指點，血殷萬眼古時痕。（其五）

　　聖主中興邁盛周，聯翩方召並公侯。

　　神威欲挾雷霆下，大業常同江漢流。

　　藻火但聞山甫袞，桐廬豈有子陵裘？

　　鵷鸞臺閣方新構，杞梓楩楠一例收。（其十六）〔註54〕

從詩中可以讀出曾國藩這位中興重臣的胸襟視野。時幕中李元度、甘
晉、許振禕和吳嘉賓等均有和作，有三十餘人之多〔註55〕。其中何應
祺一夕即三疊原韻，得詩四十八律，曾公贊為奇士〔註56〕。

　　曾國藩繼承了儒家「修身、齊家、治國、平天下」的正統思想，
以致儒教中興為己任，其逝世之時，舉國哀悼，其中容閎的觀點很有
新意：「總文正一生之政績，實無一污點。其正直廉潔忠誠諸德，皆足
為後人模範。故其身雖逝，而名足千古。其才大而謙，氣宏而凝，奧
可謂完全之真君子，而為清代第一流人物，亦舊教育中之特產人物。」
〔註57〕推許曾國藩為中國舊式科舉教育的理想人才。可惜隨著封建王
朝的窮途末路，這一運作了一千多年之久的人才選拔制度愈來愈暴露
出不可挽救的弊端，官場上顢頇或貪狠之徒比比皆是，曾國藩這樣道
德文章、文治武功的儒家理想型知識分子的出現，只能算作一個特例。

第三節　變時不畏天——太平天國科舉與詩歌

一、洪秀全與科舉

　　在科舉制實行的一千多年中，有一個耐人尋味的現象：科舉與農
民起義之間竟常常有千絲萬縷的聯繫。比如唐代的黃巢大起義。史載

〔註54〕曾國藩：《曾國藩詩文集》詩集卷四，頁 107。

〔註55〕《曾文正書札》卷五《致劉霞仙》。

〔註56〕李鼎芳：《曾國藩及其幕府人物》，嶽麓書社 1985 年版，頁 48。

〔註57〕容閎：《西學東漸記》，頁 133。

巢「屢舉進士不第，遂為盜。」〔註58〕黃巢具體參加科舉的次數和細
節已不載於史，流傳下來只有他落第後賦詩云：「待到秋來九月八，
我花開後百花殺。衝天香陣透長安，滿城盡帶黃金甲。」（《不第後賦
菊》）詩裏透露出黃巢衝天的桀驁之氣，為科舉所壓抑之後噴涌而出。
攻克廣州後發表的文告內，黃巢不滿朝廷一個重要方面即科舉制度腐
敗，不能選拔真才，可見科舉縱然不是黃巢起義的唯一原因，也必是
最重要的導火索之一。

　　士是四民之首，科舉是士人的命脈基礎，歷來的政權都試圖借
助科舉籠絡士人、安定天下，明末的農民起義軍也是如此。陝西人
張獻忠於明崇禎三年（1630）在米脂起義，隨著勢力擴大，崇禎十
六年（1643）攻下武昌並以為京城，設六部、五府，並開科取士〔註
59〕。緊接著，九月間勢力發展到長沙，又在長沙開過一次科舉。十
月，進入江西袁州、吉安等地，也搞了一次科舉考試。在吉安，士
人吳侯原是在明朝多次落第者，這次被取為三甲進士，接下來任命
為龍泉縣（今江西遂川縣）知縣。次年張獻忠入川建立大西國，至
1646 年被剿滅前在位兩年零 1 個月，此間又舉行過兩次鄉、會聯試
和一次制科考試。第二次鄉、會聯試及制科考試，皆因考生不肯配
合而以大屠殺告終，據《蜀碧》、《平寇志》、《寄園寄所寄》等書記
載，這兩次殺戮考生一次在 2 萬以上，一次在 5 千以上，棄筆堆積
成冢，科舉試場一片血雨腥風。

　　晚清驚天動地的太平天國農民起義，其領袖洪秀全，以徹底的
反儒家傳統的鬥士形象存在歷史中，但洪秀全本是一個飽受儒學教
育的傳統儒士，「自幼即好學，七齡入塾讀書。五六年間，即能熟讀
四書、五經、孝經及古文多篇，其後更自讀中國歷史及奇異書籍，
均能一目了然。讀書未幾即得其業師及家族稱許。其才學之優俊如

〔註58〕司馬光：《資治通鑑》，卷二五二，中華書局 1976 年版。
〔註59〕顧誠：《明末農民戰爭史》，中國社會科學出版社 1984 年版，頁
　　　　187。

此，人皆謂取青紫如拾芥，行見其顯父母光宗族矣。」〔註60〕但自十六之齡起屢赴廣州應試，連秀才都未考中，並且往往「初考時其名高列榜上，及復考則又落第。」〔註61〕巨大的打擊曾使洪秀全一病不起，臥床四十餘日。經歷了四次這樣痛苦的打擊後，內心「多有抱恨」〔註62〕，這種巨大的仇恨一旦得到一根導火索，就會熊熊燃燒。科舉失利的洪秀全怒塞胸腔，創作了著名詩歌《天命詔旨書》：「眞龍能造山河海，任那妖魔一面來。天羅地網重圍住，爾們兵將把心開。日夜巡邏嚴預備，運籌設策夜銜枚。岳飛五百破十萬，何況妖魔絕滅該。」〔註63〕對科舉失望、充滿了叛逆情緒的洪秀全發誓：「不考清朝試，不穿清朝服，要自己開科取士。」民間流傳的這句話道出洪秀全內心的科舉情結，他憎恨的是不肯給他一個微末功名的清朝，而不是科舉制度本身，對科舉的眷戀早已深埋其內心深處，日後一定會以別的方式表達出來。

　　1851 年 1 月金田起義，10 月 1 日剛攻克永安，洪秀全就迫不及待地組織了第一次科舉考試。此後這種規模較小、方式靈活的科考貫穿了太平軍縱橫湖南、湖北和安徽等地的戰鬥中。清咸豐三年（1853）三月太平天國建都南京，當年八月即愼重開科取士，以後年年開考，直到太平天國十一年辛酉（即清咸豐十一年，1861 年）重定制度後才改爲三年一考。早期的開科頗爲頻繁而無序，同是「天國級」考試又有「天試」、「東試」、「北試」、「翼試」及「男科」、「女科」等，通稱「京試」。天試、東試等名目均因各王生日而舉行，其實即清代的「恩科」。謝介鶴《金陵癸甲紀事略》記：「賊各僞王生日，先期進貢院考試，出題如東王九千秋，眞道豈與世道同等語。……東賊爲東試，天

〔註60〕《太平天國起義記》，見中國史學會編《太平天國》第六冊，上海人民出版社 2000 年版，頁 838。
〔註61〕同上，頁 840。
〔註62〕同上，頁 840。
〔註63〕馬積高：《清代學術思想的變遷與文學》，湖南人民出版社 2002 年版，頁 300。

賊爲天試，餘賊仿此。」〔註64〕天試原定洪秀全的生日、後改爲其子的生日，共舉行過10次。定都南京後不久太平天國即內訌不斷，後來諸首領或被殺、或分裂出走，東試、北試約舉行三次，在石達開出走前翼試共舉行了四次。這些科舉考試看起來熱鬧非凡，實則難以選拔眞才。據《避難紀略》記載：「應僞考試之人，初猶令僞鄉官脅從之，……後通文墨者亦應之，甚有生員稟生亦應之。」在杭州，「賊之立僞官也，……庠序之士亦爭出恐後，絳續黃袍，意氣傲睨自得。」〔註65〕但更多資料表明士人並不配合：「其與考之人，多半強逼。考期前數日，賊著僞軍、師各帥要有幾人去考。鄉官聞村鎮有讀書人，必須設法往勸，代爲報名，至期引人城中」〔註66〕，「不從者加以鞭撲」〔註67〕，科舉局面混亂不堪，士人私下寫有不滿太平天國科舉的詩歌，如太平天國癸好三年東王試，來者不及五十人，不得已延期十日，並鳴鉦傳令不應試者斬，屆期應試者並朝官仍不滿三百人，於是有不願而被迫者寫詩道：「不是高攀桂一枝，文章結到盡頭時。功名如我成羊質，軍令驅人入鳳池。廣廈萬千仍有空，才搜三百已無遺。可憐等第分軍旅，珍重三更矮屋思。」〔註68〕又有自傷不得已赴試者詩：「絕少君苗焚硯志，翻同臣朔上書時。文章豈爲科名設，氣節都因衣食移。」〔註69〕

太平天國己未九年（1859），頗思有所作爲的洪仁玕「率天命、主命總攬文衡，韋修試典」〔註70〕，提出「立政任人，揆文奮武，兩科取士之盛，惟在革除凡例。」〔註71〕1861年上《士階條例》，對科舉制度進行改革和調整，試圖釐清前期混亂的開科狀況。遺憾的是業

〔註64〕中國史學會：《太平天國》（第四冊），頁658。
〔註65〕孟峴：《石達開安慶易制眞相》，《文史哲》1962年第3期。
〔註66〕《漏網喁魚集》外一種，中華書局1959年版，頁126。
〔註67〕太平天國歷史博物館編：《太平天國史料叢編簡輯》（四），中華書局1962年版，頁39。
〔註68〕見張德堅：《賊情彙纂·僞科目》，臺北文海出版社1968年版。
〔註69〕見張德堅：《賊情彙纂·雜載》。
〔註70〕中國史學會：《太平天國》（二），頁548。
〔註71〕中國史學會：《太平天國》（二），頁547。

已窮途末路的太平天國再無心思從制度上加以改革和調整,《士階條例》竟成一紙空文。

洪秀全的起義,應該說跟基督教本身或者《勸世良言》並沒有直接的關係,而是由於當時的形勢。道光二十三年（1843）,正是鴉片戰爭失敗與喪權辱國的《南京條約》簽訂後的第二年,外國侵略者的暴行與清朝統治者的腐敗無能使國內形勢混亂不堪,以廣州爲代表的東南沿海人民的反清和反侵略鬥爭風起雲涌,而洪秀全的科場失意點燃了他內心的憤恨不平,使他鋌而走險,加入了革命造反的行列。除他以外,太平天國早期的另一位重要領導人馮雲山,走上造反之路很大程度上也是緣於科場的多次失意〔註72〕。洪秀全族弟洪仁玕也是屢試不第者。歷史在這裏表現出了一種循環,科舉失意導致了士人的揭竿而起,要打破舊的制度。而他們掌握政權後還是忙於開科取士,遵循一切舊的制度運行,這注定了農民起義的必將夭折。將同一時期內洪秀全和曾國藩二人對立著來分析,更易見出兩人思想、行爲上的差異,亦可見出兩人成敗的原因之一端。

二、洪秀全與曾國藩之比較

太平天國領袖洪秀全,自幼深受儒家文化的薰陶,能熟誦《四書》、《五經》及古文多篇,本希望通過科場進入仕宦之途,但接連的不利使他發誓「不考清朝試,不穿清朝衣,要自己開科取士。」而他身邊的太平天國領袖卻多是農民出身,文化水平較低,如總理兵機大政的東王楊秀清不通文墨,「自言『五歲喪父母,養於伯,失學不識字,兄弟莫笑。』丞相等大員也多是文盲,入朝奏事時,「必攜書手入讀奏章」〔註73〕。陳徽在《武昌紀事》中記道:「賊中無讀書練達之人,故所見諸筆墨者,怪誕不經,粗鄙俚俗,此賊一大缺陷。」〔註74〕這樣的一

〔註72〕劉一兵:《反思近代農民戰爭史的研究──以太平天國運動爲例》,
　　　　《福建論壇》2002 年第 1 期,頁 88～92。
〔註73〕中國史學會:《太平天國》（四）,頁 705。
〔註74〕同上,頁 600。

批人建立起來的科舉制度，必然有種種錯漏之處。更加之太平天國科舉本出於實際目的，根本無法集中精力制定一套詳盡嚴密的科舉制度，戎馬倥傯間倉猝草創之制，無法比擬已實行了一千多年的原有制度。結果就不得不對原有舊制加以改革，於是出現了一套四不像的、頗具太平天國特色的科舉制度。

　　太平天國考試分爲縣試、省試、和京試三級，這和明清舊制如出一轍，只是將名詞略加修改。如會試稱京試，此外也大抵如此，縣試考中者稱秀才（莠士）；省試即鄉試，考中者亦稱舉人，或博士、約士；通過這兩項的士人可以參加最高級別的京試，亦即會試、殿試，京試元甲三人，分別是狀元、榜眼和探花；二甲取中者爲翰林，三甲取中者爲進士，二、三甲均無定額。而答題的格式也沒有什麼變化，仍然採用八股文和試帖詩的形式，並且也有嚴格的避諱制度，絕對不容許寫作犯禁詞句。

　　但太平天國對科舉要求極其寬鬆。首先，對應試士子的資格幾無限制，無論何色人都可與試。上至丞相，下至聽使，甚至「倡優、隸卒，取中者即狀元翰林。」〔註75〕其次，考生在下一級考試落榜的，仍可參加上一級考試，考中者也同樣錄取。以往考中的，都可以再考，現有官員，有願意應試的，也可以參加。最後，錄取的比例極高。比如太平天國甲寅四年（1854）湖北的省試，應試者不足千人，便錄取了 800 多；太平天國丁巳七年（1857）安徽各縣試，潛山縣中文秀才 360 名，武秀才 120 名，後僅潛山一縣，在省試中就有 84 人中文舉，武舉 72 人〔註76〕。至於京試，應試者「除不完卷者皆取進」〔註77〕。有些試卷「雖文理悖謬，無不入彀。」這是洪秀全急切地想要寬其資格，誘以仕途，使士心悅服的緣故。這樣文網大張、泥沙俱下的錄取方式，必定使取中者良莠不齊而被人嘲

〔註75〕中國史學會：《太平天國》（三），頁 111。
〔註76〕羅爾綱：《太平天國史》二冊，中華書局 1991 年版，頁 1307。
〔註77〕《太平天國史料叢編簡輯》（四），頁 437。

笑：「應試者……無不獲售，一試而躍爲名士，再試再貢入僞京，不知科場爲誰輩？噫！三吳人文掃地盡也。」〔註78〕也許是自身才幹不足，也許太平天國本身也並未重視對這些人的任用，現已幾乎沒有資料記錄這些被取士人的所作所爲。

太平天國科舉制度的這些特點，跟其領袖洪秀全的思想是分不開的。前文已經論及，洪是有科舉情結之人，他飽受儒家思想教育，當舊有的體系沒有給他一個他認爲應得的榮譽，強烈的反叛使得洪秀全領導的太平軍做出種種令士人側目膽寒的叛逆行爲。自最後一次應試失敗起，洪秀全就將家中一切偶像盡行除去。後來太平軍所到之處，打倒所有的孔廟和孔子像，凡一切孔孟諸子百家經典書籍盡行焚除，不准買賣藏讀，否則問罪，掀起一場焚書坑儒的血雨腥風。但如果仔細分析，就可以看出洪秀全對儒家傳統的暗地眷戀和回歸。其頒布的種種理論，都是糅合了儒家教義的基督教義，用中國儒家典籍中的名詞、術語、典故來解釋基督教教義，拜上帝教就是這樣一個四不像的產兒。洪秀全曾被譽爲「睜眼看世界」的一人，但他對西方的理解與學習止於這樣的皮毛，甚至在後來登上了統治者的寶座之後，愈發倒退回了一個愚昧的封建統治者的地步。歸根結底，洪秀全仍然是一位農民運動的領袖、傳統的封建士人，他對西方文明的理解和接受甚至遠遠及不上改良主義官僚曾國藩。

與洪秀全的人生道路幾乎完全相反，曾國藩是儒家道統堅韌不拔的捍衛者。曾國藩受益於科舉制度頗深，少年得志，27歲入翰林院。他深受湖湘實學的影響，年輕時即慨然有「效法前賢澄清天下之志」〔註79〕，其修齊治平的理想在與洪秀全太平天國的交鋒中終於完整地總結爲不僅要平息戰亂，更重要的是要重建儒家的社會秩序，重歸於禮。在洪秀全忙於搗毀儒家傳統之時，曾國藩對之進行了不遺餘力的批判、并號召天下士人一齊恢復這一傳統，《討粵匪檄》便是這樣一

〔註78〕中國史學會：《太平天國》（五），頁290。
〔註79〕《曾國藩年譜》，嶽麓書社1986年版，頁4～5。

篇理學經世派的戰鬥宣言。檄文堅定的立場和清晰的針對性，加之蒼勁有力的文字，贏得了士人的廣泛擁戴。這邊太平軍「敢將孔孟橫稱妖，經史文章盡日燒」〔註80〕，那邊曾國藩忙於創建書院、刻書印書。為了倡導「文道俱至」，即便在安慶激戰中，曾國藩仍然擠出時間來主持刊行《船山遺書》這部巨著。在序中，他表達了刊刻該書的目的：「蓋聖王所以平物我之情，而息天下之爭。內之莫大於仁，外之莫急於禮。」曾國藩大力推崇船山，正因王夫之所注張載之《正蒙》推重的「文道合一」的理論，可以討論為仁之方，廣大孔孟之道，「以究民物之同原，顯以網羅萬事，彌世亂於無形」〔註81〕，以期明體達用，平息天下紛爭，重建禮樂秩序，這是一個儒者的信仰。

　　曾國藩已經完整地形成了一個「以義理為體、以經濟為用，以船炮製作為『下手工夫』，用以徐圖自強的有關中西文化交流」的理論體系〔註82〕。綜合言之，洪秀全對傳統文化的試圖否定卻深中其毒，與曾國藩對傳統文化的捍衛與超越；洪對待西方先進文明的一知半解和曾的有所警惕卻善加利用，也許注定了他們在戰場上的成與敗。

三、太平天國與詩歌

　　太平天國運動是一場農民起義，出於對貴族文化的強烈不滿和反抗，更為了向普通民眾達到宣傳的目的，洪秀全、楊秀清、洪仁玕和石達開等領袖都要求將詩文進行通俗化的改革。洪仁玕在《戒浮文巧言諭》、《欽定軍次實錄》中多次對傳統的詩文形式發起攻擊，主張廢除八股，採用群眾語言，反對空洞的內容，主張真情實感等，使之言之有物而樸實暢達，從而打動百姓。

　　太平軍眾領袖中，洪秀全是受過正式傳統教育的，但他的一些詩

〔註80〕就洪秀全的思想根源來看，他對儒家傳統的踐踏和焚毀，斯亦可理解為「愛之深，恨之切」歟？
〔註81〕《曾國藩詩文集》文集卷三，頁332。
〔註82〕成曉軍、彭小舟：《洪秀全與曾國藩文化觀之比較研究》，《社會科學輯刊》2002年第1期。

歌基本上傾向於用通俗的形式來啓發和鼓舞民眾。如《誅妖上天詩》：「出仗臨陣須踴躍，同心合力滅妖精。自古怕死就會死，幾多貪生不得生。誅妖上天是好事，永遠榮光傳子孫。」〔註83〕詩中幾乎已經看不到古典詩歌的種種嚴格規定，而更接近於百姓口頭流傳的歌謠。東王楊秀清本為文盲，他在戰鬥中成長、并寫下的詩歌，如《果然忠勇》、《果然英雄》等更是明白如話〔註84〕。

　　洪仁玕學貫中西，是太平天國後期的一位重要領袖，其受教育程度較高，詩歌創作更接近於傳統的古典詩歌作品，文人化痕迹較重。如其在戰爭歲月中寫下的：「船帆如箭鬥狂濤，風力相隨志更豪。海作疆場波列陣，浪翻星月影麾旄。雄驅島嶼飛千里，怒戰貔貅走六鰲。四日凱旋欣奏捷，軍聲十萬尙嘈嘈。」〔註85〕其措辭設韻的嚴格，置於同時詩人之作中幾不可辨。至天京封干王後，爲適應革命形勢的需要，詩風也趨向於通俗，他的《欽定軍次實錄》中曾作詩諷刺嘲風弄月的文人之詩云：「詩家多大話，讀者善荒唐。花柳輕浮句，偏私淺嫩腸。薰陶成僻行，習慣變庸常。學業精於擇，勉哉性理章。」洪仁玕具有改革文學的志向，自身文化修養較高，是太平天國眾領袖中成績突出的一位。但總的來說，太平天國沒有什麼明確的文學主張，並且現在留存下來的太平軍領袖的詩歌作品也未足徵信，如石達開的詩歌多爲僞作，洪秀全的詩歌後期經過重大修改等等。總的來說，近代文學史上沒有太平天國文學的一席之地，洪秀全的詩作從詩歌藝術角度而言十分粗糙，幾乎不能被稱爲「詩歌」，只不過是押韻而易於傳誦的民歌，其中還往往包含腐朽的封建統治思想，無論思想性或藝術性價值都不高。而現在可見的《太平天國詩歌選》、《太平天國歌謠》、

〔註83〕太平天國歷史博物館編：《太平天國詩歌選》，人民出版社1978年版，頁26。

〔註84〕詩收在《天情道理書》中，但對於詩的作者學界存疑。詳見《中國近代文學研究集》，中國文聯出版公司1986年版，頁272～274。

〔註85〕見張鐵寶等著：《太平天國文化》，南京出版社2005年版，頁148。

《太平天國詩文選》一類書籍均出版於建國後不久，由於時代的原因，當時對這場農民起義戰爭充滿了溢美之詞，將太平天國中的詩歌也推到了一個不適當的、極高的地位。事實上，這些「詩歌」並非嚴格意義上的詩歌，應稱爲「民歌」更爲合適，如《報恩歌》：「哥哥去砌報恩碑，妹妹在家做針線；報恩報的忠王恩，針線做的太平衣。」《洪楊到，百姓笑》：「洪楊到，百姓笑，白髮公公放鞭炮，三歲孩童扶馬鞍，鄉里大哥吹角號」等，就完全是民間口口相傳的歌謠形式，惟其如此，才能在百姓間廣爲傳唱，婦孺皆知。

　　太平天國的領袖們文化程度多數比較低，加上太平天國農民起義的特徵，其文學創作面向的受眾是廣大的底層百姓，因此太平天國的文學創作必須走通俗化、民眾化路線。由於這些限制，加之戰事倥傯，太平天國還無法建立或恢復對高雅文化的追求，而這些必將損失掉士夫的擁護。即使不談太平天國對儒教的破壞，單就這些通俗的文學創作而言，也是無法獲得士人的認同的。文學創作對於太平天國只是一種宣傳的工具，而傳統的儒家詩學觀與此卻有很大出入。中國文學的傳統是「言志」，所言的志向乃是「爲天地立心，爲生民立命，爲往聖繼絕學，爲萬世開太平」，這種崇高的志向決定了文學的高貴與神聖。太平天國對文學通俗化的處理粗暴地破壞了這一高貴傳統，因此爲傳統士人所敵視。安徽黟縣黃德華作《紀賊》對太平軍進行辱罵：「何代無盜賊，此賊凶且頑。擢髮罪難數，言之摧心肝。人所異禽獸，尊卑差等明。賊皆呼兄弟，五倫全棄捐。文載道不墜，人心危賴全。賊持耶穌教，荒蔑典墳編。古人有功德，廟祀綿萬年。賊獨不衿式，一炬玉石焚。助徹取民制，賊乃不謂然。民貨皆其貨，民田皆其田。誅求猛如虎，蝗過無稍捐。改字乃侮聖（賊謂三皇五帝皆爲僣，改文王爲文狂，謂爺火華爲天父名，改火爲亮，華爲花，又改聖爲正，國爲國，老爲考，亥爲開，丑爲好，卯爲榮），變時不畏天。峰衙列官使（賊中工匠皆稱將軍，婦女亦有丞相、檢點等官），槐國殊衣冠。

是豈一時災？先聖先民冤。嗚呼誰雪冤？引領望幽燕。」〔註86〕

太平天國癸好三年的東王考試，竟有在考場內肆口謾罵者，該年詩題爲「四海之內有東王」，有廩生作謾罵詩一首，云：

> 四海皆清土，何容此跳梁。人猶思北闕，世竟有東王。
>
> 文武皆尸素，妖魔似犬狂。烽烟連郡邑，戈載遍疆場。
>
> 膽爲紅巾碎，愁隨黑髮長。關心憐姊妹，銜淚別爹娘。
>
> 滅賊全憑向，殃民總是楊。避秦何處好，搔首問斜陽。

該詩充分表現了維護傳統儒教的士人對叛逆者的憤怒，即使可能罹禍也在所不惜，後來該舉子被楊樂清除以極刑〔註87〕。

對於士人而言，古典詩歌無疑才是他們更熟悉和熱愛的對象，在這一點上，曾國藩也更得士人之心。曾國藩的儒家士人立場決定了其對傳統文化的敬愛，他在文學領域所作的努力和取得的成就有目共睹，太平天國在爭取精英階層——士人的幫助方面，無疑是失敗的。

儘管太平天國最終被撲滅，但這種文化追求上的通俗化、民眾化方向卻有一定的積極意義，爲之後歷次的革命運動所借鑒。詩史的雅而俗、俗而雅的運動從來不曾終結，魯迅曾在《門外文談》中指出，文學的變革主要是通過吸取民間及外來的營養而實現。太平天國時的詩歌創作面貌大抵是以這種樸實流暢、近於口語的形式流傳的，這也爲近代詩歌史增添了不同的一頁。

餘　論

自 1840 年鴉片戰爭打響和一系列喪權辱國條約的簽訂，中國由一個閉關鎖國的封建國家變成半封建半殖民地社會，文學也進入了「近代文學」階段，可是這一段又不能稱之爲眞正的「近代」文學，因爲一切尚在萌芽狀態中。龔自珍作爲舊時代的最後一位詩人、同時

〔註86〕黃德華：《瑣尾吟》，《江浙豫皖太平天國史料選編》，江蘇人民出版社 1983 年版，頁 314。

〔註87〕見商衍鎏《清代科舉考試述錄及有關著作》，頁 398。

又是新時代的第一位詩人，以筆挾風雷之勢給詩歌創作帶來了新的曙光。曾國藩靠軍事和文化兩個陣地爲滿清、爲中國傳統儒教勉力維持地位不墮，其詩歌創作基本也是對宋詩的復古和回流。同時的太平天國沒有眞正意義上的文學可言。一切都要等到時代再往前發展，詩界革命的號角才能眞正吹響。

第六章　末世科舉與詩歌突進

　　近代詩歌在詩歌史上的存在是有幾分尷尬的，其獨立的價值似乎向來爲人所忽視，或將之視爲古典詩歌退化的尾巴，或視爲新詩發生前已摒棄的背景。因爲所處特殊時代的緣故，近代詩歌呈現出複雜而瑰麗的面貌，與種種新的文藝思潮的融合、對古典詩歌的繼承與試圖突破、和各種文體乃至外來文化的衝突與雜糅都使近代詩歌呈現出一種過渡期特有的複雜特徵，這跟時代的風雲變幻是密不可分的。清末政局波譎雲詭，新政舊體之間無日不在進行著尖銳的衝突，本章即以科舉制爲切入點，剖析時代種種變遷與詩歌發展的內在聯繫。

第一節　更搜歐亞造新聲 —— 清末新政與詩歌探索

　　自隋代創立科舉制度取代兩漢時期的察舉制，在長達一千多年的時間裏，科舉制一度顯示出了領先於察舉制的優越性，爲封建社會官僚體系選拔了大批人才，維持了各個王朝前後相繼一千年的統治，清代亦然。「有清以科舉爲掄才大典，雖初制多沿明舊，而愼重科名，嚴防弊竇，立法之周，得人之盛，遠軼前代。」〔註1〕但是隨著時代

〔註1〕趙爾巽等撰：《清史稿》，中華書局 1976 年版，第十二冊　卷一○六至

的發展，整個世界的進步，強敵環伺下封建統治幾乎搖搖欲墜，科舉制度也愈來愈顯示出落後腐朽，不得真才，在改良、維新、直至新世界的革命摧枯拉朽的力量下終於土崩瓦解。早在道光三年（1823）先行覺醒的啓蒙者龔自珍第四次會試落第，他深深地感到了壓抑和憤懣，寫下《夜坐》描繪了這個死寂的環境：

> 春夜傷心坐畫屏，不如放眼入青冥。
> 一山突起丘陵妒，萬籟無言帝坐靈。
> 塞上似騰奇女氣，江東久隕少微星。
> 平生不蓄湘累問，喚出姮娥詩與聽。

對這個「摧鋤天下人才」的科舉制度，龔自珍充滿了憎恨與失望；對仍在實行科舉制而舉世皆狂的這個時代，龔自珍敏感到社會危機已經四處潛伏。「斗大明星爛無數，長天一月墜林梢」（《秋心》），正是這個陷落了理想的黑暗社會的寫照。當時的晚清官場卑污，錢能通神，考試中出資倩代現象尤其嚴重。咸豐八年（1858）爆發了有清最大的科場案──順天科場案（又稱「戊午科場案」）。該年復勘試卷「應訊辦查議者」，竟有五十本之多。咸豐帝下令認真研鞫，從嚴懲辦。後發現主、副考官均有舞弊現象。先後受到懲處的官員有 91 人，其中斬決 5 人，遣戍 10 人（後 7 人捐輸贖罪）、革職 7 人、降級調用 16 人，罰俸一年者 38 人，被罰停止參加會試或革去舉人 13 人，2 人死於獄中〔註2〕，大學士柏葰被殺，成為清代、也是中國科舉史上因作弊而被處決的職位最高的官員。殺一卻不能儆百，這樣的現象層出不窮。時近甲午戰爭，科場呈現出前所未有的混亂。

　　另外，清朝統治者一開始便嚴厲打擊的結黨現象不僅未消除，反而愈演愈烈。光緒十九年（1893）九月初一日發生的浙江鄉試周福清舞弊案可資一證。周氏因與浙江考官殷如璋為同年，自認交情匪淺，遂貿然遞條賄賂考官，被革職逮問，處以斬罪〔註3〕。周案之出，被

　　　卷一一九（志）志八十三、選舉三，頁 3149。

〔註2〕王道成：《科舉史話》，中華書局 1988 年版。

〔註3〕後因慈禧太后六旬萬壽慶典「恩赦」，改為斬監候，才幸免一死。見

人譏爲「冬烘」者不在少數，但周福清敢於直接向考官投拜拉攏，可知晚清科黨之弊已很嚴重。

士子出入場屋，但爲「科舉爲利祿之途」，「得之則榮，失之則辱。」〔註4〕一語道中關竅，這才是士人一科一科、前仆後繼、九死不悔之根本所在。科舉又三年一科，「今科失而來科可得，一科復一科，轉瞬而其人已老。」〔註5〕指望著科舉入仕而致身富貴的士子，被困於科場而不自覺，一旦變亂發生，儒生往往缺乏基本的應變能力。早在太平天國運動時期，有感於天下大亂而群儒束手的尷尬局面，年輕的黃遵憲在詩集開篇就吟道：

世儒誦詩書，往往矜爪嘴，昂頭道皇古，抵掌說平治。
上言三代隆，下言百世俟，中言今日亂，痛哭繼流涕。
摹寫車戰圖，胼胝過百紙，手持井田譜，畫地期一試。
古人豈我欺，今昔奈勢異。儒生不出門，勿論當世事。

清代末世，國運式微，有識之士內心充滿憂患，詩人「夜夜登樓望大星」，憂慮「虞淵墜日憂難挽」（康有爲《蘇州臥病寫懷》）。在這樣混亂腐朽的狀況下，科舉已不再是士人心目中的「掄才大典」，其神聖感和嚴肅性都被蔑視。儘管朝廷再三申諭考場紀律，實在難挽混亂局面，加之外患迫近，清廷焦頭爛額之際，既感防不勝防，亦復力不從心。眞正的英雄將從最先覺醒的知識分子中誕生，他們充滿了戰鬥的豪情，對廣大的新世界充滿了探索的欲望，在科場與仕途均屢屢受挫的龔自珍沒有喪失鬥志，看他的《述志詩》：「手握乾坤殺伐權，斬邪留正解民懸。眼通西北江山外，聲振東南日月邊。」已將視野伸展到了更爲廣闊的天地以外。

中國第一歷史檔案館藏《周福清案專卷》光緒二十年刑訟卷。
〔註4〕光緒二十四年四月二十九日（1898年6月17日）宋伯魯請變通科舉褶，國家檔案局明清檔案館編：《戊戌變法檔案史料》，中華書局1958年版，頁215。
〔註5〕馮桂芬：《改科舉議》引饒廷襄語，《校邠廬抗議》，臺灣學海出版社影印本，頁55。

　　鴉片戰爭爆發，中華民族眞正到了生死存亡的關頭，有識之士一一驚醒，他們睜眼看世界、誓解民之倒懸、詩歌創作也走向新生之路，康有爲的《論詩》寫道：「新世瑰奇異境生，更搜歐亞造新聲。深山大澤龍蛇起，瀛海九州雲物驚。」以龔自珍爲代表，清末第一批覺醒的知識分子感到了「器物」層面上的不足，以改良派官僚爲中堅力量、以傳統倫常名教爲原本、輔以諸國富強之術的洋務運動拉開了序幕，一系列新政得以陸續實施。

一、新式教育

　　早在咸豐年間，有鑒於國家門戶洞開，與各國往來之勢，「辦理外國事務」已成必然之勢，「今語言不通，文字難辨，一切隔膜，安望其能妥協？」〔註6〕同治元年（1862）七月，奕訢等奏請在北京設立同文館，聘請英國教士包爾騰（Rev.J.S.Burdon）教授英文。同治二年又增設法文和俄文二館。

　　時代變遷，求取功名的方式也發生了變化。繼京師設立同文館，同治二年正月，江蘇巡撫李鴻章在上海也設立了外國語言文字學館；同治三年廣州將軍瑞麟也在廣州設立同文館，培養八旗子弟翻譯人才。兩館學生均有肄業三年期滿，學有成效，得應鄉試的規定。

　　以上這些嘗試性的改良，開展得都比較順利，到同治五年，奕訢等奏請於同文館內添設天文算學一館，並招收舉、貢與正途出身的五品以下官吏入館學習。

　　以上各地的新學校學生，皆有途徑得以應科舉考試，相應獲得進身之階，這對學生很有意義。其實，自中日甲午戰爭中國戰敗，清廷內外主張變法自強者，莫不以採西學、變科舉、和廣學校爲言。但是大多數維新變革的主張也只知彌縫補苴而已，他們對於科舉和教育的變革，總要落實到給新學堂出身的學生一個功名，以此來誘惑往日埋

〔註6〕《欽差大臣奕訢等奏通籌全局酌擬章程六條褶》，齊思和等編：《第二次鴉片戰爭》第五冊，上海人民出版社1978年版，頁345。

首時文制藝的士子。

同時，自同治末年起，經李鴻章、沈葆楨等人的主持，選派幼童、船政學生和陸軍員弁陸續出洋留學。一百二十名留美幼童中，後來梁敦彥、唐紹儀、梁誠、唐國安、詹天祐等人，在國家政治、外交、教育、工程技藝等方面做出了重大貢獻。此舉開近代中國出國留學之先河，此後留學異域人員大增，足跡遍及歐美、法、德、日本等，對近代詩歌的發展也做出了不可磨滅的貢獻。留學生出身的文學家對後來資產階級民族民主主義革命文學的發生發展起了重大作用，比如王韜、康有為、梁啓超、黃遵憲、秋瑾、鄒容、陳天華、馬君武、蘇曼殊、陳去病、高旭等人，這些最早期的留學生，不僅以啓蒙的民主思想聞名，大部分也都有傳世的文學創作。在留學域外的過程中，他們接觸到先進的科技文化、新鮮的哲學思想和豐富的語言技能，進行了探索性的詩歌創作，同時興起了近代中國的「翻譯熱」，這是中國文學通向世界文學的重要渠道。即以詩歌為例，對外國詩歌充滿了新鮮好奇感的中國詩人嘗試著把它們翻譯過來介紹給國人，良好的古典詩歌修養和外語素質使他們對一首詩歌採取了多彩的翻譯形式，早期的詩歌多採用了四言、五言、七言、騷體等傳統詩歌的形式，便於士大夫們的接受和傳播，如董恂譯威妥瑪《人生頌》：「莫將煩惱著詩篇，百年原如一覺眠。夢短夢長同是夢，獨留真氣滿坤乾。」〔註7〕

就古典詩歌而言，該譯詩雖非佳作，但格律工整，符合傳統詩歌的審美習慣。等到翻譯詩大盛，詩人已不滿足為傳統形式所束縛，紛紛嘗試不同的手法，使同一首原作經翻譯呈現出豐富迷人的面貌，蘇曼殊、馬君武、梁啓超三人同題翻譯作品《哀希臘》就是如此：

蘇譯之一節：

巍巍希臘都，生長奢浮好。情文何斐斐，茶輻思靈保。

征伐和親策，陵夷不自葆。長夏尚滔滔，頹陽照空島。

〔註 7〕錢鍾書：《漢譯第一首英語詩〈人生頌〉及有關二、三事》，《七綴集》，
　　　　三聯書店 2002 年版，頁 133～162。

馬譯之一節：

> 希臘島，希臘島，詩人沙孚安在哉？愛國之詩傳最早。戰
> 爭平和萬千術，其術皆自希臘出。德妻飛布兩英雄，溯源
> 皆是希臘族。吁嗟乎！漫說年年夏日長，萬般銷歇剩斜陽。

梁啓超譯作一節，並加小題為「沉醉東風」：

> ……咳！希臘啊，希臘啊！……
>
> 你本是平和時代的愛嬌，你本是戰爭年代的天驕。
>
> 「撒芷波」歌聲高，女詩人熱情好，更有那「德羅士」、「菲
> 波士」（神名）榮光常照。
>
> 此地是藝文舊壘，技術中潮，即今在否？
>
> 算除卻太陽光線，萬般沒了！〔註8〕

蘇譯為標準的五言詩，措辭典雅，韻律工整；馬譯則是傳統的騷體，
七言為主而參差錯落；梁啓超譯作卻是典型的自由詩，不受字數與句
式的束縛，盡情地抒發內心的情感。雖然留學生掀起的翻譯熱潮要遲
至數十年以後，此時的詩壇主流還是中國傳統士人創作的古典詩歌，
但清末教育制度所作出的嘗試性改革的開創之功不可忽視，新鮮、自
由、富於創意的外國文學的引進漸漸成為近代詩歌中亮麗的一章。

二、實業探索

洋務運動之初，洋務官僚們的實業探索多集中在機器船炮等軍事
防務方面。為鼓勵工匠，仍許以功名出身，建議凡製作工成與夷製無
辨者，賞給舉人，一體會試；出夷製之上者，賞給進士，一體殿試。
「夫國家重科目，中於人心久矣，聰明智巧之士，窮老盡氣，消磨於
時文、試帖、楷書無用之事，又優劣得失無定數，而莫肯從業者，以
上之重之也。今令分其半以從事於製器、尚象之途，優則得，劣則失，
劃然一定，而仍可以得時文、試帖、楷書之賞，夫誰不樂聞！」〔註9〕

〔註8〕 轉引自李繼凱、史志謹：《中國近代詩歌史論》，吉林教育出版社1995
年版，頁29。

〔註9〕 《製洋器議》，馮桂芬，江蘇吳縣人，道光十二年（1832）鄉試中式，
道光二十年（1840）以一甲二名進士及第，授翰林院編修。

　　同樣，眾洋務官僚都意識到了船炮的重要，曾國藩、李鴻章、左宗棠都對洋務運動進行了努力，並設立機器局多處。如曾國藩、李鴻章的江南製造總局，該局於 1868 年造成了第一艘輪船「恬吉」號，曾國藩之子曾紀澤有詩《火輪船》記載該船造成時興奮鼓舞的心情：

　　　　濕霧濃烟障碧空，奔鯨破浪不乘風。

　　　　萬鈞金鐵雙輪裏，千里江山一瞬中。

　　　　島嶼羈氓成僕隸，梯航奇局闢鴻蒙。

　　　　中原指顧殲群盜，借汝揚聲東海東。〔註10〕

除了生產了大量軍火機器，該局還致力於傳播西學。其翻譯館聚集了大批人才，翻譯了大量科技以及政治、經濟、歷史方面的書籍，系統介紹了當時的國際形勢和各國狀況，起到了重要的啓蒙作用。晚清第一代科技人才和工業管理人才也大都是該局培養出來的。

　　左宗棠創立的福州船政是晚清規模最大的專業造船廠，該局的求是堂藝局曾陸續派遣學生赴英、法、德等國家留學。李鴻章後來創立的天津機器局，已具有了部分資本主義的性質。

　　與軍事實業差不多同步的還有實業的商辦企業的興起。早在同治八年（1869），上海一家打鐵作坊成立發昌機器廠，至光緒年間已成爲上海民族機器工業中規模最大的一家。至光緒年間，商辦企業更多。涉及礦業、繅絲、機器、食品、書報等各行各業〔註11〕。其中以狀元出身的張謇興辦實業，對晚清士風大有影響，士人轉而經營工商者也大有人在。

　　晚清改良派的中堅力量是最先睜開眼睛看世界、對西方先進文明有一知半解的地主官僚，這些人是傳統儒家士人中的精英，受傳統的應試教育，由科舉步入仕途，雖然對朝廷的昏聵腐敗感到不滿，但最多也就是感覺器物的不足，洋務運動也就是對器物層面的改革。而洋務運動的方面大臣多是傳統文化的優秀繼承者，多能寫作古典詩歌，

〔註10〕曾紀澤：《曾紀澤遺集》，嶽麓書社 1983 年版，頁 250。

〔註11〕南炳文、白新良主編：《清史紀事本末》卷八，上海大學出版社 2006 年版，頁 2889～2896。

可貴的就是他們詩歌中出現了啓蒙的光彩。1868 年，鄉試未中選的黃遵憲遭遇了科舉道路上的第一次挫折，這激發了他對八股取士的不滿，寫作《雜感》六首，批判這一僵化的取士制度。此時的黃遵憲還只是一個意氣奮發、自視甚高的年輕詩人，科舉的挫折反而激發出了他無窮的勇氣。這階段的詩論主題是詩中有我，反對尊古，提倡創新。《雜感》詩云：「我手寫吾口，古豈能拘牽。即今流俗語，我若登簡編，五千年後人，驚爲古爛斑。」強調語言的手口一致，同時標舉「我」的重要，該詩迸發出自由的光彩，成爲新詩運動的前奏。

　　光緒二年（1876），黃遵憲通過科舉，選拔爲使日參贊，這是他一生政治生涯的開端。1877 至 1894 年間，黃遵憲曾出使日本、美國、新加坡等地，見證了與中國迥然不同的海外風情，從而也使他創作出了最爲人所矚目的一批詩歌——「新派詩」，寫新思想、新事物、新意境。這種「新派詩」的內容，他自己曾作總結：「其述事也，舉今日之官書、會典、方言、俗語，以及古人未有之物，未闢之境，耳目所歷，皆筆而書之。」〔註12〕長期遊歷海外的生活使他所記錄下來的耳目所歷，給國內詩人極其強烈的衝擊，反而無人去理會其中鎔鑄的「舊風格」。黃遵憲出使日本所著的《日本雜事詩》，初版收詩 154 首，俱加以小注，剛一面世即引起極爲強烈的反響，很快便有了多種翻刻本。而黃遵憲同日本友人談到：「敝邦人見之，以爲見所未見，書（詩）之工拙，不暇問也。」

　　他的別離詩，寫火車、寫電報、寫照片，無不引起強烈的反響，比如他深得陳三立推崇，以爲是「以至思而抒通情，以新事而含舊格，質古淵茂，隱惻纏綿，蓋闢古人未有之境，爲今人不可少之詩」〔註13〕的《今別離》：

　　　　開函喜動色，分明是君容。自君鏡奩來，入妾懷袖中。

〔註12〕黃遵憲：《人境廬詩草自序》，見陳錚編：《黃遵憲全集》，中華書局
　　　　2005 年版，頁 68。
〔註13〕陳三立：《人境廬詩草手抄本眉批》，見錢仲聯：《人境廬詩草箋注》，
　　　　上海古籍出版社 1981 年版。

臨行剪中衣，是妾親手縫。肥瘦妾自思，今昔得毋同？
自別思見君，情如春酒濃。今日見君面，仍覺心忡忡。
攬鏡妾自照，顏色桃花紅。開篋持贈君，如與君相逢。
妾有釵插鬢，君有襟當胸。雙懸可憐影，汝我長相從。
雖則長相從，別恨終無窮。對面不解語，若隔山萬重。
自非夢來往，密意何由通。

詩中最引人注目的無過於使用了「照片」這一當時還很爲人所罕見的意象，但是細究之下，該詩仍是中國士夫慣用的擬代手法，以婉約纏綿之筆觸，代思婦寫閨怨。正如劉若愚先生所說：「中國詩特別是晚期的詩，在主題或個人用語上，往往不是獨創性的。」〔註14〕受傳統教育的士人、尤其在歷科舉、入仕途之後，對傳統有了更深的依戀，他們與傳統之間有割不斷的聯繫，「復古」是「求新」中不可或缺的靈魂。作爲一個得風氣之先的傳統士夫文人，黃遵憲對詩界的「失比興之義，無興觀群怨之旨」頗不以爲然，而對融新入古情有獨鍾，他曾在《人境廬詩草》中反覆申述復古之義：「一曰，復古人比興之體；一曰，以單行之神，運排偶之體；一曰，取離騷樂府之神理而不息其貌；一曰，用古文家伸縮離和之法以入詩。」〔註15〕

　　與此同時，後來變法維新的鬥士如梁啓超者，已經開始了對近代文明的摸索，由於認識也只是停留在「器物上感覺不足」之階段，他們對近代文學的探索正是他們從事「新學之詩」的創作階段：「蓋當時所謂新詩者，頗喜撦扯新名詞以自表異。丙申丁酉間，吾黨數子皆好作此體，提倡之者爲夏穗卿，而復生亦慕嗜之。……苟非當時同學者，斷無從索解。……當時吾輩方沉醉於宗教，……乃至相約以作詩非經典語不用，所謂經典者，普指佛孔耶三教之經。故《新約》字面，絡繹筆端焉」〔註16〕，「夏穗卿、譚復生，皆善選新語句，其語句則

〔註14〕劉若愚：《中國詩學》，韓鐵椿等譯，長江文藝出版社1991年版，頁184。
〔註15〕黃遵憲：《人境廬詩草自序》，《黃遵憲全集》，頁69。
〔註16〕梁啓超：《飲冰室詩話》。

經子生澀語、佛典語、歐洲語雜用，頗錯落可喜，然已不備詩家之資格……（復生）晚年屢有所爲，皆用此新體甚自喜之，然已漸成七字句之語錄，不甚肖詩矣。」〔註17〕

「新詩」的代表作如譚嗣同的《金陵聽說法》：「而爲上首普觀察，承佛威神說偈言。一任法田賣人子，獨從性海救靈魂。綱倫慘以喀私德，法會盛於巴力門。大地山河今領取，庵摩羅果掌中論。」其中，「賣人子」一典取自《新約‧路加福音》；喀私德爲英語 Caste 的譯音，用來指印度封建社會中把人分爲幾種等級的種姓制度；巴力門爲英語 Parliament 的譯音，指英國議會；法田、性海、庵摩羅果，均爲佛家語，果然充斥著「經子生澀語、佛典語、歐洲語」，使人讀不成句讀，更無法解。夏曾佑的詩與譚嗣同類似，如他的《絕句》詩以冰期、巴別塔等地質學名詞及《舊約》中的神話入詩。譚、夏等人創作這類「新學之詩」或「新詩」，本意在開闢詩歌語言的新源泉，但卻使詩歌的語言源泉更爲狹窄，寫出來的作品完全沒有藝術性，也無法爲普通人所理解，連梁啓超後來也認識到「此類之詩，當時沾沾自喜，然必非詩之佳者，無俟言也。」〔註18〕「新學之詩」成爲近代詩歌走上歷史舞臺之初的不成功的產物，其詩晦澀難懂，但是畢竟給古典詩歌在近代的探索與突破做出了開拓之功。

第二節　新舊文章兩不如——光緒經濟特科

一、開科曲折

前文在論述康熙十八年（1679）己未博學鴻儒科時已有說明，歷代特科之開，都是因爲朝廷出於某種特殊需要。清代共開三次特科，全都符合這樣的特徵。到了晚清末年，時局艱危，開特科以拔擢人才應付難題成爲重要舉措，尤其是光緒年間的經濟特科成爲晚清科舉之

〔註17〕梁啓超：《夏威夷遊記》，同上頁 325。
〔註18〕梁啓超：《飲冰室詩話》。

重要一章。除此以外，清末也曾兩議再開博學鴻詞科。

　　一次是道光三十年，候補京堂張錫庚請復開博學鴻詞科以儲人才，禮部議以「非當務之急」而駁回〔註19〕；光緒三十四年，御史俾壽再請特開制科，政務處以孝廉方正、直言極諫兩科皆無實際，惟博學鴻詞科，康、乾兩次舉行，現今文學漸微，亟宜保存國粹，下令准行。薦舉詔下，各省方徵召耆儒碩彥，湖南舉人王闓運被薦授翰林院檢討，江蘇、安徽相繼薦舉王耕心、孫葆田、程朝儀、吳傳綺、姚永樸、姚永概、馮澄等，學部議諸人覃研經史，合於詞科之選，俟議定章程再行考試。但不久光緒帝崩，遂寢其議。以上兩科或議而不准，或遷延拖沓，皆由於「非當務之急」或非關實際，但光緒朝「經濟特科」卻是緊貼實際、推行新政的重要制科，其開科過程中許多重大關節，不止對當時、對後來的時局也發生了重大影響。

　　清末時局的艱難困頓、混亂窘迫，是中華數千年歷史所無，內憂外患不斷、再加上新政的促進，連慈禧都感到了變法的必要。史載庚子年「京師構亂，乘輿播遷。兩宮怵於時局阽危，亟思破格求才，以資治理。（光緒）二十七年，皇太后詔舉經濟特科，……有志慮忠純、規模閎遠、學問淹通、洞達中外者，悉心延攬。」〔註20〕

　　有鑒於科舉不能選拔真才，有識之士亟思改革。限於眼界，尚不能發出「廢除科舉」這樣的言論，但是特開一科以待真才屢被人提及，如光緒元年（1875）薛福成應詔陳言，謂「今欲人才之奮起，必使聰明才杰之士沿求時務而後可。」因此建議於現行科目之外「另設一科，飭令內外大臣各舉所知」，以備錄用〔註21〕。當時人士多有此論，直至1897年10月，時任貴州學政的嚴修在《奏請設專科以收實用折》中首次提出開經濟特科，招納這樣幾種人才，一是周知天下郡國利病者，二是熟諳中外交涉事宜者，三為算學譯學擅長者，四為格致製造

〔註19〕趙爾巽等撰：《清史稿・選舉三》，頁3178。
〔註20〕《清史稿・選舉三》，頁3178。
〔註21〕薛福成：《應詔陳言》，《庸庵內外編》，《文編》卷一。

能創新法者，或堪遊歷之選，或工測繪之長等。並提出立經濟專名與普通科舉相別，由京官四品以上、外官三品以上及各省學臣核實保送，不限京官外官、未仕已仕一體考試〔註22〕。

1898 年 1 月 27 日，上諭開經濟特科。此時八股科舉未廢，舉行經濟特科不過稍新耳目而已。6 月 11 日，維新變法開始。維新人士以極大的熱情投入到經濟特科中去，張之洞與倉場侍郎李端棻「首舉數十人，自是舉者紛起，才智之士漸進矣。」〔註23〕7 月 13 日，《特科章程六條》制定了考試細則，隨後開始保薦人才。這次被保舉的人才，大多具有維新思想。如康有為、梁啓超、梁士詒、嚴復、鄭孝胥、鍾天緯黃鳳岐、姚文棟、華衡芳、陳慶年、鄒代鈞、楊銳、唐才常、於式枚、壽富等。然而不久後戊戌政變發生，10 月 9 日慈禧太后發出懿旨：「經濟特科易滋流弊，並著即行停罷。」經濟特科經議論八月餘未舉而夭，徵士們黯然離京。

隨著經濟特科的流產，徵士們的命運轉為黯淡，他們被視為異類、屢遭排擠，或擯棄、或遠竄、或被禁錮終身、甚至倉猝臨刑。如徵士之一的黃鳳岐，就被擯棄終身。清末多事之秋，黃鳳岐「兼資文武」，各省督撫仍爭相奏調，委以艱巨任務，任務既成，即行解職，故「每到一省，無三年淹」。如光緒二十八年（1902），雲貴總督「委署開七府，……汪務七月到任，十一月辭職」。三十一年（1905），廣西巡撫李經羲「委署百色廳……九月委署太平府。三十二年十一月奉令卸任。」〔註24〕黃風岐本於二十四年（1898）經「吏部核准，以同知補用知府，發往河南候呈，戊戌變法後，因被舉經濟特科之嫌，始終不予眞除。

在經過八國聯軍侵略戰爭後，慈禧攜光緒帝倉皇出逃，狼狽惶

〔註22〕嚴修自訂，高淩雯補，嚴仁曾增編：《嚴修年譜》，齊魯書社 1990 年版，頁 101。
〔註23〕梁啓超：《戊戌政變記》，中華書局 1954 年版，頁 33。
〔註24〕仇文龍：《黃鳳岐與經濟特科》，《益陽師專學報》1994 年 03 月。

惶，乃思變法以自振。光緒二十七年（1901）1 月 29 日，上諭宣稱變法、行新政。並於 6 月 3 日宣布重開經濟特科。

　　1902 年 4 月，政務處通知被薦人員在臘月前齊集京師以備應試，同時制定了《考試章程七條》規定：經濟特科與古賢良方正直言極諫相等，士先器識而後文藝，自應以行己為先，以志慮忠純物望素孚為斷，凡所薦舉均許察明素行廉正不乾清議；京官五品以下、外官四品以下已仕未仕舉貢生監布衣一體准其保送；人員任用恭候聖裁；特科分試兩場，以便各盡所長；特科仿殿試舊章辦理；特科試史事論內政外交策；字畫無庸刻意求工，准添注塗改等〔註25〕。與常科相比，對經濟科薦士的要求確實放寬不少，可見清廷求賢心切。

二、人才舉薦

　　1902 年，朝廷再次下詔薦舉，然而前次徵士的陰影還留在大臣心中，截至章程制定已近一年，只有廣西巡撫黃槐森舉薦一人，安徽巡撫王之春舉薦四人而已。1902 年 11 月，上諭再令大臣繼續保薦。直至經濟特科開科前，各地方始陸續舉薦。甚至最終直隸總督袁世凱、閩浙總督許應騤也未舉薦一人。縱觀有清歷代特科徵士之舉薦，可見二百多年人心之離散。康熙間群臣薦賢踴躍，但士人囿於滿漢之分，多不願出。雍正十一年再開詞科時，內外臣工的觀望遷延更多的是因為雍正年間恐怖高壓的統治政策所致，大臣惟恐舉薦不當，反招禍事。光緒年間的經濟特科，大臣的遷延更多地具有意圖阻撓的動機，可以見出推行新政的阻力最大，而時至清末，皇帝對臣下的束縛力漸漸鬆弛，有無力御下之嫌。另外，這次經濟特科開科時舉國維新，因而徵士也帶有強烈的、不同於前代的色彩，如各家徵士多與新政有關，或辦報辦刊〔註26〕、或曾出國留洋〔註27〕、或為新式學堂的學員等。

〔註25〕鄧實輯：《光緒壬寅政藝叢書》，政書通輯卷三，臺北文海出版社。
〔註26〕李寶嘉以《遊戲報》創辦人的身份被薦，并被非議為猥鄙穢褻，「凡鄙之人濫竽充數」，不當被薦。見中國第一歷史檔案館藏：《會議政務處全宗檔案》案卷號 14。可見當時求人才救國，仍不忘德行第一。

三、應試及遴選

特科於 1903 年 7 月 10 日舉行。政務處議定考試之制如廷試例，第一場爲正場，錄取者再行復試。均試以論一篇、策一道。題爲「大戴禮保保其身體、傅傅之德義、師導之教訓，與近世各國學校體育德育智育同義論」、「漢武帝造白金爲幣，分爲三品，當錢多少各有定直；其後白金漸賤，錢制亦屢更，竟未通行。宜用何術整齊之策」。後保和殿復試，首題「周禮農工商諸政各有專官論」，次題「桓寬言外國之物外流而利不外泄，則國用饒民用給。今欲異物外流而利不外泄，其道何由策」，都是跟國計民生息息相關的題目。

此次舉薦共計有三四百人之多，但只有 186 人參加考試，很多被薦者力辭不就，「傳聞經濟特科現經政府議定，取額極窄，刻下已經投到人員，皆有不願應考矣，至詞林部曹各員，則大半皆不應試，蓋因政府於此舉甚不重視云。」〔註 28〕有人名列薦剡，甫抵京師即去，有人紛紛於日內請病假，不肯赴考。另有很多人不過虛應故事。如陳衍經張之洞兩次催促方勉強應試，在填寫履歷時，「本應寫議敘知縣，因聞知縣當以道府用，不願爲外官，只寫舉人」，「違式」落選後，「告家人云，吾平生所遭，每同塞翁失馬，即同此次應徵，以徇廣雅之期望，勉強就試，試而不取，不可謂非辱，幸違式不閱，非戰之罪矣。設不幸而取，又用知縣，則吾所因有而不爲者也，豈不冤哉！」〔註 29〕而張一麐「甲午而後三次迴避，無路進身，揭債入都，姑妄一試」〔註 30〕，看來並非眞正關心新政者，不過謀一出路而已。

〔註 27〕羅振玉 1902 年曾去日本考察，不僅自己被薦，隨同之陳同成、陳毅、胡均、左全孝、田吳照也均被薦。

〔註 28〕《大公報》7 月 2 日「事實要聞」，見《歷代科舉文獻整理與研究叢刊》01 冊《歷代制舉史料彙編》武漢大學出版社 2009 年版，頁 789。

〔註 29〕陳聲暨編，王眞續編，葉長青補訂：《石遺先生年譜》，卷四，1933 年刊本，頁 20～21。

〔註 30〕張一麐：《心太平室集·古紅梅閣筆記》，民國三十六年版，頁 34。

　　事實上朝廷對這次經濟特科的重視程度有限，因為政府也並非眞的關心新政，反而對積極維新人士忌諱甚多。當時全國也還未足夠開放，有維新思想的士人只是極少的一部分，所以很多被薦者不願應試，還有部分應試者並不關心新政，對試題無法理解。如首場第二題：「漢武帝造白金為幣，分為三品，當錢多少各有定直；其後白金漸賤，錢制亦屢更，竟未通行。宜用何術整齊之策」，朝廷本意在聽取士人對於貨幣財政政策的改革意見，但劉體仁的答卷答非所云，該文寫道：「皇上不以臣等為不肖，問以整齊之策。臣愚以為為今之計，惟有多設銀元局，先鑄銀元。……」〔註31〕該徵士認為錢不夠，則多鑄銀元可以解決，對財政政策、國際流通等知識的無知可見一端。

四、特科之結局

　　兩次特科之開，有改良意識的官僚和士人均報以了極大的熱忱。張之洞共寫了 15 首紀事詩，能夠主持衡文選才，張之洞賦詩：「國勢須憑傑士扶，大科非比選鴻儒。阮文兆武吾何敢，忠孝專求鄭毅夫。」〔註32〕表達了惓惓報國之心。但是朝廷對此並不在意，甚至有中途再度取消的念頭，是因為張之洞面奏「此事中外注目，若半途輒止，貽笑外人」〔註33〕而不得已繼續敷衍下去，因此後來虎頭蛇尾、草草收場。不僅如此，清廷對眞心關心新政的進步人士反而諸多忌憚，如剛從日本留學歸來的楊度，一直關心教育財政等方面的革新，宋育仁在戊戌時就是活躍分子。等到正場結束，二人皆位於一等前五名，復試卻被無故黜落。

　　和楊、宋二人一樣踴躍與試的維新人士多有此遭遇。冒廣生曾被某閱卷大臣擬為一等，卻因卷中有「盧梭」二字被忌憚民權的張之洞黜落。回顧康熙十八年的博學鴻儒科考試，與試者每有違規犯禁之

〔註31〕見《歷代科舉文獻整理與研究叢刊》01 冊《歷代制舉史料彙編》，頁627。
〔註32〕同上，頁 799。
〔註33〕《大公報》7 月 2 日「事實要聞」，見《歷代制舉史料彙編》，頁 789。

處，都被朝廷寬容以待。最嚴重的無如施閏章的《省耕詩》，結尾出現了「清夷」二字，作者的原意是指清平，但是「滿清」之「清」與「夷」這一對少數民族的蔑稱聯繫在一起，其指向性不言而喻，換成清初以外的任何一個時期恐怕都是一場血雨腥風，但是當時環境比較寬鬆，施閏章仍以一等入選。這次的經濟特科，朝廷打著維新求賢的旗號，其實不過虛應故事，反失士人之心。試後，被黜落的冒廣生約程子大、陳士可（名毅）、易由甫、暨陳石遺、曾重伯（名廣鈞）、王伯諒（名鎣）、魏允恭等頭場被放者飲集酒樓，賦詩發抒牢騷不平。冒鶴亭先生作《蓬門》二首，詩云：

> 蓬門兩度逮徵車，早歲聲華幼帝除。
>
> 家國頻煩金市駿，功名蹭蹬木求魚。（其一）
>
> 參軍蠻語公毋怒，令僕人才我不如。
>
> 從此玄亭甘寂寞，料無人讀子雲書。（其二）

易由甫和韻，有句云「艱難身世都無補，新舊文章兩不如。」冒鶴亭歸鄉後又作《制科報罷呈李侍郎》：

> 夢覺艎筏一惘然，蓬萊風好忽回船。
>
> 籠中病鶴何能舞，櫪下疲駑竟不前。
>
> 三策賢良虛問世，九州荒誕誤談天。
>
> 張華便說知神物，不及周家柱史賢。

詩中所充滿的失意牢騷，表現了這些得風氣之先的維新士人，在朝廷殊無誠意開特科之後所受的挫敗感，那種進退失據的窘迫更甚往日〔註34〕。

前後周折兩年多時間的經濟特科，最後只錄取了27人，並且授職低微。其京職外任，僅就原階略予升敘，舉貢用知縣州佐，與「康乾時詞科優遇迥不如矣」〔註35〕。一等一名袁嘉穀以致被目為「假狀元」〔註

〔註34〕冒蘇懷：《冒鶴亭先生年譜》，學林出版社1998年版，頁134～136。

〔註35〕商衍鎏：《清代科舉考試述錄及有關著作》，頁176。

〔註36〕羅養儒撰，王樵等點校：《雲南掌故》，雲南民族出版社1996年版，頁571。

36〕。第二名張一麐發往直隸以知縣補用，百無聊賴而入袁世凱幕。連張之洞身爲閱卷官，都感覺「悶悶」。梁士詒認爲，清廷之開經濟特科，其用意「本在塗飾耳目，初無側席求賢之眞意。」〔註37〕這樣看來，經濟特科對於維新士人，不是激賞鼓勵，倒起了打擊挫傷的反作用。

關於清代幾次特科，歷來褒貶評價不一。康熙己未年博學鴻儒科，時人後人均評價甚高。雖然前明遺民對之有牴觸情緒，但清廷當時禮賢下士、虛心籠絡的姿態確實收拾了人心不少，況且己未科也確實網羅了大量人才；至乾隆丙辰博學鴻詞科，時論已不如前代之高；至於光緒經濟特科，論者咸以爲虛應故事而已，不能籠絡眞才。戊戌年吳汝綸就認爲：「但余時文而用策論，知二五而不知十，策論不足取才，與時文等爾……雖經濟科、常科，亦恐無益處。狙公賦芧，朝三怒而暮四喜，良可憫也。」〔註38〕最後，該科被人認爲「最失士心」〔註39〕。從清代幾次制科的徵召，可以清晰地看見士人對朝廷之間的離與合，看見國家如何從亂到治、又轉盛入衰的過程。

第三節　兩千年未有之大變局 —— 廢科舉與詩界革命

一、戊戌政變與八股之廢

前期曾國藩、李鴻章、張之洞等官僚改良派已經進行了難能可貴的探索和嘗試，然而事實證明，他們因爲自身無法克服的局限性，最終無法挽狂瀾於既倒。繼他們而起的，是以康有爲、梁啓超爲代表的改良主義維新派。他們超越了僅僅「師夷長技」的階段，上升到了制度的層面，因爲看到了西方制度上的先進性，維新派懷抱滿腔熱情地呼喚變法

〔註37〕鳳岡及門弟子編：《三水梁燕孫先生年譜》，轉引自《歷代制舉史料彙編》，頁799。

〔註38〕徐壽凱等校點：《吳汝綸尺牘》，黃山書社1990年版，頁132，吳汝綸致周玉山的信。

〔註39〕冒廣生：《癸卯大科記》，《如皋冒氏叢書》，1917年刊本。

維新。變法的重點之一，就是對科舉的改革。科舉這種古老的選士制度在中國已實行一千多年，是讀書人由士入仕的自然通道。但是隨著時代的衰朽，這項陳舊的取士制度已經到了不得不改的地步，即以八股言，自誕生之日起就爭議不斷，清末更是成爲了眾矢之的。

所謂八股者，每篇由破題、承題、起講、入手、起股、中股、後股、束股八部分組成，出題只能源於儒家經典，答題只能代聖賢立言，不能發揮個人見解。其文構造之繁瑣複雜，今人多已模糊，商衍鎏先生曾總結清代八股文單破題之法，就有所謂明破、暗破、順破、逆破、正破、反破、分破、對破之別，又有長題之破貴簡括，搭題之破貴渾融，大題之破貴冠冕，小題之破貴靈巧等訣竅。破題之後有承題，承題又有多種法門，再然後起講，起、承、轉、合，或由正而反，或由反而正，意要分明，單行中仍用排語，亦有散行而渾寫者等等，其命題立意、謀篇布局、遣詞造句均有無數規則，將應試者牢牢束縛於程序之中〔註40〕。

實行科舉之一千多年以來，幾人不經科場沉浮？個性飛揚恣肆如龔自珍，其應試之作氣格醇簡，蓋不得已而「俯就繩尺矣」〔註41〕。八股的弊端士人都體味頗深，雖然囿於認識能力有限，士人的批評很少上升到科舉制度的層面上，但對八股時文的批判，數量既多，力度且巨。尤其是每一朝危急存亡時刻，士人的憤怒常常傾瀉無遺。

顧炎武困頓科場十四年，個中辛酸嘗遍，因有云：「八股之害，等於焚書，而敗壞人才，有甚於咸陽之郊，所坑者但四百六十餘人也。」〔註42〕黃宗羲不僅批判八股，將矛頭更指向了舉業本身：「舉業盛而聖學亡，舉業之士亦知其非聖學也，第以仕宦之途奇迹焉爾！」〔註43〕

〔註40〕詳見商衍鎏：《清代科舉考試述錄及有關著作》，頁 244～260。
〔註41〕徐珂：《清稗類鈔》第二冊，中華書局 1984 年版，頁 667。
〔註42〕顧炎武著、陳垣校注：《日知錄校注》卷十六，安徽大學出版社 2007 年版，頁 913。
〔註43〕黃宗羲：《惲仲升文集序》，《黃宗羲全集》第十冊，頁 4。

　　至於取士方法，顧炎武認爲「請用辟舉之法，而並存生儒之制，……天下之人，無問其生員與否，皆得舉而薦之於朝廷，則取士之方，不恃諸生之一途而已也。」〔註44〕黃宗羲也認爲考試當予薦舉並舉，並將今日考試之命題、場次、答卷、評閱、錄取等皆加以變革〔註45〕。顧、黃建議恢復辟舉之法，這無疑是一種歷史的倒退，但是明末清初，時局混亂，沒有新思想的指引，無法有更高明的見解。

　　整個清代，關於八股存廢的討論頗激烈。早在康熙二年（1663）八月，禮部就曾遵旨議覆鄉會考試，停止八股文，改用策論表判：「鄉會兩試，頭場策五篇，二場用四書本經題，作論各一篇，表一篇，判五道。以甲辰科爲始。」〔註46〕但是康熙四年（1665），禮部右侍郎黃機上疏反對，於是七年（1668）再下詔恢復八股取士。

　　至雍正七年（1729），御史李元直用秘密奏摺請皇上更定取士之法：「衡之以八股時文，而望其爲忠臣、爲良吏，此所取與所需者相左也。」蓋因科舉有「不可勝言」的弊病，李元直列舉了五類：關節、擬題、倩代、夾帶和抄襲。乾隆三年（1738）兵部侍郎舒赫德奏請廢除科舉，認爲科舉已非良法，請「別思所以遴拔眞才實學之道。」〔註47〕列舉了八股時文四大弊端：一，時文空言無實用；二，輾轉抄襲、膚詞詭說、蔓衍支離，皆爲苟取科第；三，擬題之弊，士子不通經；四，考試表、判、策，然而士子預擬表、判，策論只敷衍而無發明。

　　舒赫德的奏議被交禮部議覆，後答以「應無庸議」。張廷玉駁舒赫德奏議道：「且夫時藝取士，自明至今殆四百年，人知其弊而守之不變者，非不欲變，誠以變之而未有良法美意以善其後。」張廷玉的言論顯得有幾分無奈，顯然他對時藝取士的弊端知之甚深，但是面對

〔註44〕顧炎武：《生員論》，《亭林文集》卷一。
〔註45〕黃宗羲：《南雷文約》卷三《科舉》。
〔註46〕《清實錄・聖祖仁皇帝實錄》，卷九。
〔註47〕趙爾巽等：《清史稿・選舉三》，頁3150。

已實行了四百年的取士之法，欲變而無良策。

　　對八股文章和科舉取士制度批判得最為深刻的，莫過於吳敬梓的《儒林外史》。吳敬梓的批判精神一直傳至曾孫清末金和。金和少負才名，卻因科考「終不求合程序」，而致「擯棄終身」，或教書，或為幕客，潦倒以終。金和對乃祖的《儒林外史》浸淫既久，還寫過一篇極有史料價值的《儒林外史跋》，也繼承了吳敬梓對封建科舉的洞察和蔑視。早在年輕時代，就寫過一首《題陽湖孫竹庥廷鑅詩稿》：「盡數寫六書，只此數萬字。中所不熟悉，十復得三四。循環堆垛之，文章畢能事。苟可聊貫者，古人肯唾棄。而以遺後人，使得逞妍祕。操觚及今日，談亦何容易。……」〔註48〕對耗費士人心力，循環堆垛的八股文表達了深深的憤懣憎惡。黃遵憲 20 歲時鄉試落第，在科舉道路上首次受挫，就寫下了雜感批判八股考試制度：

> 吁嗟制藝興，今亦五百載。世儒習固然，老死不知悔。
> 精力疲丹鉛，虛榮逐冠蓋。勞勞數行中，鼎鼎百年內。
> 束髮受書始，即已縛杻械。英雄盡入彀，帝王心始快。
> 豈知流寇亂，翻出耰鋤輩。誦經賊不避，清談兵既潰。
> 儒生用口擊，　國勢幾中殆。從古禍患來，每在思慮外。
> 三代學校亡，空使人材壞。謂開明經科，所得學究耳。
> 謂開制策科，亦祇策士氣。謂開詞賦科，浮華益無恥。
> 持較今世文，未易遽軒輊。〔註49〕

詩人對八股取士制度有入木三分的揭露，認為「到此法不變，終難興英賢。」（《述懷再呈靄人樵野丈》）認為科舉制度不得不改。

　　光緒二十四年（1898）風起雲涌，內外大臣紛紛上書請廢八股，四月御史楊深秀奏請釐定文體，不用「八股庸濫之格、講章陳腐之言」〔註50〕。康有為、梁啟超作為改良主義維新派，心繫社稷，這一時期

〔註48〕金和：《秋蟪吟館詩鈔》卷一然灰集，民國五年刻本。
〔註49〕黃遵憲：《雜感》之四，《人境廬詩草》卷一，見《黃遵憲全集》，頁75。
〔註50〕《清實錄・德宗景實錄》卷三八二、三九〇、四一四、四一八，各該年月日下。

的作品，迫切呼喚改革維新：「海水夜嘯黑風獵，杜鵑啼血秋山裂。
虎豹猙獰守九關，帝闇沉沉叫不得！」（康有爲《乙丑上書不達出都》）
康、梁改革維新最大目標之一即爲科舉，先後數次上書，其《公車上
書請變通科舉褶》，以激烈的言論抨擊科舉制度。至五月初五日（6
月23日），德宗遂下詔「自下科爲始，鄉、會試及生童歲、科各試，
向用四書文者，一律改試策論。」〔註51〕八股既停，試帖詩、賦皆因
雕蟲藻繪，不適於用，而於七月初三日（8月19日）廢止。廢詩賦
後，規定亦不憑楷法取士，科舉改革獲得了極大的成功。戊戌維新得
到了士人極大的熱情擁護，「三詔嚴催倍道馳，霸朝一集感恩知。病
中急讀維新詔，身恨鋒車就召遲。」（黃遵憲《己亥雜詩》，《人境廬
詩草》卷九）當時的維新官員莫不是懷有這種知遇感恩、立志將積貧
積弱的舊中國改良的急迫心情。但無奈傳統保守勢力過於強大，僅僅
百日之後，戊戌變法因八月初六日（9月21日）政變發作而夭折。
戊戌維新是近代史上最引人注目的事件之一，改良派、維新派、保守
派等各方勢力尖銳衝突的同時也激起了詩壇的風起雲涌。政變的中心
人物——「六君子」，就用他們的鮮血書寫成了壯麗詩篇，在晚清詩
歌史留下了濃墨重彩的一頁。

　　「六君子」皆能詩，也許因爲犧牲時年紀尚輕，他們的思想和詩
藝都未足夠成熟，但是僅憑其一腔赤誠的愛國之情、視死如歸的英雄
氣概，便足以使他們的詩作留存青史。在眾人詩歌中，一個共同的主
題便是傷時感事、愛國反帝。譚嗣同僅憑一首《獄中題壁》：「望門投
止思張儉，忍死須與待杜根。我自橫刀向天笑，去留肝膽兩崑崙」便
足照耀千古。

　　劉光第存詩678首，多憤世報國之志，梁啓超謂其「性端重敦篤，
不苟言笑，志節嶄然。博學能文詩，善書法，詩在韓、杜之間，書學
魯公，氣骨森疏嚴整，肖其爲人。」〔註52〕其詩如組詩《雜詩二十首》，

〔註51〕《清實錄‧德宗景實錄》卷四一九、四二○、四二三。
〔註52〕梁啓超：《戊戌政變記‧劉光第傳》，見《劉光第集》，中華書局1986
　　　　年版，頁436。

首首不離國事殷憂，首首壯言爲國，敢付此大好頭顱。如其一：「我欲扶燭龍，銜火照陰邪。九關逢虎豹，坐歎淚如麻」；其三曰：「頹陽淡淡下，我方悲外藩」；其十一云：「神鷹擊惡鳥，靈獸觸邪臣。誰言物性蠢？智過於中人。猛虎戲山間，鰐魚縱奇鱗。磨牙吮人血，鷹獸不敢嗔。鞭撻驅迫之，乃用喪其身。皇天散形質，萬命各得眞。哀哉使錯忤，長短何由伸！」即以詩中飽含的愛國深情而言，日後爲國家犧牲頭顱之壯志，由來已非一日。無奈維新百日而夭，有識之士對此十分悲憤，連張之洞這樣的官僚也爲之動容，有詩《四月下旬過崇效寺訪牡丹花已殘損》：「一夜狂風國艷殘，東皇應是護持難。不堪重讀無興賦，如咽如悲獨自看。」〔註53〕皮錫瑞有《哭譚復生》詩五首；黃遵憲也寫詩哭奠：「太白星芒月色寒，五雲飄渺望長安。忍言赤縣神州禍，更覺黃人捧日難。壓己眞憂天夢夢，窮途並哭海漫漫。是非新舊紛無定，君看寒蟬噤眾官。」〔註54〕雖然維新人士遭到了清廷的屠殺或追捕，但是這犧牲激起了士人廣泛的同情。

二、維新與復古

　　戊戌政變的失敗昭示了維新的艱巨，其間不可避免要經歷反覆曲折，仁人志士即使失敗仍然上下求索，這是社會向前的動力，也是文學前進的方向。但是，傳統的士大夫飽受古典文化教養，傳統士人向近代知識分子轉化之中，「新知與舊學常常相染」，他們在近代化進程中，常常著力撕破傳統，然而在血脈之中，「他們那一代人與二千多年歷史積成的士人精神仍然相通。」〔註55〕革命人物中的翹楚，往往不乏有著精神上的貴族氣的傳統士夫，如遊學多年的楊篤生，既投身革命，又「夙沉浸於詞章舊學」〔註56〕，知識和觀念的近代化並沒有

〔註53〕張之洞：《張文襄公詩集》（四），上海掃葉山房民國十一年本。
〔註54〕黃遵憲：《感事》其八，《人境廬詩草》卷九。
〔註55〕楊國強：《20世紀初年知識人的志士化與近代化》，見《20世紀中國知識分子史論》，頁172。
〔註56〕同上。

消解歷史留給他們的文化心結。楊篤生後於辛亥間自戕，其他沉浮於近代化進程中的士人都要多少經歷挫折，這些曲折反覆也會挫傷一部分人的意志，動搖他們追求先進文明的決心，反而促醒了他們的復古情結，形成了與新詩前進方向相反的復古潮流。比如晚清的「同光體」詩人。

　　該詩派的代表詩人陳三立，字伯嚴，號散原，江西義寧州（今修水縣）人，本為維新人士中一員。散原青年時積極求學、入仕，為人才識通敏，灑脫而不受世俗禮法約束。光緒八年（1882）入鄉試，因厭惡時文，竟以散文答卷。後中光緒十五年（1889）進士，官吏部主事，並熱心變法，列名康有為強學會。光緒二十一年（1895），其父陳寶箴在湖南巡撫任上提倡新政，推行變法。散原與其父共同謀劃，出力甚多。後卻父子同以「招引姦邪」罪被革職、永不敘用。陳三立黯然侍父歸隱，後傳說陳寶箴被慈禧秘密賜死。這一切巨大的打擊，使忠於清室的陳三立受挫而轉為消極，「憑欄一片風雲氣，來作神州袖手人」〔註57〕即是散原吟出，他的積極進取之心已經大大落後於風雲激盪的時代。「同光體」另一重要詩人陳衍，也是參與維新的風雲人物。陳衍為清光緒八年（1882）舉人，曾入臺灣巡撫劉銘傳幕。光緒二十四年，陳衍在京師曾為《戊戌變法榷議》十條，提倡維新。政變後，湖廣總督張之洞邀往武昌，任官報局總編纂。二十八年，出應經濟特科試而未中。後為學部主事、京師大學堂教習，積極參與時事。愛國、愛民、救亡、圖存，是宋詩派及後來的同光體詩人共同的追求，他們的內心從未放棄對國事民生的關懷，或許傾向的是與維新派方式不同的變革，最終卻因無法跟上時代激進的腳步而成為一個旁觀者〔註58〕。

〔註57〕梁啓超：《飲冰室詩話》引集外斷句。

〔註58〕劉夢溪指出：「義寧父子是穩健的改革者，主張漸變，反對過激行動，尤其不喜歡好出風頭的康有為，……可是歷史沒有按照郭嵩燾、陳寶箴、陳三立的預設發展，相反走了一條從激進到激進之路，致使百年中國，內憂外患，變亂無窮。回觀這段歷史，我們沒有理

　　「同光體」詩人對人品要求嚴格，強調「不俗」二字。何謂不俗？「直起直落，獨來獨往，有感則通，見義則赴，是謂不俗。」「前哲戒俗之文多矣，莫善於涪翁之言曰：『臨大節而不可奪，謂之不俗。』」〔註59〕同樣，對詩歌創作，他們也持有相似的標準。陳衍說：「詩最患淺俗。何謂淺？人人能道語是也。何謂俗？人人所喜語是也。」〔註60〕當時，關於詩歌創作的方面，「人人能道語」、「人人所喜語」者，是風起雲涌的新詩運動，而這些詩人不屑與之，不屑附和。他們並非忘懷世事，但是舉目腐朽糜爛，內心充滿了憎恨不平，寧可走向世人喧嚷的對立面——冷僻，他們走向了艱深、險奧、清言見骨，既不願與落後官僚們同流合污，也不願與維新人士同仇敵愾。對世事冷眼旁觀的態度貫徹到詩歌創作中，便是宋詩派至同光體呈現的風貌，即陳衍所謂的：「詩者，荒寒之路……清而有味，寒而有神，瘦而有筋力。己所自得，求助於人者得之乎？……柳州、東野、長江、武功、宛陵以至於四靈，其詩世所謂寂，其境世所謂困也。然吾以為有詩焉，固已不寂；有為詩之我焉，固已不困。」〔註61〕

　　這樣孤寂清高的心態，是同光體詩人群體共同的特徵。他們生於末世，對國運世事失望，卻又不能像戰士一樣以積極昂揚的態度奮鬥，去打破心目中神聖的傳統文化。在改良的探索失敗後，他們惟有與人世兩相棄，品味自內心的荒涼與高貴。因此，陳衍所給出的榜樣詩人，多為遺世獨立的「幽人」，詩風不出清、僻、寒、硬一類，「寧艱深，勿流易；寧可憎，勿可鄙」〔註62〕，他們跟新詩面向民眾的俗

　　由把散原看作一個『封建遺老』。」《光明日報》1993 年 9 月 11 日第五版《陳寅恪的「家國舊情」和「興亡遺恨」》。
〔註59〕何紹基：《使黔草自序》，《東洲草堂文鈔》卷三，上海古籍出版社1995 年版。
〔註60〕陳衍：《石遺室詩話》卷二十三，遼寧教育出版社 1998 年版，頁314。
〔註61〕陳衍：《石遺室文集》卷九《何心與詩序》，清刻本。
〔註62〕陳衍：《石遺室文集》卷九《重刻晚翠軒詩序》。

化、引進西方文明的新化，恰好走向了對立面。直到 1905 年以後，舊派詩人卻復古得更厲害，「無論他的詩學宋，學唐，學六朝，學漢魏，乃至學《詩》、《騷》，無奈他們所處的時代，總是周、秦、漢、魏、六朝、唐、宋。他們在詩國裏辛辛苦苦地工作，不過爲舊詩姑且作一個結束。」〔註63〕因爲極力忘懷世事，埋頭鑽研詩藝，詩歌的藝術性得到了極大的加強，這是古典詩歌最後回光返照的一抹餘輝。

三、科舉之廢

　　雖然廢除科舉已是大勢所趨，但是如何將已存在了一千三百年、滲入到士人生活方方面面的科舉制度終結，仍然是個重大的難題。當時改良派官僚紛紛建言，試圖將這一震蕩降低到最小程度，即設學校（及其他舉措）、減科舉，有秩序、有步驟地完成這一歷史變革。

　　光緒二十一年（1895）十二月御史胡孚辰奏請設立官書局，二十二年（1896）五月刑部侍郎李端棻奏請推廣學校，以勵人才，二十四年正月貴州學政嚴修奏請開設經濟專科，於科舉之外別立一途，比於正途出身，以登進人才等，都是科舉之別途〔註64〕。

　　光緒二十四年五月初十日（1898 年 6 月 28 日）下詔變法，有開辦京師大學堂之諭；二十二日（7 月 10 日），又諭將各省、府、廳、州、縣現有之大小書院，一律改爲中學、西學之學校。

　　光緒二十七年七月十六日（1901 年 8 月 29 日），慈禧與光緒帝正避難西安，清廷再次下詔自明年起改革科舉。張之洞應慈禧的改革上諭而主稿的《江楚會奏變法三折》，成爲晚清新政的綱領性文件。《三折》重點在「以一種和平方式表達深刻的改革內容，以減少阻力，（尋求）得到清廷的贊同與支持……成爲近代中國一個比較完備的近代化方案。」〔註65〕

〔註63〕陳子展：《中國近代文學之變遷》，上海古籍出版社 2000 年版，頁 33。
〔註64〕《清實錄·德宗景皇帝實錄》卷三八二、三九○、四一四，各該年月日下。
〔註65〕吳春梅：《一次失控的近代化改革 —— 關於清末新政的理性思考》，

　　張之洞根據西方學校制度,並以德國和日本爲主要仿傚對象,勾劃出小學、中學、高等學校、大學等不同階段的學制。小學、中學至高等學堂,可獲得憑照略同於舊制之功名,含有用學校取代科舉之意〔註66〕。

　　此折上後,科舉改革措施大部分根據《三折》實行。此後陸續興學堂以逐步代科舉,各項考試取中之額,按年遞減,即以科場遞減之額,移作學堂取中之額,使天下士子的進身之途,由科舉轉到學堂。這是一條漸進的廢除科舉之路。

　　可是光緒三十一年八月初二日（1905 年 8 月 31 日）,由袁世凱領銜會同張之洞、端方、趙爾巽、周馥、岑春煊等奏請立即廢除科舉。他們認爲:「就目前而論,縱使科舉立停,學堂遍設,亦需十數年後,人才始盛。如再遲之十年,甫停科舉,學堂有遷延之勢,人才非急切可成,又必須二十餘年後,始得多士之用。強鄰環伺,詎能我待……故必欲補救時艱,必自推廣學校始;而欲推廣學校,必自先停科舉始。」要求朝廷立即停罷科舉。兩日後,朝廷下令:「自丙午科始,所有鄉試、會試一律停止,各省歲科考試,亦即停止。」〔註67〕

　　早在康熙六年丁未會試,因曾取消八股取士,士人就震蕩不寧,曾有舉子某人夢見與逸民周仁以天平兌卷之輕重預定來年春闈名額的怪事,其深層蘊涵是士人在八股文停試後某種茫然心態的流露〔註68〕。如今,科舉這一關係士人根本的制度廢於一旦,部分保守的士人感到迷茫不安,俞樾憂心道:「今歲天子下明詔廢科舉,歲、科兩考亦皆停止,然則三學之門無繼至者矣。」〔註69〕這一年（光緒乙

　　　　安徽大學出版社 1998 年版,頁 46。
〔註66〕苑書義:《張之洞全集》第 2 冊,河北人民出版社 1998 年版,頁 1395～1396。
〔註67〕謝放:《張之洞傳》,河北人民出版社 1998 年版,頁 370。
〔註68〕褚人獲:《堅瓠集·秘集》（集 6）,浙江人民出版社 1986 年版。
〔註69〕俞樾:《春在堂雜文》六編補遺卷二,清光緒二十五年刻春在堂全書本。

巳）俞樾有兩首詩記錄廢科舉過程中的心情，先是《聞翰林院始有裁撤之議繼而不果喜賦》云：「已聞觀聽罷橋門國子監已裁併學部，猶幸芸香署尚存。舉世爭趨新㲄率，吾儕深戀舊巢痕。外班亦有群仙集，不由館選而入翰林，謂之外班。時學堂卒業生亦有授翰林者。前輩仍推一老尊謂丁未翰林四川伍君肇齡。頓使衰翁發狂興，還思待詔到金門。」後來科舉之廢既已成不可挽回的事實，詩中流露出深深的失望之情，《八月十三日先祖南莊府君忌日感賦》云：「恭聞先祖有遺言，至此遷流不可論。功令已經廢科舉，留貽那得到雲昆先祖曾言願留科第以貽子孫，其後先君子及余兄弟及兄子祖綏均有科名，至余孫陸雲五代而祖澤盡矣。兒曹頭角雖堪喜余有兩曾孫頗見頭角，世業箕裘豈復存。今日筵前扶病拜，龍鍾八十五齡孫。」〔註70〕

經科舉而得出身的傳統士人多有這種失意之情：

萬馬銜枚夜漏沉，寸心得失自行吟。

文場似奕分成敗，火候還丹判淺深。

漫以學堂廢科舉，須知循吏出儒林。

曹參醇酒胡威絹，共抱冰清一片心。〔註71〕

普通士人對廢除科舉的後果也頗有憾恨，民國編《西豐縣志》六編記載了科舉廢除後，一心科第的舉子滿腹的牢騷不平，詩云：「寄懷原不在岩阿，無那前途盡坎坷。有志讀書遭變局，遠行應試竟停科。謀偏相左心思碎，學未留東悔恨多。虛度光陰廿四載，一生志願半消磨。」

科舉廢除後，山西一名普通舉人劉大鵬在日記中記錄了自的心情：

1905 年 10 月 15 日：「下詔停止科考，士心渙散，有子弟者皆不作讀書想，別圖他業，以使子弟為之，世變至此，殊可畏懼。」

1905 年 10 月 17 日「甫曉起來心若死灰，看得眼前一切，

〔註70〕俞樾：《春在堂詩編》乙巳編，清光緒二十五年刻春在堂全書本。

〔註71〕陳慶龍：《豫闈監臨即事敬遵高廟御製詩韻示提調曹再韓監試胡海帆兩觀察》其四，《松壽堂詩鈔》卷四，清宣統三年京師刻本。

均屬空虛，無一可以垂之永久。惟所積之德庶可與天地相
終始。但德不易積，非有實在功夫則不能也。日來凡出門，
見人皆言科考停止，大不便於天下，而學堂成效未有驗，
則世道人心不知遷流何所，再閱數年又將變得何如，有可
憂可懼之端。」

1905 年 10 月 23 日「昨日在縣，同人皆言科考一廢，吾輩
生路已絕，欲圖他業以謀生，則又無業可託，將如之何？」
（其時其在鄉村坐館為生）

1905 年 11 月 3 日「科考一停，同人之失館者紛如，謀生無
路，奈之何哉！」

1905 年 11 月 2 日「科考一停，士皆驅入學堂從事西學，而
詞章之學無人講求，再十年後恐無操筆為文之人矣，安望
文風之蒸蒸日上哉！天意茫茫，令人難測。」〔註72〕

但是總的來說，廢除科舉後社會上的反應接近無聲無息，無論激進還
是保守派，對於似乎都置若罔聞，其中原因何懷宏分析為以下幾點：
一，此事已喧鬧多年，從改科舉、廢八股到主張漸廢科舉、立廢科舉，
早已不新鮮，人們已有了相當的心理準備；二，廢科舉的長久、深遠
後果還未顯現，上層已仕者仍然享有既得利益，有勢力或有錢者還可
以占據新學堂以及留學的先機。真正悲慘的是那些已經從事舉業、年
齡較大、家境較貧的底層士人，然而他們的呼聲卻無人聽見。至於大
部分的民眾，則此事一直與他們無涉〔註73〕。

　　雖然當時反應較為平淡，但科舉的終結無疑是中國兩千多年歷史
中最震動人心的變動之一，當時的《時報》滿懷激情地指出：「盛矣
哉！革千年陳痼之積弊，新薄薄之臣民之視聽，驅天下之士使各奮其
精神才力，咸出於有用之途，所以作人才而興中國者，其在斯乎！」
〔註74〕

〔註72〕劉大鵬：《退想齋日記》，山西人民出版社 1990 年版，頁 146～147。
〔註73〕何懷宏：《選舉社會及其終結》，三聯書店 1998 年版，頁 415。
〔註74〕《時報》，1905 年 09 月 07 日。

　　科舉制度的廢除從基礎上撼動了整個社會的根基，這本來是日薄西山的清廷力圖自振的勉力一搏。沒想到事後的發展遠遠超出清廷、也超出當時急盼改革的士大夫的預料，乃在於「它猶如一劑強心劑，對於垂死之清廷，既促使其回光返照的新政教育大興盛，又在六年後促使它的崩潰與速死。」〔註75〕

　　1905 年的廢除科舉制，對士階層無異於釜底抽薪。科舉一直是士人奮鬥的理想，而今，這存在了兩千年的理想轟然倒塌，使士階層的「兩通」（一是「士仕相通」；二是「通官民之情」）功能一朝喪失，整個社會也因此發生根本性的轉變。自此後，中國的士階層急劇分化，尋找一切可能的出路，其中固然有眷戀不捨的遺老遺少，但更多的是入新式學堂、接受新式教育、秉承新思想的舊時代的「掘墓人」。美國學者吉爾伯特・羅茲曼（Gilbert Rozman）在其主編的《中國的現代化》一書中對此評價曰：「1905 年是新舊中國的分水嶺；它標誌著一個時代的結束和另一個時代的開始，必須把它看作是比辛亥革命更加重要的轉折點。」〔註76〕

四、詩界革命

　　魯迅說：「各種文學，都是應環境而產生的，推崇文藝的人，雖喜歡說文藝是足以煽起風波來，但在事實上，卻是政治先行，文藝後變。」〔註77〕近代文學與歷史發展的軌跡是有內在的契合的，其關係之密切，使得「文學風貌的變化與社會變革基本同步」〔註78〕。當清末社會經歷著數千年未有之大變局之時，詩歌領域也同樣經歷著深刻的探索與改革。從維新改良運動開始，到資產階級革命的爆發，詩歌

〔註75〕李濤：《「失去重心的傳統」——略論清季科舉制度廢除的社會影響》，《中共浙江省黨校學報》2002 年第 4 期。
〔註76〕吉爾伯特・羅茲曼主編：《中國的現代化》，江蘇人民出版社 1998 年版，頁 320。
〔註77〕魯迅：《三閒集・現今的新文學的概觀》，《魯迅全集》人民文學出版社 1981 年版，頁 458。
〔註78〕袁行霈主編：《中國文學史》第四卷，頁 435。

也陸續走完了從舊體詩到新派詩的可貴嘗試、新（學）詩的努力探索、和新體詩的振翼而出。這其間，從龔自珍思想與詩歌的啓蒙，到黃遵憲執著的開拓，並由梁啓超提出和完成了近代詩歌史上意義深遠的「詩界革命」。

「文變染乎世情，興廢繫乎時序。」近代詩歌的發展歷程、尤其是「詩界革命」所取得的成就和遺憾，多少和廢除科舉相似。中國古典詩歌是一項歷史悠久、高貴優雅的傳統文化，其載道言志的神聖使命、創作者及受眾對象的身份使詩歌具有崇高的地位。詩文革新後，詩歌的功能更多的體現爲啓迪民智，爲民眾服務。服務對象的轉變，導致文學的高貴地位的下降，詩歌的白話運動，變文爲言，切斷了傳統與現代之間的紐帶，打破了掌握古典文化的士紳階層的審美習慣，變詩歌爲一種宣傳工具。就跟晚清之時太平天國運動中的詩歌類似，新文學也犯有求新、求俗而不化的錯誤。同時新詩所宣傳的先進思想又多來自西方，這使得新詩的內容和接受對象之間有不可調和的矛盾，新詩的改革運動一開始就顯得生硬和粗疏。這也是一種文化斷裂。

詩文革新發展到後來，梁啓超意識到了一味求新、放棄古典的弊端，進一步提出了改良的「三長說」，即 「古風格」、「新語句」、「新意境」。「三長說」是詩界革命的成果，但是這並不是一種成熟的詩歌理論，因爲這三點提法有著不可克服的內在矛盾，而這矛盾是晚清社會無所不在的，是時代的普遍問題，正如魯迅說：「中國社會上的狀態，簡直是將幾十個世紀縮在一時」、「四面八方，幾乎都是二三重以至更多的事物，每重又各各自相矛盾。」（註79）

所謂的「古風格」指詩歌需具有古典詩歌的韻味（因爲這些所謂的新詩還是採用古典詩歌的形式），而古典詩歌自有其嚴格的規定，比如對平仄的要求，就可能限制某些新名詞的使用。新意境往往描寫詩人爲新生活召喚而涌起的奔放的激情，而這也是不合乎以溫柔敦

〔註79〕魯迅：《隨感錄五十四‧熱風》，《魯迅全集》，北京，人民文學出版社 1981 年版，頁 415～416。

厚、雅馴平和為風尚的古風格的。風格與詩歌的內容、語言、對象和詩人的思想感情總是密不可分的，換言之，是由這些因素共同體現出來的，那麼納新入古就有削足適履之嫌。

其次，梁啓超所要求的新語句、新意境，所傾向的是借由對西方先進科技、先進文明的介紹來展現，而當時能夠接觸到這些先進文明的只是知識分子中極少的一部分人，能夠深刻理解領會這文明的又屬少之又少。知識分子們借中國古典詩歌的形式向國內介紹西方先進文明，容易生搬硬套、生吞活剝，這樣的食新不化最終使得詩界革命不過是一場政治家的文化宣傳運動，這跟要求詩歌為封建統治者的專制政教服務如出一轍，而後者卻是前者所反對的。

晚清是中國社會數千年未有之大變局，其危機之深重、保國存種之迫切使得晚清士人熱血沸騰、坐立不安，危機之下，難免有褊急草率之舉。只有在這樣的時刻，「詩界」才破天荒地跟「革命」結合到了一起，要求一種極端性、運動式的詩歌改革。不是說詩界革命錯了，或者詩界革命不好，只是詩歌發展、變革自有其內在的規律，歷史上任何時候的時代變遷都將推動詩歌的變革，但是過於急切地推行革命，將詩歌視作純粹的政治宣傳的工具，這樣難免煮出一鍋夾生飯，這跟強行取消科舉是類似的。

餘　論

科舉制度終結以後，維新士人勝利的狂歡還未冷卻，有識之士就開始了冷靜的反思，比如呼籲改革最早也是最激烈的梁啓超。1868年在《變法通議・科舉》中，梁啓超就曾客觀地指出，科舉乃「法之最善者也」，還稱科舉為「昇平世之政」〔註80〕。近年學界更是陸續出現為科舉「平反」的聲音。很多有識之士指出，因為遽然廢除科舉所引發的文化震盪，造成了近代以來的文化斷裂，留下了一堆嚴重的

〔註80〕梁啓超：《變法通議・科舉》，見劉海峰《科舉學導論》，華中師範大學出版社 2005 年版，頁 123。

「後遺症」〔註81〕。如果當時能夠採用漸進式的改革科舉、而不是激進式的取消，可能會取得更好的效果。

科舉之廢引發的社會動盪，主要原因在於廢除科舉切斷了社會各階層之間的流動。中國傳統社會不同於印度的種姓社會，也區別於西方某些國家的世襲貴族社會，中國的家族的地位是通過科舉來實現的。中國的精英階層主要由地主、士紳和官僚三種來組成，而這三個角色間一直存在著相對頻繁的社會流動。同時，任何普通家庭的子弟只要讀書識字、通過科舉，就有可能進入到精英階層，改變家族的地位。在這種比較公正和頻繁的階層流動中，社會取得了一定的平衡和穩定。即使改朝換代，只要科舉取士不變，則百姓、地主、士紳、官僚之間還是更關心如何通過科舉實現社會上升和流動。

廢除科舉打破了這種社會流動，打破了由科舉建立起來的社會重心，而近代社會花費了數十年的時間尋求一個新的社會重心而不可得，這導致了近代社會的潰散。另外，廢除科舉令近代社會發生的一個深刻變化即不再有「有勢力的智識階級」〔註82〕，余英時先生對此作出進一步闡釋，即士到知識分子的轉變。中國傳統文化裏的「士」是與現在的知識分子所不同的兩個概念。士居四民之首，「士不可以不弘毅，任重而道遠。」士人以儒家道統為己任，以科舉為方式實現社會流動，維持社會穩定。士在鄉間為士紳，正是那麼大數量的士紳在鄉間的存在才使得中國農村在數千年「天高皇帝遠」的歷史中自然、平穩地運轉。而與「士」緊密聯繫的是「大夫」一詞，這就意味著士人可以較為通暢地進入權力階層。科舉廢除後，進入社會中心的是商人和軍人，而鄉間，土豪劣紳取代了傳統的士紳，知識分子邊緣化，不再具備傳統士人繼承和發揚道統的神聖使命感和責任心。這一切，都釀成了近代的文化斷裂。

〔註81〕蕭功秦：《從科舉制度的廢除看近代以來的文化斷裂》，見《二十世紀科舉研究論文選編》，頁 610～618。

〔註82〕見許紀霖編撰：《20 世紀中國知識分子史論》，新星出版社 2005 年版，頁 127。

　　1905 年廢除科舉後，資產階級革命如暴風驟雨爆發。資產階級
革命派基本繼承了維新派的文學革新思想，將文學視爲一種宣傳武
器，加以通俗化，以之爲工具向民衆宣傳。革命派極爲激進，在愛國
的前提下，對資產階級改良派的失敗加以怒斥，對滿清政府等都有極
其堅決的摒棄，「欲使中國不亡，惟有一刀兩斷，代滿洲執政柄而卵
育之。」（陳天華《警世鐘》）認爲如果不辨明愛君與愛國之區別，媚
於一君，其人「可以爲禽獸」、「可以爲奴隸」〔註83〕。同樣，革命派
對中國社會流傳數千年的文化傳統均報以不屑與排斥，他們從西歐國
家汲取思想養料，開口盧梭，閉口民約，熱血澎湃，昂揚激憤，思拯
救祖國於危亡。這個時期的革命派詩人、如南社諸人的創作中，洋溢
著熾熱的愛國熱情、救亡圖存的歷史使命和啓迪民智的現實任務，這
一切都比資產階級改良派來得更急、更切、更高不可攀。他們批判溫
柔敦厚的傳統詩教，欣賞西方詩人詩作，他們所追求的，是大聲鏜鞳
的積極浪漫主義作品。革命方式上，他們崇尚熱力、鮮血和廝殺，文
學創作上，他們堅決摒棄傳統，主張沖口而出，聲嘶力竭地呼喊，對
外來文化一股腦兒地接受。這樣的急切、焦躁、慌不擇路口不擇言，
跟 1905 年制度上對科舉的廢除如此相似，近代詩人、尤其是革命派
詩人，雖然促進了近代文學向現代文學的轉變，但是粗暴割斷了現代
文學和古典文學之間的聯繫，造成了文學上的斷裂。

　　科舉在晚清，已經處於不得不亡、即將滅亡的前夕，我們無法假
設如果沒有 1905 年的廢科舉詔，依靠自身的運行規律科舉還能苟延
殘喘多久，但清政府沒有充分考慮後果、沒有成熟地準備善後機制的
情形下突兀取消科舉無疑是自掘墳墓。只是詩歌革命也好，廢除科舉
也好，儘管後人有許多的反思和總結，認爲歷史如果沒有那麼多紕漏
則不會有後來那麼多後遺症，這都是無意義的，可能跌跌撞撞向前也
是一種歷史的前進方式，泥沙俱下，逝者如斯。

〔註83〕補天：《論中國民無國家思想上於不知國家政府之辯》，《豫報》，
　　　　1906 年第 1 期。

主要參考文獻

一

1. 張廷玉等：《明史》，乾隆武英殿刻本。
2. 《清實錄》，中華書局 2008 年影印本。
3. 趙爾巽等撰：《清史稿》，中華書局 1976 年版。
4. 談遷：《國榷》，上海古籍出版社 2008 年版。
5. 計六奇：《明季北略》，中華書局 1984 年版。
6. 計六奇：《明季南略》，中華書局 1984 年版。
7. 人民大學清史研究所：《清史編年》，中國人民大學出版社 2000 年版。
8. 徐鼐：《小腆紀傳》，清光緒刻本。
9. 徐鼐：《小腆紀傳補遺》，清光緒刻本。
10. 孫靜庵：《明遺民錄》，浙江古籍出版社 1985 年版。
11. 《清史列傳》，臺北明文書局 1985 年版。
12. 陳文新主編：《〈清實錄〉科舉史料彙編》，武漢大學出版社 2009 年版。
13. 陳文新主編：《歷代制舉史料彙編》，武漢大學出版社 2009 年版。
14. 黃鴻壽編：《清史紀事本末》，北京圖書館出版社 2003 年版。
15. 南炳文、白新良主編：《清史紀事本末》，上海大學出版社 2006 年版。
16. 中國史學會編：《太平天國》，上海人民出版社 1957 年版。
17. 秦瀛：《己未詞科錄》，臺北明文書局 1985 年版。
18. 李元度：《清先正事略選》，清同治刻本。

19. 杭世駿：《詞科掌錄》，臺北明文書局 1985 年版。

20. 李集：《鶴徵錄》，清同治十一年刊本。

21. 李富孫：《鶴徵後錄》，同上。

22. 趙熙：《毗陵科第考》，同治七年（1868）戊辰續刊。

23. 朱保炯：《明清進士題名碑錄索引》，上海古籍出版社 1980 年版。

24. 江藩：《國朝漢學師承記》，臺北明文書局 1985 年版。

25. 錢儀吉：《碑傳集》，中華書局 1993 年版。

26. 繆荃孫：《續碑傳集》，上海古籍出版社 1987 年版。

27. 閔爾昌：《碑傳集補》，同上。

28. 汪兆鏞：《碑傳三編》，同上。

29. 王夫之：《讀通鑒論》，中華書局 1975 年版。

30. 《欽定科場條例》，清咸豐刻本。

31. 馮桂芬：《校邠廬抗議》，中州古籍出版社 1998 年版。

32. 《欽定學政全書》，臺北文海出版社 1968 年版。

二

1. 陳和志：《（乾隆）震澤縣志》，清光緒重刊本。

2. 《武進陽湖縣志》，光緒刻本。

3. 吳榮光：《歷代名人年譜》，上海書店 1989 年版。

4. 馬其昶：《桐城耆舊傳》，清宣統三年刻本。

5. 張惟驤：《清代毗陵名人小傳》，臺北明文書局 1985 年版。

6. 張維屏：《國朝詩人徵略》，道光十年廣東超華齋刻本。

7. 沈津：《翁方綱年譜》，臺北中央研究院 2003 年版。

8. 陸謙祉著：《歷樊謝年譜》，臺灣商務印書館 1977 年版。

9. 《觀莊趙氏支譜》， 1928 年木活字本。

10. 《新河徐氏宗譜》，民國鈔本。

11. 《毗陵呂氏族譜》清光緒 4 年（1878）木活字本。

12. 陳敬璋撰、汪茂和點校：《查慎行年譜》，中華書局 1992 年版。

13. 蔣寅：《王漁洋事迹徵略》，人民文學出版社 2001 年版。

14. 許雋超：《黃仲則年譜考略》，上海古籍出版社 2008 年版。

15. 黃葆樹：《黃仲則研究資料》，上海古籍出版社 1986 年版。

16. 李興盛編：《吳兆騫資料彙編》，黑龍江人民出版社 2000 年版。

三

1. 卓爾堪《遺民詩》，清康熙刻本。

2. 鄧之誠：《清詩紀事初編》，臺北明文書局 1985 年版。

3. 錢仲聯：《清詩紀事》，江蘇古籍出版社 1987 年版。

4. 徐世昌：《晚晴簃詩彙》，民國十八年（1929）天津徐氏退耕堂刻本。

5. 袁行云：《清人詩集敍錄》，文化藝術出版社 1994 年版。

6. 沈德潛：《清詩別裁集》，乾隆二十五年教忠堂刻本。

7. 查慎行：《敬業堂詩集》，康熙五十八年本。

8. 查慎行：《敬業堂文集》，上海古籍出版社 1995 年版。

9. 全祖望：《鮚埼亭集》，四部叢刊影清刻姚江借樹山房本。

10. 全祖望：《鮚埼亭集外編》，清嘉慶十六年刻本。

11. 厲鶚：《樊榭山房集》，臺灣印書館 1986 年版。

12. 張履祥著、陳祖武點校：《楊園先生全集》，中華書局 2002 年版。

13. 袁枚：《袁枚全集》，江蘇古籍出版社 1993 年版。

14. 羅振玉輯：《明季三孝廉集·居易堂集》，民國八年（1919）上虞羅氏排印本。

15. 黃宗羲：《黃宗羲全集》，浙江古籍出版社 2005 年版。

16. 屈大均：《翁山文鈔》，商務印書館 1946 年版。

17. 毛奇齡：《西河集》，清文淵閣四庫全書本。

18. 潘耒：《遂初堂文集》，康熙刊本。

19. 施閏章：《學餘堂集》，清文淵閣四庫全書本。

20. 方文：《嵞山集》，清康熙二十八年王槩刻本。

21. 方文：《續集北遊草》，同上。

22. 邵長蘅：《青門麓稿》，清康熙刻本。。

23. 陳玉璂：《學文堂詩集》，常州先哲遺書本，光緒間武進盛氏刊本。

24. 魏禧：《魏叔子文集外篇》，清寧都三魏全集本。

25. 錢澄之：《田間詩文集》，清康熙刻本。

26. 方孝標：《鈍齋詩選》，清鈔本。

27. 汪琬：《堯峰文鈔》，四部叢刊影林佶寫刻本。

28. 方拱乾著：《何陋居集·蘇庵集》，黑龍江大學出版社 2010 年版。

29. 袁景輅：《國朝松陵詩徵》，乾隆三十二年刻本。

30. 吳兆騫著、麻守中校點：《秋笳集》，上海古籍出版社 1993 年版。

31. 陳維崧：《湖海樓全集》，江蘇廣陵古籍刻印社 1989 年版。

32. 吳偉業：《梅村家藏稿》，四部叢刊影印本。

33. 朱彝尊：《曝書亭集》，四部叢刊影印本。

34. 顧炎武：《亭林詩文集》，四部叢刊影清康熙本。

35. 顧炎武：《亭林餘集》，四部叢刊影誦芬樓本。

36. 顧炎武著、陳垣校注：《日知錄校注》，安徽大學出版社 2007 年版。

37. 嚴繩孫：《秋水集》，清康熙雨青草堂刻本。

38. 陳恭尹《獨漉堂詩文集》，清道光五年陳量平刻本。

39. 王士禛：《王士禛全集》，齊魯書社 2007 年版。

40. 錢謙益：《牧齋雜著》，上海古籍出版社 2007 年版。

41. 紀昀：《紀文達公遺集》，清嘉慶十七年紀樹馨刻本。

42. 洪亮吉撰、劉德權點校：《洪亮吉集》中華書局 2001 年版。

43. 鄭燮：《鄭板橋全集》，中國書店影印本。

44. 蔣士銓：《忠雅堂文集》，上海古籍出版社 1995 年版。

45. 蔣士銓：《忠雅堂詩集》，清嘉慶二十二年藏園刻本。

46. 龔自珍著、王佩諍點校：《龔自珍全集》，上海古籍出版社 1999 年版。

47. 聞一多：《聞一多全集》，三聯書店 1982 年版。

48. 李華興、吳嘉勛編：《梁啟超選集》，上海人民出版社 1984 年版。

49. 曾國藩著、王澧華點校：《曾國藩詩文集》，上海古籍出版 1986 年版。

50. 曾國藩：《求闕齋日記類鈔》，清光緒二年傳忠書局刻本。

51. 太平天國歷史博物館編：《太平天國詩歌選》，人民出版社 1978 年版。

52. 陳錚編：《黃遵憲全集》，中華書局 2005 年版。

53. 陳衍：《石遺室文集》，清刻本。

54. 魯迅：《魯迅全集》，人民文學出版社 1981 年版。

四

1. 王定保：《唐摭言》，古典文學出版社 1957 年版。

2. 錢泳：《履園叢話》，道光十八年述德堂刻本。

3. 尤侗：《艮齋雜說》，清康熙刻西堂全集本。

4. 王應奎：《柳南續筆》，清借月山房彙鈔本。

5. 繆荃孫：《藝風堂雜鈔》，清刊本。

6. 陸以湉：《冷廬雜識》，清咸豐六年刻本。

7. 法式善：《槐廳載筆》，清嘉慶刻本。

8. 韓世琦：《撫吳疏草》，清康熙五年刻本。

9. 董含：《三岡識略》，遼寧教育出版社 2000 年版。

10. 葉夢珠撰，來新夏點校：《閱世編》，中華書局 2007 年版。

11. 福格：《聽雨叢談》，臺北文海出版社 1971 年版。

12. 余金：《熙朝新語》，清嘉慶二十三年刻本。

13. 陳康祺：《郎潛紀聞》，中華書局 1984 年版。

14. 法式善等：《清秘述聞三種》，中華書局 1982 年版。

15. 蕭奭：《永憲錄》，中華書局 1959 年版。

16. 昭槤：《嘯亭雜錄》，中華書局 1980 年版。

17. 趙翼：《簷曝雜記》，上海古籍出版社 1995 年版。

18. 梁章鉅：《梁章鉅科舉文獻二種校注》，武漢大學出版社 2009 年版。

19. 翁方綱：《翁氏家事略記》，吉林英和刻本，道光十六年版。

20. 丁福保：《清詩話》，上海古籍出版社 1978 年版。

21. 郭紹虞：《清詩話續編》，上海古籍出版社 1983 年版。

22. 翁方綱：《石洲詩話》，人民文學出版社 1981 年版。

23. 郭麐：《靈芬館詩話》，上海古籍出版社 1995 年版。

24. 朱庭珍：《筱園詩話》，清光緒十年刻本。

25. 法式善：《梧門詩話》，上海古籍出版社 1995 年版。

26. 陳衍：《石遺室詩話》卷二十三，遼寧教育出版社 1998 年版。

五

1. 孟森：《心史叢刊》，中華書局 2006 年版。

2. 孟森：《明清史論著集刊》，中華書局 2006 年版。

3. 梁啟超：《中國近三百年學術史》，三聯書店 2005 年版。

4. 錢穆：《國史新論》，三聯書店 2001 年版。

5. 張仲謀：《貳臣人格》，長江文藝出版社 1996 年版。

6. 田建榮：《中國考試思想史》，商務印書館 2004 年版。

7. 楊學為主編：《中國考試通史》，首都師範大學出版社 2004 年版。

8. 商衍鎏：《科舉考試述錄及有關著作》，百花文藝出版社 2004 年版。

9. 邸永君：《清代翰林院制度》，社會科學文獻出版社 2007 年版。

10. 王德昭：《清代科舉制度研究》，中華書局 1984 年版。

11. 艾爾曼：《經學、政治和宗族——中華帝國晚期常州今文學派研究》，江蘇人民出版社 1998 年版。

12. 章中和：《清代考試制度資料》，臺北文海出版社 1968 年版。

13. 徐茂明：《江南士紳與江南社會》，北京商務印書館 2004 年版。

14. 張仲禮：《中國紳士：關於其在 19 世紀中國社會中的作用研究》，上海社會科學院 1991 年版。

15. 容閎：《西學東漸記》，中州古籍出版社 1998 年版。

16. 劉師培：《清儒得失論》，中國人民大學出版社 2004 年版。

17. 許紀霖編：《20 世紀中國知識分子史論》，新星出版社 2005 年版。

18. 尚小明：《學人遊幕與清代學術》，社會科學文獻出版社 1999 年版。

19. 李鼎芳：《曾國藩及其幕府人物》，嶽麓書社 1985 年版。

20. 何懷宏：《選舉社會及其終結》，三聯書店 1998 年版。

21. 陳文新主編：《二十世紀科舉研究論文選編》，武漢師範大學 2009 年版。

22. 劉海峰：《科舉學導論》，華中師範大學 2005 年版。

23. 錢仲聯：《夢苕庵論集》，中華書局 1993 年版。

24. 繆鉞：《冰繭盦叢稿》，上海古籍出版社 1985 年版。

25. 馮友蘭：《中國哲學史新編》，人民文學出版社 1999 年版。

26. 傅璇琮：《唐代科舉與文學》，陝西人民出版社 2003 年版。

27. 陳寅恪：《金明館叢稿二編》，上海古籍出版社 1980 年版。

28. 王運熙、顧易生主編：《中國文學批評通史》，上海古籍出版社 1996 年版。

29. 陳伯海：《中國文學史之宏觀》，中國社會科學出版社 1995 年版。

30. 陳伯海主編：《近四百年中國文學思潮史》，東方出版中心 1997 年版。

31. 袁行霈主編《中國文學史》，高等教育出版社 1999 年版。

32. 嚴迪昌：《清詩史》，浙江古籍出版社 2002 年版。

33. 朱則杰：《清詩史》，江蘇古籍出版社 2000 年版。

34. 張健：《清代詩學研究》，北京大學出版社 1999 年版。

35. 潘承玉：《清初詩壇：卓爾堪與〈遺民詩〉研究》，中華書局 2004 年版。

36. 趙園：《明清之際士大夫研究》，北京大學出版社 1999 年版。

37. 謝正光《清初詩文與士人交遊考》,南京大學出版社 2001 年版。

38. 李潤強:《清代進士群體與學術文化》,中國社會科學出版社 2007 年版。

39. 何宗美《明末清初文人結社研究》,中華書局 2006 年版。

40. 嚴明:《東亞漢詩的詩學構架與時空景觀》,臺北聖環圖書出版社 2004 年版。

41. 劉世南:《清詩流派史》,人民文學出版社 2004 年版。

42. 錢鍾書:《談藝錄》,三聯書店 2007 年版。

43. 王標:《城市知識分子的社會形態 —— 袁枚及其交遊網絡的研究》,三聯書店 2008 年版。

44. 石玲:《袁枚詩論》,齊魯書社 2003 年版。

45. 徐立望:《嘉道之際揚州常州區域文化比較研究》,浙江大學出版社 2007 年版。

46. 李繼凱、史志謹:《中國近代詩歌史論》,吉林教育出版社 1995 年版。

47. 趙杏根:《乾嘉代表詩人研究》,蘇州大學博士學位論文,2005 年。

48. 蔣寅:《科舉陰影中的明清文學生態》,《文學遺產》2004 年第 1 期。

49. 趙剛:《康熙博學鴻詞科與清初政治變遷》,《故宮博物院院刊》1993 年第 1 期。

50. 裴世俊:《王士禛五載揚州的文學活動與成績》,《齊魯學刊》2002 年第二期。

51. 嚴明:《清詩特色形成的關鍵》,《蘇州大學學報》1998 年第 2 期。

52. 范金民:《明清江南進士數量、地域分佈及其特色分析》,《南京大學學報》1997 年第 2 期。

53. 楊春俏:《清代試帖詩限韻及用韻分析》,《山東師範大學學報》2009 年第 6 期。